MW01104399

Pierre Dac

Rédacteur en chef

Le meilleur de L'Os à Moelle

13 mai 1938 – 7 juin 1940

Choix, préface et notices
de Jacques Pessis

Omnibus

Édition abrégée

ISBN 978-2-7578-1885-5
(ISBN 978-2-25807475-0, 1re publication)

Histoire d'Os

Vendredi 13 mai 1938... les Français découvrent le premier numéro d'un nouvel hebdomadaire, *L'Os à moelle.* Pierre Dac en est le rédacteur en chef. Chansonnier, homme de radio, il est alors l'humoriste le plus célèbre de France. Il se lance dans une aventure journalistique sans précédent : les quatre pages en noir et blanc, les caractères et la maquette austères donnent en effet l'apparence du plus grand sérieux à un « Organe officiel des Loufoques », composé de chroniques, reportages et entretiens totalement délirants.

Le premier numéro s'arrache à quatre cent mille exemplaires. Les adultes le dévorent chez eux, ou au bureau. Dans les cours de lycée, on lit à haute voix les petites annonces ou les prévisions météo. On se communique le mot de passe, le geste de ralliement et l'injure de la semaine.

En quelques semaines, *L'Os à moelle* devient le symbole d'un immense mouvement populaire. À l'heure des guerres internes de la Troisième République, ses militants dépassent de loin en nombre ceux des partis politiques.

Ce défoulement est indiscutablement lié à la peur des Français face à la montée en puissance de Hitler et des nazis. La lecture de *L'Os à moelle* permet d'oublier, l'espace d'un instant, les nuages noirs qui s'amoncellent à l'horizon.

Les journalistes de l'hebdomadaire ont pris le parti de rire de tout, et même du reste. Ils se moquent d'Albert Lebrun, le président de la République, d'Édouard Daladier, le président du Conseil, de Paul Reynaud, le ministre des Finances. Les thèmes et les sujets traités vont évoluer en même temps que l'actualité. Dès la fin de l'année 1938, dans un style qui n'appartient qu'à lui, Pierre Dac s'interroge sur l'avenir, en se demandant s'il ne va pas y avoir « du mou dans la corde à nœuds ».

En 1939, les journalistes de *L'Os à moelle* se mobilisent moralement. Plusieurs semaines avant la mobilisation générale, la guerre est déjà le sujet essentiel traité dans chaque numéro. Le 7 juin 1940, l'hebdomadaire paraît pour la 109ᵉ et dernière fois. « *Rien de plus logique,* expliquera

Pierre Dac. *Tout le monde sait que* L'Os à moelle *se dissout au contact du vert-de-gris.* »

Les numéros que vous allez découvrir correspondent à des moments clés ou à des tournants de l'histoire de *L'Os à moelle* ou de notre histoire, entre mai 1938 et juin 1940.

Ces « instantanés loufoques » sont précédés de courtes évocations de l'actualité de la semaine. Pour vous permettre de mieux comprendre le contexte dans lequel ils ont été écrits. Deux années où l'on n'avait pas le cœur à rire, même, et surtout, à l'heure de la « drôle de guerre ».

Jacques PESSIS

TOUS LES VENDREDIS   LE NUMÉRO : 0 fr. 75   1er ANNÉE — N° 1   VENDREDI 13 MAI 1933

L'OS à MOELLE

LA RENTRÉE DES MILLIARDS

ORGANE OFFICIEL DES LOUFOQUES   Rédacteur-en chef : **Pierre DAC**

RÉDACTION ADMINISTRATION : 43, rue de Dunkerque, Paris-10e. Téléphone : Trud. 09-92 et à la suite. Compte chèque postal : 259-10. R. C. Seine 68.315.

« ... des fois que j'en attraperais un ou deux... »

LE PREMIER MINISTÈRE LOUFOQUE EST CONSTITUÉ

" Mais il ne durera pas... "
nous dit M. Pierre DAC, Président au Conseil

C'est au Poker dice
que les portefeuilles ont été distribués

LE DINGO-OR EST DÉJÀ A 0 FR. 02

Une journée historique

Décrets-Lois

CONVERSATIONS

POURQUOI JE CRÉE UN JOURNAL
par PIERRE DAC

DEPUIS quelque temps, on sentait que quelque chose allait se produire ; chacun avait comme une sorte de pressentiment, inexpliqué, un vague pressentiment d'événements définitifs ; c'était impalpable, aérien, imprécis, volatil...

LE MINISTÈRE

DES ÉCONOMIES

Notre nouveau Président du Conseil
(Vu par Bugette.)

DROL' DE S'MAINS

Redis-le Moelleux

VENDREDI

LUNDI

MARDI

MERCREDI

SAMEDI

DIMANCHE

— Et le camembert ?
— Il fait la course au trésor.

L'HEURE de la semaine

LUNDI, A 15 HEURES ET AU QUATRIÈME CLOP DE MIDI MOINS LE QUART, IL SERA EXACTEMENT : MERCREDI 18 HEURES 25. POUR LES AUTRES HEURES, VEUILLEZ VOUS REPORTER A VOTRE MONTRE HABITUELLE.

JEUDI

ET MAINTENANT VOICI LES ÉVÉNEMENTS DE LA SEMAINE PROCHAINE

A L'OMBRE DES VIEILLES BARBES EN FLEURS

Une séance mouvementée à la Bourse des Barbes de Tokio. (Voir la Cote à la page 3.)

L'OS à MOELLE

NUMÉRO 1 — VENDREDI 13 MAI 1938

Depuis le 10 avril, le radical Édouard Daladier remplace Léon Blum à la Présidence du Conseil. Il forme un gouvernement avec l'appui de la SFIO, annonce des mesures d'économie et une dévaluation du franc. Il agit par décrets-lois, que le Parlement ne discute même pas. De son côté, Hitler discute avec Mussolini. Le 9 mai, le chancelier du Reich propose une alliance militaire au Duce qui, parallèlement, a signé, avec la Grande-Bretagne, les accords de Pâques. L'Italie annexe l'Éthiopie et les intérêts britanniques seront préservés en Arabie Saoudite et au Yémen, sous le contrôle de la Société des Nations, la SDN...

Edito — Pourquoi je crée un journal

par Pierre DAC

Depuis quelque temps, on sentait que quelque chose allait se produire ; chacun avait comme une sorte de pressentiment, une espèce de vague prescience d'événements définitifs : c'était impalpable, aérien, imprécis, volatil et cependant presque concret dans sa fluidité embryonnaire ; les gens respiraient difficilement, oppressés par cette attente dont on sentait qu'elle se raccourcissait à mesure qu'elle s'allongeait ; les nerfs se tendaient à tel point que nombre de ménagères faisaient sécher le linge dessus pour leur faire prendre patience.

Et puis, un soir, un trou se produisit dans le voile des nuées de l'avenir, mes camarades et moi, réunis dans l'arrière-salle du grand café des Hémiplégiques Francs-Comtois, eûmes soudain la révélation de ce que le monde attendait de nous. Nous n'avions plus à hésiter : notre devoir était tout tracé et la porte de l'espoir s'entr'ouvrait à deux battants sur la fenêtre donnant sur la route de l'optimisme et de la bonne humeur : l'idée, la grande iDée avec un grand D était née, *L'Os à Moelle* était virtuellement créé.

Cependant, je vous dois quelques explications, car je ne doute point que d'aucuns esprits subtils et retors ne vont pas manquer de me demander le pourquoi des raisons qui ont milité en faveur de ce titre : *L' Os à Moelle*. Pourquoi *L'Os à Moelle* ?

Ce titre *L'Os à Moelle* est véritablement l'expression synthétique de nos buts et de nos aspirations. C'est tellement facile à comprendre que je juge parfaitement inutile de donner des explications qui ne feraient qu'embrouiller la chose comme par laquelle je vous expose la clarté de nos intentions.

N'oublions pas, en outre, que l'os à moelle fait partie intégrante de notre patrimoine et qu'il remonte à une antiquité qui n'a son équivalent que dans les temps les plus reculés. De tous temps l'os à moelle a été vénéré et son influence astrale reconnue par les personnalités les plus marquantes telles que Nicolas Flamel, Pichegru et Jules Grévy.

Au temps des Gaulois, le fameux gui qu'adoraient ces derniers n'était autre que l'os à moelle qui, à l'époque, n'était pas encore passé du règne végétal au règne minéral : les campagnes celtes verdissaient à l'ombre des ossamoelliers, aux pieds desquels les comiques en vogue chantaient leurs plus désopilants refrains dont l'un des plus célèbres : « Le Druide a perdu son Dolmen » est parvenu jusqu'à nous.

Au cours des siècles, l'os à moelle subit de nombreuses métamorphoses et même une éclipse totale sous la Révolution française ; aujourd'hui, nous assistons à son apothéose et à sa cristallisation définitive sous la forme du présent journal.

Voilà pourquoi, amis lecteurs, nous avons choisi ce titre : *L'OS À MOELLE* ! Nous tâcherons de nous en montrer dignes et de le maintenir sur le chemin du sourire et de la saine plaisanterie ; nous éviterons évidemment toute bifurcation politique, car nous voulons bien être loufoques mais pas fous.

Vous savez tout maintenant ; il ne me reste plus qu'à souhaiter à notre journal tout ce que nous pouvons lui souhaiter afin qu'il puisse accomplir l'œuvre à laquelle il est dévolu, dans une atmosphère propre à regrouper les bonnes volontés éparses dans un climat dont l'indéfectibilité ne le cédera qu'à une euphorie sereine, indélébile et entièrement prise dans la masse.

Le premier ministère loufoque est constitué
« Mais il ne durera pas... »

nous dit M. Pierre Dac, Président du Conseil
C'est au poker dice
que les portefeuilles ont été distribués
LE DINGO-OR EST DÉJÀ À 0 FR. 02

Une journée historique

À minuit exactement – c'est-à-dire à l'heure où ce n'était plus tout à fait hier mais où ce n'était pas tout à fait encore aujourd'hui – M. Albert Anonyme, Président de la République Loufoque, s'est trouvé face à face avec la crise. Dans le noir, ils se sont l'un et l'autre fait « Hou ! » à mi-voix, et, l'obscurité aidant, apeurés, se sont enfuis chacun de leur côté.

Cependant, quelques instants plus tard, le chef de l'État recevait les personnalités politiques. Tour à tour et sur un air de polka, on voyait arriver : M. Ribettes, en pyjama de filoselle ; Robert Rocca, en patinette à voile ; Roger Salardenne, en bâillant ; Claude Dhérelle, en slip (« c'est l'heure du sleeping », confia-t-il mystérieusement aux journalistes présents) ; Pierre Dac, en riant, et Fernand Rauzena, en housard de la garde. À minuit 12, d'une voiture de Police-Secours, descendaient, en groupe, MM. Patausabre, Van den Paraboum, Allahune, Léopold Lavolaille, que rejoignait aussitôt le capitaine Adhémar de la Cancoillotte.

Conversations

Tandis que tous les journalistes accrédités, réunis dans la cour du palais, battaient la semelle, la mesure, et le pavé, une importante conversation avait lieu entre les politiciens que nous avons énumérés. Après vingt minutes d'attente – combien pleines d'anxiété, on le pense ! – la porte s'ouvrait enfin. L'instant était émouvant.

C'est M. Pierre Dac lui-même qui voulut bien nous renseigner. Nous en conclûmes aisément qu'à la suite de ses consultations, le chef de l'État l'avait chargé de constituer le ministère.

– Messieurs, nous dit-il, le plus haut magistrat du pays m'ayant confié l'honneur de constituer le Gouvernement, je n'ai pas cru devoir décliner cette offre... L'heure, vous ne l'ignorez pas, est grave. Elle est même très grave. Enfin, quoi : elle est grave. En conséquence, il importait d'aller vite. Je puis dire, sans me vanter, que je suis allé vite...

Répondant alors à nos questions, le président du Conseil voulut bien nous indiquer le dosage politique de son Cabinet.

– Les titres des ministères furent inscrits sur des papiers, pliés puis mélangés dans le fond de mon chapeau. L'huissier de service tira au hasard, et, pour chaque ministère désigné, mes collaborateurs engagèrent une partie de poker dice, sans décharge, pour aller plus vite.

« Le ministère de l'Air, exceptionnellement, avait été tiré à pigeon-vole ; mais nous l'avons supprimé aussitôt... C'était nettement anti-constitutionnel... D'ailleurs, mieux vaut encore ne pas avoir l'air d'avoir l'air que d'avoir l'air de ne pas avoir l'air...

Tandis que les photographes opéraient, la liste officielle du ministère nous était communiquée.

Le ministère

Président du Conseil : M. Pierre Dac
(provisoirement inamovible)
sans portefeuille
mais avec un petit porte-monnaie.
Vice-Président du Conseil et Garde d'Esso :
Ça dépendra.
Ministère des Bas et Chaussettes : M. Patausabre.
Ministère du Yaourt : M. Ribettes.
Ministère des Portes et Fenêtres : M. Van den Paraboum.
Ministère du Bœuf en Daube : M. Roger Salardenne.
Ministère d'huissier : capitaine Adhémar de la Cancoillotte.
Ministère des Pléonasmes : M. Claude Dhérelle.
Ministère des Sciures et Pavés gras : M. Allahune.
Ministère des Vieux Dentiers et Jaunes d'Œufs : M. Robert Rocca.
Ministère des Moules à Gaufres et Sinapismes : M. Fernand Rauzena.
Ministère de la Matière Grise : M. Léopold Lavolaille.
Sous-Secrétariat d'État : Pas de titulaires pour l'instant.

Des économies

Très entouré, le nouveau président du Conseil expliquait :

– Le moment est aux économies. C'est pourquoi par réaction contre les ministères trop copieux, j'ai choisi seulement trois collaborateurs.

– Mais nous en voyons dix sur la liste, Monsieur le Président ?

– Bien sûr, seulement, il y en a deux qui ne comptent pas.

– Pourquoi ?

– Parce qu'ils ne savent pas compter, parbleu !... Je disais donc : huit collaborateurs, plus deux qui ne comptent pas. Entre nous, c'est bien suffisant, et ça marchera beaucoup mieux comme cela.

Parole historique dont le retentissement, à l'intérieur et à l'extérieur de nos frontières, ne manquera pas de se faire prochainement sentir.

Nous questionnâmes, pleins d'étonnement :

– La Marine ?... Le Commerce ?... Les Travaux publics ?... les Finances ?...

– Voilà où je vous attendais. J'ai estimé – et le président de la République est tombé pleinement dans mes vues (sans se faire aucun mal, d'ailleurs, rassurez-vous) – qu'il était illogique qu'un seul d'entre nous disposât du trésor. Il est normal, n'est-ce pas ? que chacun puisse un peu taper dans la caisse quand le besoin s'en fait sentir, surtout au moment de la fin du mois ou à l'époque du terme. Là est la véritable équité, la véritable égalité. Le ministère des Finances est donc indivis. Nous avons tous le droit de proposer de nouveaux aménagements financiers, et tous le droit de les convertir au passage. Pas de jalousie, donc pas de dissentiments au sein même du Cabinet, si j'ose ainsi dire.

Le président réfléchit quelques instants, puis ajouta :

– Quant à ce qui concerne... enfin pour la chose que vous me causiez tout à l'heure, vous me comprenez : il s'agit de tous les autres ministères vacants, nous avons décidé de les attribuer (chaque semaine momentanément) à une personnalité nouvelle.

– Mais la cohésion, alors ?...

– Au contraire : suite admirable dans les idées, messieurs... Chaque semaine, chaque ministère sera mis aux enchères... Ainsi, pour la première fois dans un État, les ministres ne coûteront rien au pays, mais lui rapporteront quelque chose.

Il était une heure du matin. Un peu frissonnant sous l'aigre bise, le président nous quitta et monta dans sa voiture des quatre-saisons, au pare-brise de laquelle le chauffeur avait déjà attaché, avec un lacet, le fanion du Gouvernement.

Pour le plus grand pays

Une éminente personnalité a bien voulu nous confier sous le sceau du secret qu'une décision importante avait déjà été prise, quelques instants après la formation du nouveau ministère.

– Au cours de ce Conseil, nous a dit cette personnalité, il a été décidé – mais nous avons juré sur l'honneur de n'en rien dire – que la nation allait prendre sous son protectorat quelques régions actuellement en pleine pagaïe. C'est ainsi que, dès maintenant, on pense annexer Romorantin et Carpentras, villes où des militants se chargeront de l'organisation d'un plébiscite. C'est M. Riton-les-Mains-Jointes, préfet de police, qui s'occupera du service d'ordre.

» Et surtout, termina M. Ribette en se sauvant, pas un mot à personne... Ma parole est engagée.

Que cette éminente personnalité se rassure : nous savons garder notre langue, qui, d'ailleurs, est la langue diplomatique.

Le pays est gouverné

Tandis que le pays, serein de se sentir enfin gouverné fermement, continuait sa nuit, les nouveaux ministres regagnaient leurs hôtels. M. le Président Pierre Dac s'installait à l'Hôtel des Deux Hémisphères et du Languedoc Réunis, place Constantin-Pecqueur, et ses collaborateurs, sous la présidence du ministre du Bœuf en Daube, M. Salardenne, expédiaient les affaires courantes dans un bistrot de la rue des Martyrs.

Lorsque nous nous y présentâmes, nous fûmes repoussés par l'huissier de service (la nouvelle tenue comporte un long tablier blanc et une serviette sale sur le bras), et nous n'eûmes que le temps d'entendre, par la porte entrebâillée, M. Pâtausabre déclarer nerveusement :

– Je mets à trèfle.

... On discutait finances en Conseil restreint.

Les changes

La constitution du nouveau ministère, qui est favorablement accueilli à l'étranger, a déjà eu un premier résultat inespéré. En séance exceptionnelle, la bourse de Levallois-Perret cotait le Dingo-or au comptant 0 fr. 02 et à terme : 15 juillet, 0 fr. 02005 ; 15 octobre, 2 494 fr. ; 15 janvier, 1 fr. 3304. Tous les espoirs sont désormais permis.

Piastre patagone : pas grand-chose.

Dollar : couci-couça.

Livre sterling : 992 grammes.

Lei (Roumanie) : 12 sous le litre.

Roubles mérovingiens : toute la poignée pour 20 sous.

Monnaie de singe : à la tête du porteur.

Fausse monnaie : marchander dur et ferme.

Douro hassani : macache bezef.

Dingo-or : 0 centime 2.

Drol' de s'maine — Redis-le Moelleux

Vendredi

Histoire d'amuser le Führer, les troupes italiennes ont défilé devant lui au pas de l'oie.

– Tiens! a-t-il dit, il me semble que j'ai déjà vu ça quelque part.

– Pensez-vous, a rétorqué le Duce un peu vexé, c'est le nouveau pas romain.

Mais le chancelier du Reich avait l'air de trouver que ce pas romain était un pas romain pas romain. Et il a ajouté:

– Est-ce que par hasard vous mettriez aussi de la choucroute dans les spaghetti à la milanaise et des delikatessen dans le risotto?

Samedi

Enfin, nous avons tous gagné à la loterie nationale!

Le billet 257 287 n'ayant pas été vendu, c'est en effet l'État qui empoche le gros lot de la quatrième tranche. Et comme l'État, c'est nous, nous pouvons donc dire que nous avons gagné.

Quelle chance! tout de même… Ah! nous sommes bien contents. Ils tombent à pic, ces trois millions. Mais l'aubaine ne nous grise pas; nous n'en continuerons pas moins à travailler comme par le passé.

Dimanche

À la suite des protestations d'un de nos confrères du matin, une statue-navet des Champs-Élysées va quitter son piédestal. Elle sera remplacée, croyons-nous, par une statue-topinambour ou une statue-radis noir.

L'horreur en question s'intitule: Prométhée étranglant son vautour. Or, il faut bien reconnaître que si Prométhée ressemble davantage à un dieu que Vercingétorix à un ragoût de mouton, le vautour, lui, a plutôt l'air d'un concombre que d'un moulin de vent.

Certes, le déboulonnement de cette œuvre d'art va causer de gros frais, mais on espère la revendre un bon prix, comme épouvantail à moineaux, aux vignerons de l'Arpajonnais.

Lundi

La police recherche le mystérieux Rikiki, chef des gangsters de la pochette-surprise. Ces garnements pillaient, depuis quelque temps, le placard aux esquimaux, caramels mous et chocolats glacés d'un cinéma de la rive gauche.

Le bruit court que Mistinguett serait sérieusement compromise dans cette lamentable affaire. Elle aurait acheté au rabais les bijoux contenus dans les pochettes-surprise. Elle propose, toutefois, de restituer les joyaux recélés. Mais elle réclame énergiquement ses quatorze sous!

Mardi

En Chine, la situation s'éclaircit. On mande de Fou-Tchéou à l'agence Tchaou-Fou que l'armée You-Péou est entrée dans Fou-Ting, obligeant les forces du maréchal Tchang-Aïchou à se replier dans le Chou-Tchéou. Mais il est fort possible que Tchi-Tchao tombe au pouvoir de Tchao-Tchi.

Enfin, le monde entier, qui a les yeux fixés sur l'Extrême-Orient, commence à y voir un peu plus clair.

Mercredi

On annonce aujourd'hui que le massif du Mont-Blanc possèdera dans deux ans le plus haut téléphérique du monde. N'entendez pas par là que les wagonnets auront 30 à 40 centimètres de plus, en hauteur, que les autres téléphériques existant déjà... Non, c'est le téléphérique qui grimpera à 3 625 mètres d'altitude ; de sorte que l'on pourra, désormais, pratiquer le ski en plein été. Il ne reste plus, à présent, qu'à installer le plus puissant calorifère du monde à la Mer de Glace, afin de permettre aux touristes de se livrer aux joies estivales des bains de mer en plein hiver.

Jeudi

Grave scandale à la Chambre des lords. On vient de s'apercevoir que le fauteuil du lord chancelier était rembourré de crin. Or, selon une tradition datant du XVe siècle, le lord chancelier doit « prendre siège sur de la laine ». Et le crin, dame ! ça n'est pas de la laine. On craint que le bourreur de crins ne soit inculpé de bourrage de crânes.

Les grands reportages de l'Os à Moelle

Chez les fumeurs de cravates

Une visite dans une fumerie clandestine cachée sous une enseigne au néon, où le vice secret s'étale publiquement.

On sait qu'à notre époque, les vices les plus divers se répandent de plus en plus. C'est grâce à une indiscrétion volée à la sauvette et à deux consommateurs qui bavardent à la terrasse d'un café, que nous avons été mis sur la piste d'une fumerie clandestine, l'un de ces endroits malsains dans lesquels les désaxés des sexes les plus divers assouvissent des passions momentanées qui les mènent irrésistiblement vers la démence définitive.

Dans un quartier que, par correction professionnelle, nous ne désignerons pas plus explicitement, mais qui se trouve très exactement entre le 47e degré de longitude ouest et le 32e degré de latitude sud-sud-est en partant du 123 de la rue de Tocqueville, nous apercevons déjà une fumée opaque – et pourtant, les fêtes d'opaques sont passées depuis longtemps – qui obscurcit le ciel.

Nous brûlons : la fumerie clandestine ne doit pas être très loin.

D'ailleurs, un agent préposé à l'embouteillage, et que nous interrogeons discrètement à voix basse et sur la pointe des pieds, nous répond :

– La fumerie clandestine ?… C'est trente mètres à votre droite… D'ailleurs, il est impossible que vous vous trompiez, c'est marqué dessus.

Le renseignement est exact. Au-dessus de la porte, une enseigne lumineuse, courte mais bonne, sur laquelle nous distinguons, en lettres immenses, la discrète indication :

« Fumerie clandestine »

attire notre regard.

Au-dessous, une pancarte de carton format double-quadruple colombier, ajoute :

« Entrée interdite aux colporteurs et placiers en buvard non ignifugé. »

Il est évident qu'on n'entre pas dans cet antre du vice comme dans un moulin à poivre. Il y a tout un code spécial de signaux.

Mais nos précautions sont prises.

Au vingt-cinquième coup de pied brutalement appliqué dans la porte, celle-ci s'ouvre. À vrai dire, ce n'est pas la porte elle-même qui s'entrebâille, mais (raffinement de sécurité) c'est le panneau du bas qui s'effondre sous notre pied.

Dans la fumerie

C'est M. Louis La Manchette, le secrétaire général de la Société Anonyme des Fumeries clandestines de France, qui nous accueille aimablement.

Il est en train de prendre un bain de pieds dans le tiroir de son bureau.

– Vous désirez, messieurs ?

– Cher monsieur, nous voudrions, à l'intention de nos lecteurs, quelques détails sur le fonctionnement de votre établissement.

– Ben, il y a un peu de tout…

Nous insistons :

– Tout de même, c'est une fumerie ?

– Évidemment. Ici, on fume…

– Et qu'y fume-t-on ?

– Mon Dieu… ce qu'on trouve.

Je ne sais pas si vous réalisez ce que ces phrases représentent d'angoisse, de mystère et d'inconnu.

Mais j'ai décidé de vous renseigner totalement, et, quel que soit le danger, je ferai mon devoir.

M. La Manchette, devant notre insistance, se décide soudain :

– Alors, messieurs, si vous voulez bien me suivre, je m'en vais vous faire visiter la salle tonkinoise.

Une odeur bizarre me prend à la gorge.

– Oui, excusez, ce n'est rien, c'est le poêle qui fume.

– Lui aussi !…

Nous sommes angoissés, oppressés par un malaise indéfinissable… La décoration de cette salle tonkinoise a quelque chose d'étrange et de ténébreux, et rappelle tout à fait le style anglo-saxon. Au fond, une cheminée avec le buste de M. Félix Faure, notre regretté président... Il n'y a pas de fenêtres, mais simplement des carreaux tenus par des ficelles, et au mur on peut admirer un curieux chrono représentant une courageuse garde-barrière sauvant au péril de sa vie un marchand de lunettes myope égaré sur la voie et menacé d'écrasement par une locomotive haut le pied qui, heureusement, a du retard.

J'aurais bien voulu interroger quelques fumeurs. Malheureusement il n'y avait personne. Sur un signe de M. Louis La Manchette, nous passons dans une autre salle ; celle des fumeurs de cravates, la grande spécialité de la maison.

La pièce, de plus pur style mérovingien, est ornée d'un buffet Henri II. Les fumeurs sont assis, qui sur une orange, qui sur un pliant, quelquefois sur les deux.

Des habitués discutent entre eux, et voici les conversations que nous avons saisies au vol :

– Alors, dites donc, mon cher, qu'est-ce que vous fumez là, en ce moment ?

– Ben, je fais un essai avec un nœud papillon, mais c'est doux, je crois que je vais revenir à la lavallière...

– Vous savez, vous avez tort. Moi, en ce moment, je fume de la régate... et c'est très bon.

– Oui, mais, la régate, ça me fait mal à la gorge.

– Quand on la serre autour du cou, je ne dis pas, mais quand on la fume...

– Excusez-moi, messieurs, mais croyez-moi : pour la pipe, rien ne vaut la cravate à système...

À ce moment précis, un individu hagard bondit vers moi et tente de m'arracher ma cravate. Je l'interroge.

– Excusez-moi, c'est plus fort que moi, dit-il, j'ai beau faire, je ne peux pas me déshabituer. J'ai mangé tout mon argent, messieurs. Songez que j'ai fumé jusqu'à trente-deux cravates par jour. Maintenant je suis ruiné, je ne peux plus en acheter. Alors, dès que je vois une cravate, il faut que je la fume... Oh ! dites, vous avez une belle cravate, laissez-moi la fumer... ou, alors, donnez-moi une de vos pattes de bretelles, je m'en contenterai. Mais il faut que je fume.

En plein kief

Je lui offre une gauloise bleue.

– Oh ! oh ! une cigarette ! jamais. Pour qui me prenez-vous ?

Ce malheureux fait peine à voir. Il se roule par terre, écumant, hurlant.

Puis, subitement calmé, il commence à chanter une sorte de mélopée. Il rêve. Écoutons :

Jadis, quand j'étais un p'tit gars,
J'étais pur, je ne fumais pas.
Mais un soir, un ami d'ma sœur
Me fit fumer un quart de beurre.
Ça y était, le vic' m'avait pris.

Sans cess' depuis il me poursuit.
J'ai tout fumé, mêm' des savat's,
Maint'nant j'suis pris par la cravate.
J'en ai t'y fumé des objets peut,
Soit en régat' ou en p'tit nœud.
J'en ai-t-il fumé des objets
De tout's formes et de tous aspects !
J'ai fumé des fixe-chaussettes
Et des paquets d' clés à molette.
Pourtant un jour j'ai résisté
Quand on a voulu m' fair' passer
De l'oseille pour du tabac d' troupe.
Mais moi, l'oseill', je n' l'aim' qu'en
soupe.
I' m' faut d' la cravat' tant qu'on
peut,
Soit en régat' ou en p'tit nœud.

Le spectacle est hallucinant.
Nous n'en pouvons plus. Nos nerfs
sont à bout. Nous préférons arrêter là cette enquête par trop
pénible, et laisser aux autorités
responsables le soin de réprimer
de pareils abus.

VAN DEN PARABOUM.
(*Exclusivité S. D. L. Agency*
et Os à Moelle.)

L'HEURE
de la semaine

LUNDI, À 15 HEURES ET
AU QUATRIÈME CLOP DE
MIDI MOINS LE QUART,
IL SERA EXACTEMENT :
MERCREDI 18 HEURES 35.
POUR LES AUTRES HEURES,
VEUILLEZ VOUS REPORTER
À VOTRE MONTRE HABI-
TUELLE.

Et maintenant voici les événements
de la semaine prochaine

De tous les journaux d'information, *L'Os à Moelle* est, sans contredit,
le mieux renseigné. C'est pourquoi nous pouvons nous permettre, sans
crainte d'être contredits par qui que ce soit, de passer dès maintenant
en revue les événements loufoques de la semaine prochaine.

D'abord, et en tout premier lieu, ce n'est pas vendredi prochain, et pour
cause, que l'on célébrera le centenaire de la bille d'agate à Carpentras.

Dans les faits divers à venir, notons un certain nombre d'accidents
d'automobiles, 15 drames passionnels, 397 coups de couteau, 682 coups
de revolver, 8 753 gifles, 14 226 coups de poing, 144 324 coups de pied au
derrière et quelques batailles à coups de pain de quatre livres.

Les nouvelles de l'extérieur ne seront pas plus mauvaises que cette
semaine, mais pas meilleures que la semaine suivante. Il y aurait quelque
mécontentement à l'intérieur du pays que cela ne nous étonnerait pas
outre mesure.

DÉCRETS-LOIS

Notre Président du Conseil, Pierre Dac, a rédigé un certain nombre de décrets-lois qui seront soumis incessamment – et même plus vite que ça – à la signature du Président de la République Loufoque. Voici la première série :

Statut du travail

À la suite de l'accord intervenu entre les puissances, on ne travaillera plus désormais le lendemain des jours de repos, mais, à titre de compensation, on se reposera la veille.

Rajustement des tarifs douaniers

Les droits relatifs à l'importation du Yaourt seront triplés les jours pairs, quadruplés les jours impairs, et quintuplés tous les autres jours. Un droit fixe de 0 dingo-or 50 sera appliqué aux bretelles, aux tessons de bouteille et aux sifflets à roulette. Bénéficieront d'une exonération totale : les cages d'ascenseur, les cordes à nœuds et les bougies allumées. Rien de changé en ce qui concerne l'importation des cuirs chevelus et des pléonasmes à pointes rentrantes.

Bœuf en daube

La ration quotidienne de bœuf en daube est fixée à douze kilos par personne. La vache en daube, même enragée, est interdite à moins de 50 kilomètres de la capitale. Quiconque aura, à l'aide de violences, voies de fait ou manœuvres frauduleuses, entravé la liberté de pâturage du bœuf en daube, sera passible d'un emprisonnement de quinze à trente secondes et de l'énucléation de l'œil gauche.

Décret-loi sur les décrets-lois

Tout particulier désireux de promulguer un décret-loi individuel devra en référer, par le truchement d'un agent-voyer, au président du conseil, qui statuera en dernier ressort à boudin et prendra lui-même un décret-loi qui ratifiera ce décret-loi, conformément au décret-loi sur les décrets-lois.

Le Petit Adolf a rendu au Jeune Benito la visite que celui-ci lui avait faite

... et, dans une joie juvénile, il a admiré
tous les joujoux de son camarade de jeux.

« Viens donc goûter jeudi avec moi, je te montrerai mes nouveaux joujoux... »

Tel est le télégramme que le petit Benito avait pu envoyer, la semaine dernière – qui n'est pas pour cela, d'ailleurs, la dernière des semaines –, à son petit camarade Adolf, en prélevant quelques lires sur sa petite tire-lire.

Et le petit Adolf, accompagné par sa fraülein, la ravissante Mlle Goebbels, est venu jeudi, car, ce jour-là, il n'avait pas école, à manger de la tarte.

Ce fut une réunion charmante. Les deux petits enfants tombèrent dans les bras raccourcis l'un de l'autre sous l'œil ému de leur famille royale et impériale.

Avant la collation gesellschaft, les gamins allèrent voir les jouets de Benito. Celui-ci montra à Adolf ses quatre cents petits avions bien rangés et ses cent petits bateaux.

– Je ne te parle pas, lui dit-il, de celui que je te monte en ce moment.

– Naturellement, répondit Adolf... j'en ai autant à ton service militaire.

Et tous deux rirent longuement de cette bonne plaisanterie.

On fit alors manœuvrer les bateaux dans le petit bassin méditerranéen du jardin ; on fit voler les avions, et les deux aimables garçons discutèrent à perte de vue sur le mérite respectif de leurs soldats de plomb.

Adorable innocence de l'enfance !

– Vive l'enfance ! cria malignement le petit Benito pour faire rager Adolf.

Et celui-ci se mit à trépigner.

– Fous-moi le Kampf, cria-t-il.

On dut les séparer. Mais l'harmonie fut rétablie devant le goûter. Chaque délicieux bambin fut muni d'un bavoir et le repas commença.

– T'as l'air d'un capitaine de bateau-lavoir, ricana Adolf.

21

De nouveau, on les sépara.

– Ça n'est pas beau, leur dit fraülein Goebbels, deux petits amis qui se disputent tout le temps.

– Il n'est pas mon ami, cria Adolf, il n'est pas mon ami, il joue tout seul à l'Éthiopie.

– Et lui, pleurnicha Benito, c'est un autricheur.

On dut les re-re-séparer.

Ainsi se termina l'entrevue amicale du petit Adolf et du petit Benito. Avant de partir, Adolf demanda :

– Dis, Benito, si j'en ai besoin, tu me les prêteras tes petits bateaux et tes petits avions ?

Benito étendit la main droite et dit :

– Je te le jure, Adolf.

Alors, on ne sait pourquoi, Adolf se mit à pleurer, tandis que fraülein Goebbels écrivait, sur son journal intime, la note suivante :

« Les deux enfants ont le (Brenn) air de s'être follement amusés. »

Pour se distraire en société

Le jeu de la casquette et du compte-gouttes

Ce jeu, tout nouveau, fera très probablement fureur cet été sur les plages et ailleurs. Il est à la portée de tous et peut se pratiquer sans crainte de froisser les opinions ou convictions religieuses.

Règle du jeu – Prendre une casquette, une casquette courante, enfin une bonne casquette, quoi. La mettre dans une casserole et la faire fondre à feu doux. Quand elle est complètement liquéfiée, la vider à l'aide d'un compte-gouttes dans un autre récipient, que l'on placera dans un frigidaire : la casquette retrouvera ainsi en peu de temps sa consistance première.

L'habileté consiste, au moment du transvasement par compte-gouttes, à ne pas prendre une goutte de visière en même temps qu'une goutte de coiffe de doublure, car alors, au moment de sa reconstitution, votre casquette prend alors l'aspect malencontreux d'une clé à molette ou d'un coffre à bois.

Donc : habileté, adresse, psychologie, patience, voilà ce que nécessite le nouveau jeu de la casquette et du compte-gouttes.

Une heure dix avec...

Louis XIV

« On m'a nommé le Roi-Soleil à cause de tous les gens qui vivaient dans mon ombre », nous dit-il.

On m'avait informé que, pour la première manifestation organisée pour commémorer le Tri-Centenaire de Louis XIV, la Manufacture des Gobelins exposait une magnifique tapisserie représentant le Roi-Soleil.

–Voir ça et mourir, me suis-je dit en n'en pensant pas un traître mot et en me précipitant en même temps vers l'avenue du même nom.

Je ne saurais vous décrire l'extase dans laquelle me plongea la vue de cette pièce unique au monde. Extase tellement superlative que, quatre heures durant, je restai en contemplation ensommeillée devant elle. À tel point que la Manufacture était fermée depuis longtemps déjà et que le jour tombait dru lorsque je m'éveillai.

C'est à ce moment précis que, descendant de son cadre, Louis XIV manqua majestueusement de s'abîmer le portrait :

–Oh ! Oh ! dit-il, j'ai failli m'étendre.

La glace était rompue.

–Sire ! Majesté ! Quel honneur ! Je suis dans tous mes états.

–L'État ?... C'est moi, dit le Roi en souriant royalement.

Louis XIV m'aborda en ces termes.

–Ben... ben... pas ?... hein ?... Je m'suis dit : Y'a pas d'raison que j'me fasse pas mettre mon nom dans les journaux, moi aussi... Alors, me v'là... L'État, c'est moi.

–Sire, laissez couler de mon front la sueur de ma surprise... Et laissez-moi vous exprimer mon étonnement à vous entendre parler ainsi... Est-ce là ce fameux beau langage du Grand Siècle ?

–C'est vrai, monsieur, je comprends que vous soyez étonné, mais je vais vous expliquer l'histoire et la raison... parce que, du temps que j'étais roi, je savais causer et, pendant toute la durée de mon règne, je suis-t-été obligé de me surveiller, vu que j'avais toujours une bande de seigneurs à mes trousses qu'étaient là pour m'épier.

–Oui, je vois ce que c'est, des pédicures ?

Louis XIV haussa les épaules :

–Oh ! Dites, laissez causer le bonhomme, ils venaient pour m'épier, ils m'épiaient, quoi...

–Oui, nous comprenons, Sire... Tout de même, vous avez eu un beau règne, mais pourquoi vous a-t-on appelé le Roi-Soleil ?

– À cause d'un tas de gens qui vivaient dans mon ombre…

– Comment ça ?

– Ben oui, rappelez-vous ce qu'a dit dans une de ses pièces un monsieur très bien, M. Sacha Guitry. Il a dit en substance : Le siècle de Louis XIV, c'est les autres qui l'ont fait.

– Quels autres ? demandai-je, surpris.

– Ben ! Corneille, Molière, Racine, La Fontaine, Boileau, Lulli et Lulli quanti, Colbert, Louvois, Condé, Turenne. Un tas d'autres quoi ! Et voilà comment j'ai procédé : au début de mon règne, un lundi matin, je me souviens, j'ai organisé une séance exceptionnelle de chaise percée solennelle. J'ai réuni tous les messieurs que je viens de vous causer et je leur ai dit : « C'est moi que je veux être le roi Soleil… » « On veut bien », qu'ils ont répondu. Alors, voilà que j'ai redit : « Je veux que vous me fassiez un beau siècle, pour qu'on puisse dire plus tard le siècle de Louis XIV, c'était un beau siècle. – Bon, qu'ils ont dit, et un siècle de combien vous voulez ? – Ben, que j'ai dit, un bon petit siècle moyen dans les 55-60 ans, quoi. » Ils se sont mis à l'ouvrage, chacun dans sa spécialité ; ils ont tout fait. Moi, j'ai regardé.

Ému jusqu'au tréfonds de ma poche-revolver, je m'exclamai :

– Ah ! tout de même, il y en a des trucs qu'on ne sait pas.

– Eh oui, dit le roi, sans compter tout ce qu'on m'a attribué et dont je n'ai jamais rien su.

– Mais dites donc, monsieur Louis XIV, c'est bien vous qui avez dit : « Il n'y a plus de Pyrénées » ?

– Moi ? J'ai dit ça ? s'étonna le roi, c'est encore Saint-Simon Bolivar qui a déformé les choses…

» D'abord, je n'savais pas qu'il y avait des Pyrénées… Et puis, j'ai parlé des Buttes-Chaumont. Mais vous savez quand il faut causer pour la postérité, faut aller vite.

Une question brûle mes lèvres à tel point que je la laisse tomber dans la conversation :

– Mais dites, monsieur Louis, avant de nous quitter, au cours de votre règne, vous n'avez guère connu de cruelles ?

– Ben ! On s'est défendu quoi, comme tout homme digne de ce nom.

– Et quelle a été votre préférée ?

– La Vallière ! Ah ! Je l'avais à la bonne celle-là, qu'est-ce qu'on se mettait derrière la cravate, chez elle, quelle belle époque ! Que les manières étaient douces, que les mœurs étaient polies, raffinées. Quant à moi pour ce qui est de l'éducation, je faisais le poil à tout le monde. Ah ! c'était le bon temps !

Sur ces paroles, Louis le Quatorzième eut un grand geste désinvolte.

Me mettant familièrement le pied gauche sur l'épaule droite, il me murmura dans l'oreille :

– Ce soir, j'ai envie de rigoler… Si vous sortez, je vous accompagne.

C'est devant la grille tarabiscotée de l'entrée du métropolitain que le Roi-Soleil, à la pâle clarté de son incognito, me demanda simplement.

– Dites voir ?… Où faut-il que je change pour la Porte de Versailles ?

Jacques ALLAHUNE.

Notre président

PROTESTE OFFICIELLEMENT CONTRE LA 101e SESSION DE LA S.D.N.

Il intente à cet organisme inconnu un procès en plagiat et contrefaçon

À l'annonce dans une certaine presse de l'ouverture de la 101e session de la S.D.N. (???), notre Président, dont l'indignation faisait peine à voir, s'est écrié :

– S.D.N. ?… Qu'est-ce que c'est que ça ? C'est du plagiat !… Ah ! Mais ! Ça ne se passera pas comme ça.

Et de prendre incontinent le premier bateau-pompe en partance pour Genève.

Aussitôt arrivé, notre honoré Président se rendit à l'officine en question et éleva, en même temps que son chapeau, la protestation suivante :

– Au nom de la S.D.L. au nom de laquelle j'ai l'honneur et l'avantage de présider, je vous somme…

Mais il ne put en dire davantage.

À son retour à Paris, encore sous le coup de l'émotion et du pied, notre Président nous a déclaré :

– Je n'ai pas pensé devoir en dire plus long tellement j'étais écœuré du fait qu'on m'ait traité comme un vulgaire malfrat, en me vidant « manu pedicari ».

» Ce sont évidemment des choses qu'on ne fait pas mais qu'on fait tout de même, puisqu'on l'a fait… Mais je tiens à le dire une fois pour toutes, ça ne se fait pas !

Il n'est pas douteux, après cette énergique protestation du président de la S.D.L. que de graves incidents diplomatiques soient à redouter.

Afin de parer à toute éventualité, le port du casque à fil à retordre et de la bretelle blindée sera obligatoire, jusqu'à plus ample informé, pour tous les ayants droit non mobilisables.

Nous aussi nous voulons NOTRE SALZBOURG...
... *notre Salzbourg loufoque*

Nous nous devions de montrer au monde que nous aussi on connaît la musique. De là à lancer l'idée d'un Salzbourg loufoque, il n'y avait qu'un pas. Ce pas nous l'avons franchi allègrement.

Nous donnerons ultérieurement le programme détaillé. Pour l'instant nous pouvons dire que le clou de la fête sera, sans contredit, l'audition de M. Sis Temdey. Ce maëstro, véritable novateur en matière musicale, joue des coudes.

Voici comment il procède : il fait placer sur la scène un groupe de 150 choristes, hommes et femmes, dont les voix vont du grave à l'aigu. M. Sis Temdey se promène au milieu de ces choristes, en leur flanquant de grands coups de coude dans les hanches. Les cris que poussent ces braves gens forment alors une mélodie profondément humaine et véritablement émouvante.

Ensemble, ils exécuteront l'hymne national des Loufoques et le moins qu'on en puisse dire, c'est que ça fera du bruit.

Charles GOUNOD,
p. c. c.
Robert ROCCA.

Les Recettes de Tante Abri

La sauce aux câpres sans câpres
(Recette demandée)

Vous prenez un litre d'eau ordinaire que vous faites soigneusement bouillir. Quand elle est bien bouillie, vous prenez un deuxième litre d'eau que vous faites tiédir au bain-marie.

Ceci fait, vous versez goutte à goutte un autre litre d'eau fraîche dans l'eau tiède pour faire une bonne liaison. Vous laissez légèrement épaissir sur le coin du feu.

Pendant ce temps, vous montez en neige un bon litre et demi d'eau, et vous incorporez cet appareil dans votre première préparation.

Si votre sauce est un peu ferme, vous l'allongez avec un peu d'eau légèrement dégourdie pour éviter que cela attache.

Vous enfournez à feu vif pendant quarante minutes. Vous démoulez, et pour clarifier, vous délayez le tout dans un litre d'eau.

Vous avez alors ce qu'on appelle le « concentré de sauce aux câpres » qui, étant donné sa force et sa concentration, ne peut être utilisé tel quel pour les besoins de la cuisine.

Si l'on veut s'en servir, il est indispensable de l'étendre avec de l'eau dans la proportion de gros comme une tête d'âne sur la pointe d'une épingle pour 10 litres d'eau.

Vous obtenez ainsi une sauce aux câpres très honorable et fort agréable au goût.

Les personnes qui digèrent mal et qui ont un estomac délicat, si cela ne passait pas, n'auraient qu'à boire un verre d'eau.

La cueillette des fraises

Chers lecteurs et chères lectrices. Je ne crois pas qu'il soit nécessaire de vous dire que la saison des fraises approche à grands pas. Savez-vous cueillir les fraises ?… C'est tout un art.

Vous prenez une échelle double – car sur une échelle simple, vous risqueriez de vous casser la figure –, vous l'appliquez le plus près possible de l'arbre.

À ce moment, fatigué par cet effort, vous allez boire un verre de blanc (si c'est le matin) ou un verre de gros qui tache (si c'est l'après-midi) chez le bistrot du coin.

En revenant, vous redressez l'échelle qui est tombée parce que vous ne l'aviez pas placée en équilibre.

Puis, vous revêtez de gants de peau vos mains, afin de ne point vous piquer. Souvenez-vous que le poète a dit qu'il n'y a point de fraises sans épines.

Alors commence la cueillette proprement dite. Muni d'une assiette dans la main gauche, vous choisissez, avec la main droite, les fraises bien mûres, bien à point.

Vous les mangez immédiatement, car il ne faut jamais remettre à plus tard ce qu'on peut faire tout de suite.

Les autres – les gâtées, les pourries, les blettes, les piquées – vous les déposez dans l'assiette.

Lorsque l'arbre est complètement dépouillé vous descendez de l'échelle, vous jetez les fraises pourries au ruisseau, puisqu'elles ne peuvent servir à rien, et vous rentrez chez vous.

Si vos amis, ou les membres de votre famille, veulent aussi manger des fraises, ils n'ont qu'à faire comme vous.

Avant, autant que possible.

Adhémar de la Cancoillotte.

CINÉMA
Le film creux remplacera-t-il le film en relief ?

Le cinéma en relief, il faut bien le dire, n'est pas encore tout à fait au point. Il n'y manque que le relief... Mais la fébrilité inventive des techniciens du septième art est telle qu'ils envisagent d'ores et déjà une nouvelle adaptation du procédé génial de M. Louis Lumière : le cinéma en creux !

Si l'on en croit les indiscrétions parvenues jusqu'à nous, les principes les plus essentiels de cette belle invention sont les suivants : d'abord et en premier lieu, il importe que l'écran présente la forme d'un entonnoir et que le film soit imprimé sur pellicule tubulaire. (Bien souffler dans les trous du tube avant la projection.) Il est indispensable, au surplus, que les interprètes aient l'estomac creux et les genoux de même. Enfin, le spectateur, tout comme pour le cinéma en relief, doit se munir d'un appareil spécial. Mais si M. Lumière préconise le port de lunettes aux verres de couleurs différentes, les inventeurs du film en creux recommandent, eux, l'emploi d'un pot de cancoillotte en guise de pince-nez. Évidemment, pour le moment, on ne voit absolument rien avec cette cancoillotte qui vous obnubile littéralement le sens de la vue, mais on a l'impression très nette qu'il n'en faudrait pas beaucoup pour en voir davantage.

Les choses en sont là à l'heure où nous mettons sous presse et nous tiendrons nos lecteurs au courant des perfectionnements qui seront apportés – n'en doutons pas – à cette magistrale découverte.

Léopold LAVOLAILLE.

Nouvelles atmosphériques et phénomènes météorologiques

Un violent orage a éclaté hier, vers 18 heures, aux environs du Cap Horn, avec une violence inaccoutumée ; le tonnerre précédait les éclairs, qui essayaient vainement de passer les premiers, ce qui démontre bien que ce ne fut pas un orage ordinaire. La Bièvre est sortie de son lit, emportant sur son passage toute la literie.

On signale de fortes chutes de neige dans les mines d'Anzin. Le charbon est entièrement recouvert d'une épaisse couche blanche et cet état de choses menace de provoquer de sérieux incidents.

D'ores et déjà, nous mettons le public en garde contre les trafiquants malhonnêtes qui, exploitant la crédulité des gens, essaient de vendre au prix fort des boulets qu'ils font passer pour du sucre mécanique.

Des mesures énergiques vont être prises pour faire cesser ces escroqueries.

On prévoit une forte hausse thermométrique pour la soirée d'aujourd'hui et les jours suivants ; d'après les derniers renseignements aussi dignes de foi que sujets à caution, il faudrait compter de 35 à 42 sous d'augmentation par thermomètre au mercure et de 6 à 8 francs pour ceux fonctionnant au yaourt.

Un aérolithe de forte taille s'est abattu la nuit dernière vers 23 h 05 et a défoncé la chaussée devant l'immeuble portant le n° 12 de la rue Orfila.

Rectification. – L'aérolithe dont nous signalons ci-dessus la chute n'est pas un aérolithe : c'est un récipient contenant du canard aux navets qu'une ménagère maladroite avait laissé choir du 7ᵉ étage. Il convient d'ajouter que ladite ménagère n'ayant pas voulu lâcher son récipient, a atterri en même temps que le canard aux navets ; elle s'en est tirée à son avantage, mais ses obsèques seront célébrées aux frais de son époux.

En raison de la situation, il n'y aura pas de temps samedi prochain : c'est-à-dire qu'il y aura tout de même du temps, mais pas de prévisions ; d'ailleurs, qu'il fasse beau ou qu'il pleuve, vous le verrez bien vous-même, et je me demande véritablement quel intérêt peuvent présenter les prévisions météorologiques puisque, de toute manière, ça n'y change rien.

Un brouillard venant de la Nouvelle-Écosse s'est arrêté à Neauphle-le-Château ; primitivement d'une opacité relative, il s'est rapidement converti en une intense purée de pois ; la municipalité a fait immédiatement répandre dans les rues une grande quantité de côtelettes de porc afin d'utiliser au mieux ladite purée de pois. Le plus vif mécontentement règne parmi la population, qui préfère les petites saucisses.

Petites Annonces

DIVERS

On demande fantôme connaissant bien mystères, et ayant déjà vécu dans vieux château. Écr. : Os à Moelle qui transmettra.

Pantalon de très bonne apparence demande maître plus fidèle que le précédent. Se présenter de 3 à 4, 155, bd Théophraste-Lapanelle, Paris.

Cours de piston par téléphone, méthode très rapide, 92 leçons. Écrire Lionel Cazaux, Os à Moelle, qui transmettra.

PERDUS ET TROUVÉS

Perdu joli chien traction avant, carrosserie surbaissée. Signalement : taille 1 m 2, front fuyant, queue en trompette. Caractéristiques : marche comme un saint-bernard et aboie comme un fox-terrier.
Le rapporter à qui en voudra ; bonne récompense.

Perdu pantalon noir, à 2 jambes, dans les parages de la place St-Michel. Le rapporter toute urgence à M. Gonzague de la Tranche, 16, rue de la Pelle-à-Tarte.

Ai perdu intentionnellement femme légitime. Signalement : taille 0 m 76, nez pointu, yeux pointus, coudes pointus. Jambes largement arquées, œil droit bleu, œil gauche noir ou tuméfié. Bonne récompense à qui ne la rapportera pas.

Trouvé pantalon d'apparence féminine portant les initiales B.D.H.V.W.C.C. Le réclamer à Mme Malenselle qui le porte actuellement.

Trouvé un litre d'apéritif de très bonne apparence. Réclamer la bouteille à M. Cravatenpente, 96 bis, impasse de la Bigorne.

Ai perdu 100 000 fr. l'année dernière dans industrie en faillite. Bonne récompense à qui les rapportera, complets ou en partie. Il ne sera pas posé de question.

LES OCCASIONS

À saisir de suite, très urgent, occasions de tunnels au mètre :
Tunnel noir, 150 fr.
Tunnel très noir, 200 fr.
Tunnel très très noir, 250 fr.
Le même, mais plus noir, 300 fr.
Tunnel obscur, 400 fr.
Tunnel pour combats de nègres, 600 fr.
Tunnel noir comme un four, 700 fr.
Tunnel noir comme 2 fours, 910 fr. 10.
Tunnel noir comme 3 fours, 711 fr.
Modèles au-dessus, supplément de 15 fr. par four.
Pâte à noircir les tunnels, le pot, 18 fr.
Noir de tunnel, le seau, 75 fr.
Lanterne aveugle pour tunnel, 15 fr. 15.
Lumière noire de rechange, la flamme, 10 sous.

OFFRES D'EMPLOIS

(Communiquées par le Syndicat des gauleurs de noix de veau.)
On demande retraité ayant grande barbe pour épousseter objets d'art.

On demande cheval sérieux connaissant bien Paris pour faire livraisons seul.

On demande nourrice libérée service militaire connaissant français, anglais, portugais et arpajonnais.

L'OS à MOELLE

NUMÉRO 21 – VENDREDI 30 SEPTEMBRE 1938

> *Le 23 septembre, Chamberlain, qui vient de rencontrer Hitler, lance un ultimatum exigeant l'évacuation des Sudètes par les Tchèques le 1er octobre au plus tard. Dans les heures qui suivent, la mobilisation générale est décrétée en Tchécoslovaquie. Le 26, les gouvernements décident une mobilisation partielle en Grande-Bretagne et en France. Les réservistes reprennent le chemin des casernes. Comme beaucoup de ses compatriotes, le caporal Pierre Dac, blessé à deux reprises pendant la Première Guerre mondiale, se retrouve ainsi à Reuilly.*

Edito_____ Au temps pour les OS !_____

par le caporal Pierre DAC

Hein ! qu'est-ce que vous dites de ce titre-là ? Vous allez peut-être me répondre qu'il n'y a pas de quoi se taper les ganglions dans de la rouelle de perdreau ; c'est entendu, mais quand même, il fallait le trouver, comme disait le planton qui venait de s'apercevoir que son soulier gauche était dans la poche-revolver de sa martingale ; d'autant plus que le choix d'un titre en période de mobilisation est chose délicate et qui demande une certaine connaissance des choses dont l'idoine n'échappera qu'à ceux dont l'impétrance est définitivement inapte.

Peut-être également trouverez-vous le style du présent article un peu bizarre et légèrement in partibus : c'est que, mes chers lecteurs, je vous prie de vouloir ne pas oublier que, depuis six jours, je fais partie de l'élément masculin possesseur du fascicule blanc orné d'un numéro qui, jusqu'à preuve du contraire, est le chiffre 3. Pour être plus clair – c'est-à-dire moins explicite – mon activité se déploie à la caserne de Reuilly, entre les murs de laquelle mon matricule, le 2947, s'il vous plaît, a revêtu les apparences qui lui sont propres en même temps que réglementaires. Bon. Maintenant que je vous ai donné tous les apaisements nécessaires, permettez-moi d'ouvrir une toute petite parenthèse entre les guillemets de laquelle je vous demande la permission d'être sérieux durant quelques phrases, si j'ose employer ces mots qui n'ont que le tort d'être un peu trop limitrophes.

Qu'il me soit simplement accordé de rendre hommage à tous les braves gens avec qui je suis en contact depuis mon retour à la caserne ; merci à vous tous, mes camarades, gradés ou non, pour le si sympathique accueil que vous avez bien voulu me réserver ; grâce à vous, à votre bon sourire, j'ai éprouvé une joie dont la plénitude n'a d'égale que le... la... enfin je ne trouve pas le mot. Je suis peut-être un peu puéril, mais croyez que ce que je vous dis, je le pense de tout mon cœur.

À présent, je ferme la parenthèse et je reviens aux choses dont dépendent les éléments de notre destin ! Après les éloges, la critique ; avec le souci scrupuleux d'une objectivité totale, j'ai tout examiné autour de moi et je suis bien obligé, à mon corps défendant, de me faire l'interprète étonné de beaucoup, en constatant avec le plus profond regret que le jabot ne fait plus partie de l'équipement guerrier. Je ne m'insurge pas contre les règlements actuels ; je déplore tout simplement qu'on ait cru bon de distribuer des vareuses et des capotes dépourvues de jabot ; je ne crois pas qu'on puisse me contredire en affirmant que la valeur manœuvrière d'une troupe en ordre de marche est proportionnée au bouillonné de ses jabots. Cette affirmation, d'ailleurs, n'est pas de moi ; on m'objectera peut-être qu'elle n'est pas non plus d'un autre, ce qui est une raison suffisante pour qu'elle soit de quelqu'un.

Je n'ai aucune autre observation à présenter que celle ci-dessus, mais elle est d'importance ; je crois faire mon devoir en la signalant, persuadé que le seul fait d'attirer dessus l'attention des autorités responsables sera largement suffisant pour que les mesures nécessaires soient prises en vue de remédier à cet état de choses indiscutablement attentatoire à notre dignité et à notre réputation ad hoc.

Courrier OSFICIEL
de notre président

UN LOUFOQUE JUSQU'AUX CHEVEUX. – *N'aurait-il pas été plus logique, sinon plus facile d'imprimer* L'Os *comme ça se faisait de mon temps à l'âge de pierre (Dac) sur d'honnêtes feuilles de granit sulfurisé ?*

– Oui… peut-être… en effet, merci, sans compter que grâce aux feuilles transparentes de mica contenues dans le granit, *L'Os* pourrait se lire sans être déplié.

H. Vialatte, Colombes. – *Combien doit-on payer pour l'établissement d'un poste émetteur clandestin ?*

– Ça coûte sans doute quelques mois de prison, que l'on paye de sa personne, bien entendu.

Pierre Dac.

Les classes vont rentrer…
Voici le nouveau programme

Ce sera, cette année, le 1er octobre que les classes effectueront leur rentrée.

Le ministre de l'Instruction publique communique, à cet effet, le programme de l'examen d'entrée qui sera exigé pour les écoles maternelles (1re année). Le ministre rappelle que cet examen s'est révélé indispensable avec l'essor pris actuellement par l'instruction et il est d'ailleurs fort question de remplacer désormais le certificat d'études par le baccalauréat (1re partie), ce qui ferait gagner beaucoup de temps aux candidats.

PROGRAMME D'ENTRÉE
Écoles maternelles
(1re année)

Être âgé au plus de 6 ans et au moins de 75. MM. les sénateurs ne sont pas admis comme boursiers.

Français : Connaître au moins douze mots usuels.

Mathématiques : Savoir combien on peut acheter de roudoudous avec 1 franc.

Géographie : dire le lieu de sa naissance.

Histoire : raconter le Petit Chaperon rouge.

Chimie : savoir jeter une boule puante avec adresse.

Physique : jouer au tire-pavés.

Histoire naturelle : mettre un doigt dans son nez.

Langues vivantes : tirer la langue de 3 centimètres.

Philosophie : sucer son pouce pendant trois minutes.

Les candidats devront être munis d'une ardoise en fer-blanc, d'une toupie et d'une tablette de chocolat.

Saint-Phorien.

Drol' de s'maine — Redis-le Moelleux

Vendredi

Les gendarmes de Crévilly, en Normandie, en ont fait une bien bonne…

Ayant mal compris les ordres reçus, ils ont fait apposer sur les murs de la mairie les affiches de la mobilisation générale. Le sonneur sonna le tocsin et tout le monde se mit en route.

Quelques heures plus tard, heureusement, on vit rentrer tous les mobilisés, le sourire aux lèvres. C'était déjà l'armistice prématuré !

Une bonne blague, en somme…

Ou peut-être, simplement, une répétition générale.

Les grands reportages de l'Os à Moelle

Une visite aux grands magasins de l'Équarisseur sentimental

Où l'on vous présente les nouveaux modèles de la mode masculine pour l'hiver prochain.

Les grands magasins de l'*Équarisseur sentimental*, qui nous ont convié aujourd'hui à un grand défilé de mannequins représentatifs de la mode masculine prochaine, pourraient être, si ses directeurs le voulaient, de magnifiques établissements en pur style gothique flamboyant avec colonnades de marbre incrusté de galantine au pochoir, plafonds en pitchpin, escaliers en velours, ascenseurs en colimaçon, salons d'essayage en organdi et vermouth-cassis à tous les étages.

Eh bien ! non, l'*Équarisseur sentimental* sacrifie le luxe à la qualité de sa marchandise, estimant avec juste raison que moins il y a de frais généraux et plus le bénéfice est grand pour les actionnaires.

Aussi les grands magasins sont-ils installés, présentement et actuellement, dans un hangar, un assez bel hangar, d'ailleurs, qui tient le milieu entre la hutte de trappeurs et le refuge de puits de pétrole.

Une atmosphère de bon ton, de bonne compagnie et de fin parisianisme règne sous le hangar. Les messieurs papotent entre eux et parlent chiffons en attendant la présentation de la collection d'hiver.

D'ailleurs, voici que s'avance devers nous le directeur et animateur des magasins, M. Jules du Gras de la Glotte.

– Bonjour monsieur, très honoré de votre présence ; qu'y a-t-il pour votre service ?

– Serait-il trop vous demander, monsieur le directeur, de nous dire quelles sont les tendances de la mode masculine ?

– Ces tendances, monsieur, seront aussi vestimentaires que possible, et l'élégance sera nettement en rapport avec la tendance d'orientation des éléments qui la composeront.

– Très intéressant, monsieur le directeur, c'est transparent comme une patte-mouille.

Un bruit de dispute interrompt notre entretien.

– Oh ! encore ceux-là, grogne mon interlocuteur. Mon Dieu, c'est horrible ! Quel vacarme !

– Que se passe-t-il ?

– Eh bien ! voilà : pour la bonne marche des magasins, nous avons besoin de fonds. Alors, n'est-ce pas, il faut faire argent de tout, c'est pourquoi nous avons sous-loué le toit du hangar à une famille de braves gens au demeurant, mais quelque peu turbulents.

– Ils habitent sur le toit ?

– Oui… Oh ! remarquez qu'on y est très bien ! Et en tout état de cause, on ne risque pas d'y sentir le moisi !

– Oui, oui… mais, quand il pleut ?

– Oh ! vous savez, ce sont des colporteurs en parapluies, alors, ils utilisent leur marchandise.

– Et vous sous-louez ça cher ?

– Ben, assez. Huit sous de l'heure.

– C'est une somme.

Mais une cloche retentit : M. Jules du Gras de la Glotte s'affaire brusquement :

– Excusez-moi, la présentation est imminente, il faut que je vaque à mes devoirs.

– Vaquez, vaquez !

Je m'installe confortablement dans une auge à plâtre réservée à mon intention. L'élégante assistance s'agite et voici que s'avance vers l'estrade, composée de deux tonneaux recouverts d'une carpette, le premier mannequin.

– Le numéro 28, annonce le speaker : *Zingueur moins le quart*, costume d'après-midi pour plombier-zingueur en tarlatane dépolie et gaufrée avec casquette assortie et à pont.

Un long murmure d'admiration salue ce premier modèle, qui est ravissant. Le mannequin qui le présente sait d'ailleurs le faire valoir à ravir. C'est une sorte d'homme entre deux âges et entre deux vins, muni d'une somptueuse paire de moustaches et d'une loupe au-dessus de l'oreille gauche, ce qui n'est pas pour nuire à sa séduction naturelle, au contraire…

– Le numéro 4227, enchaîne le speaker : *Pampres d'automne…* Joli ensemble du matin pour marchand de vins. Pantalon tombant, chemise ouverte, tablier simili-reps, drapé à l'antique.

Et le défilé continue :

– Le numéro 295 : *Lame de fond.* Tenue de soirée pour pêcheur de limandes, redingote toile écrue, revers roulés, gilet noir et col crème, culotte damiers, poches côté à passepoil, chapeau Jean-Bart velours frappé, ruban ton sur ton et à l'huile.

Ce modèle est absolument éblouissant, il recueille l'unanimité des suffrages, et l'on passe au suivant :

– Le numéro 2401 : *Tendre Varlope.* Saut de lit pour menuisier-ébéniste, en copeaux mercerisés. Ce ravissant ensemble se fait en deux pièces, ou deux pièces et une cuisine au choix.

Je contemple maintenant le numéro 548 : *Fraise des bois*, costume de casse-croûte pour fraiseur-décolleteur sur tôle emboutie, en alpaga pongé, largement échancré avec ceinture en macramé tressé et aumônière à baleines pour clés à molettes et chaîne d'arpenteur.

Ce modèle est également très seyant. Il est d'ailleurs présenté par le mannequin moustachu et à loupe au-dessus de l'oreille que je citais plus haut. De plus en plus pris de boisson, il vacille sur ses jambes et sur l'estrade.

Mais un léger incident se produit… Le susdit mannequin, s'étant emmêlé la moustache dans l'aumônière, s'effondre, la tête la première, dans un des tonneaux supportant l'estrade. Il se relève péniblement, copieusement injurié par l'élégante assistance qui lui jette à la tête des choux-raves et du céleri rémoulade.

Et enfin apparaît le dernier mannequin présenté par le speaker en ces termes :

– Le numéro 8426 : *Après l'averse.* Costume de sport pour repiqueurs de laitues, en crêpe Chandeleur, pantalon en belle diagonale, pull-over en poult et sabots organdi, large chapeau paille de fer orné de tire-pavés et diapason stylisé.

Ce modèle, il faut bien l'avouer, est extrêmement osé. Aussi provoque-t-il divers mouvements d'opinion. L'assistance devient houleuse et de plus en plus nerveuse. Le mannequin hésite, ne sait s'il doit rester ou s'en aller. Des bagarres commencent à éclater, la foule envahit l'estrade, foulant le malheureux mannequin aux pieds. Le désordre est indescriptible, la foule est déchaînée et la présentation de la collection d'hiver se termine en bataille rangée. Le hangar tremble sur ses bases et avant que les sous-locataires du toit atterrissent sur notre tête, nous préférons nous retirer et arrêter là prudemment notre intéressant et curieux reportage.

G. K. W. Van den Paraboum.

L'étrange disparition de l'azimut

Comme vous le savez – car nous espérons que vous avez poussé assez loin vos études sur le chauffage central – l'azimut est l'angle compris entre le méridien d'un lieu et un cercle vertical quelconque. Du moins, ça l'était il n'y a pas longtemps encore ; or, nous ne savons pas ce qui se passe, mais depuis avant-hier, il n'y a plus d'azimut ; nous avons immédiatement et discrètement ouvert une enquête qui malheureusement n'a donné aucun résultat ; on ne trouve plus d'azimut ; les méridiens et les cercles verticaux en restent tout bêtes et offrent aux regards surpris des passants un spectacle désolant et ridicule. Il est impossible que cette paradoxale situation se prolonge. Nous ne pouvons décemment demeurer sans azimut et nous espérons que l'autorité responsable fera son devoir dans cette pénible affaire sur laquelle nous en savons plus long que si nous n'en savions rien.

Une heure dix avec...

André-Marie Ampère
Le grand physicien
qui nous explique comment il découvrit la loi fondamentale de l'électro-dynamique.

J'étais en train de lire mon fascicule de mobilisation à l'endroit et à l'envers, en biais et en diagonale, par transparence et en spirale pour essayer de deviner si, en tant que spécialiste non spécialisé, je devais me rendre à l'ordre d'appel que l'autorité militaire ne m'avait d'ailleurs pas adressé, quand l'huissier stagiaire qui remplace notre huissier mobilisé pénétra dans le bureau et s'exclama :

– M'sieur Allahune, y a l' père Ampère qu'espère.

Je sursautai :

– Le péremperkespère ? Kseksa ?

Mais l'huissier n'eut pas le temps de répondre. Un homme dont les yeux lançaient des éclairs entra dans la pièce en faisant des étincelles avec un bruit de tonnerre. Il me décocha un regard foudroyant :

– Je suis André-Marie Ampère...

– Ah ! tout s'explique, fis-je poliment, veuillez donc vous asseoir. C'est pour une interview, je suppose ?

– Oui, monsieur, et je suis très heureux d'avoir avec vous cette prise de contact et de vous présenter mes salutations électromagnétiques. D'ailleurs, je n'ai pas voulu venir les mains vides. J'ai apporté un petit pot d'électrodes. Et il sent bon, vous savez, il est farci au chatterton. Tenez, goûtez-moi ça !

Sans méfiance, je porte le petit pot d'électrodes à mes lèvres et je reçois dans les gencives une décharge électrique du tonnerre de Brest :

– Aïe ! aïe ! aïe ! aïe ! aïe ! ça pique... C'est une plaisanterie de corps de garde ?

– Non, simplement une petite farce-attrape de mon invention.

– Eh bien ! merci, vous devriez l'envoyer au prince de Lippe... Parlez-moi donc plutôt de l'origine de l'électricité ?

– C'est le gaz et l'eau.

– Comment, le gaz et l'eau ?

– Ben, vous n'avez jamais vu ? Dans les maisons de ce temps, il y avait toujours : « Eau et gaz à tous les étages. »

– Oui.

– Et maintenant qu'est-ce qu'il y a ? Hein ? Eau, gaz, électricité... Donc, c'est la conjonction de l'eau et du gaz qui a donné l'électricité. D'ailleurs, à ce sujet, vous pouvez consulter les doctes travaux de Trajan et de Pline le Jeune édités sur papier boucherie aux librairies des abattoirs de Vaugirard.

– Je n'y manquerai pas, monsieur Ampère. Mais pourriez-vous me donner un petit renseigne-

ment ? Est-ce qu'un appareil de T. S. F. peut être branché sur le gaz ?

– Bien entendu.

– Et ça marche ?

– Non. Pourquoi voudriez-vous que ça marche ? Mais je ne peux pas vous empêcher de le brancher sur le gaz si ça vous fait plaisir.

– Avant que vous soyez célèbre, monsieur Ampère, comment vous êtes-vous fait connaître ?

– Ben, en disant qui j'étais.

– Mais encore ?

– Eh ben ! c'est surtout en 1802 que mon nom fut répandu par la publication de mon ouvrage sur les considérations mathématiques des jeux.

– Très intéressant ! Mais quel rapport y a-t-il entre le jeu et l'électricité ?

– Aucun et c'est justement ce qui fait ma force. Et pourtant, monsieur, il y en a un !

– Lequel ?

– Ah ! ça n'est pas le moment de me poser des devinettes. En définitive, où voulez-vous en venir ?

– Écoutez, monsieur Ampère, nous accueillons avec beaucoup de gentillesse tous ceux qui viennent à *L'Os à Moelle*, mais tout de même, il ne faut pas exagérer. Avez-vous oui ou non publié vos considérations sur la théorie mathématique du jeu ?

– Ben oui, enfin, c'est-à-dire que... n'est-ce pas, pour ce qui est du jeu, je ne voudrais pas avoir d'ennuis avec ces messieurs de la police qui s'occupent de la chose… Vous comprenez ? Moi, tout de même je n'ai jamais fait le bonneteau, la carte truquée et la coquille de noix…

– Bien sûr, monsieur Ampère… Mais expliquez-nous tout de même comment et sur quoi vous avez basé ces considérations.

– Un soir, avec des amis, on jouait à un jeu qui faisait fureur à l'époque et auquel j'étais très fort. De first bourre !

– Comment ?

– De première force, quoi !

– Et ça s'appelait ?

– Le jeu du baquet et de la pioche !

– Ah ! Et ça se jouait comment ?

– Voilà : on recouvrait la tête de chaque joueur avec un joli baquet en bois ouvragé… généralement on jouait ça à quatre. Alors, quand on était quatre joueurs la tête recouverte d'un baquet, on prenait chacun une pioche et le jeu consistait à enlever le baquet du partenaire avec la pioche.

– Très joli. Et quelle était la règle du jeu ?

– Celui qui, d'un coup de pioche enlevait la tête du partenaire sans toucher au baquet avait perdu.

– C'est charmant, mais tout ça ne m'explique pas le rapport qu'il y a avec la théorie mathématique du jeu.

– Oh ! c'est pas pour dire, mais qu'est-ce que vous pouvez trimbaler, mon pauvre ami ! Vous n'avez pas encore compris ?

– Non.

– Alors, je vais vous expliquer : un jour, au cours d'une partie animée où j'étais particulièrement en forme, j'assénai un vigoureux coup de pioche qui pénétra dans la narine gauche de mon adversaire, le choc du fer de la pioche avec la cloison nasale du susdit produisit une gerbe d'étincelles. Je me dis : « Tiens ! tiens ! tiens ! tiens ! il y a là quelque chose d'anormal et d'électrique, mais c'est peut-être l'effet du hasard. »

» Je recommençai donc l'expérience sur un autre partenaire et le même phénomène se reproduisit. Voilà ! j'avais trouvé. Je me mis immédiatement à l'ouvrage et publiai sur ce sujet la théorie des phénomènes électro-dynamiques déduite de l'expérience. Vous avez compris, cette fois ?

– Oh ! vous pensez !

– Parce que sans ça, je peux vous démontrer ce que je viens de vous causer sur vous-même… Avez-vous une petite pioche ?

Je lève les bras en l'air, aussi effrayé que si l'on me proposait un duel au canon de 37 :

– Non, non, non, merci, cela suffit… J'ai parfaitement compris, je vous prie de vous retirer, tout en vous assurant de l'ampérage maximum de ma sympathie la plus distinguée.

André-Marie Ampère sourit finement :

– Bien aimable, monsieur Allahune, mais je ne partirai pas sans vous avoir chanté une petite chanson adéquate comme c'est, je crois, la coutume dont à laquelle quand c'est qu'on s'est fait interviewer par vous… C'est une charmante bluette inspirée de Victor Hugo et intitulée :

LA JAVA DU COURT-CIRCUIT
OU L'ART D'ÊTRE AMPÈRE

Quand avec des amis
On est tous réunis
Et qu'on veut faire un beau court-
[circuit

D'abord on allum' tout,
On réteint d'un seul coup

Et ça fait tout sauter tout partout.
On allume des bougies,
On fout l' feu au bois d' lit
Ça finit par faire un incendie.

Refrain

Pour trouver l' court circuit
On prend la tabl' de nuit
Qu'on hiss' sur le buffet
Pour savoir ousque c'est,
On tire la suspension
Pour mieux voir au plafond
Et on s' roul' sur l' tapis
En signe de mépris
Ih ! Ih ! Ih ! Ih !
Y en a pas de plus chouette
Ih ! Ih ! Ih ! Ih !
Que not' joli court-circuit.

Jacques ALLAHUNE.

La S.N.C.F. prend ses précautions

À la suite de l'attentat qui a eu lieu contre le train allant de Marseille à Avignon, notre envoyé spécial qui, lancé sur les traces des malfaiteurs, s'est laissé emporter par son élan jusqu'à les devancer, nous communique les mesures destinées à empêcher le retour de pareils incidents, que la S.N.C.F. vient de prendre, après délibération du Conseil.

C'est ainsi que désormais les trains ne devront plus s'arrêter dans les gares, mais à un endroit déterminé et seulement connu du chef de train, qui recevra les instructions précises au moment du départ, sous pli cacheté.

Les freins seront mis hors d'état de fonctionner, et tout au plus pourront-ils être utilisés à l'arrêt, dans les cas de force majeure.

Dans certains endroits particulièrement sauvages, des abris bétonnés seront édifiés dans lesquels des sentinelles armées de mitrailleuses veilleront en permanence.

Il est même question d'étudier la construction d'une ligne Maginot tout au long des grandes voies de communication.

Enfin, les signaux qui peuvent fournir aux bandits certaines indications seront supprimés, et il est fort question de retirer les rails après chaque passage de train, pour ne les reposer que quelques minutes avant l'arrivée du suivant.

Quant aux expéditions de métaux précieux, elles devront être effectuées en vrac, ce qui offrira aux bandits beaucoup plus de difficulté pour leur transport et pour rendre les vols définitivement impossibles de faux lingots en bois doré seraient substitués aux véritables qui voyageraient en avion.

Concurremment avec ces mesures, la Société des Transports en Commun de la Région Parisienne, dont un autobus a été récemment arrêté, rue Réaumur, par un couple revolver au poing, a demandé qu'un car de gardes mobiles escorte désormais chacun de ses autobus et que ces avant-derniers s'assurent de l'identité de chacun des voyageurs avant de les laisser prendre place aux arrêts.

Les receveurs seront dotés, au lieu de leur appareil à poinçonner les tickets, d'un fusil-mitrailleur modèle réduit... ce qui sera toujours matière à coup de fusil.

Note de service

Le caporal Pierre Dac rappelle à MM. les réservistes qu'il se montrera inflexible sur le chapitre de la tenue : les hommes qui toucheront un képi trop large et une vareuse trop courte ou trop étroite devront immédiatement et sans délai en faire l'échange ; c'est-à-dire qu'ils se serviront de la vareuse comme képi et du képi comme vareuse.

MONDANITÉS

La 13e Chambre recevra messieurs les inculpés de 14 à 18 heures, tous les jours, sauf les dimanches. On est prié d'apporter ses gendarmes.

Une incompréhensible lacune
Pourquoi ne peut-on jamais prendre de jour un autobus de nuit ?

Nous attendons courtoisement, mais fermement, que la S. T. C. R. P. réponde à bref délai à notre question.

Il est, en effet, inadmissible que les seuls noctambules soient admis à bénéficier des autobus de nuit, alors que des milliers de braves gens, du fait qu'ils rentrent sagement chez eux, leur travail quotidien accompli, en sont systématiquement privés.

L'ère des privilèges a vécu et nous sommes persuadés qu'il nous aura suffi de poser cette question pour la résoudre.

Fortifiez vos bras de fauteuil

Quand ils ont servi très longtemps, il arrive que les bras de vos fauteuils deviennent mous et sans résistance. Continuer de s'appuyer dessus dans ces conditions pourrait devenir dangereux et pour vous et pour l'esthétique de vos sièges. Une gymnastique quotidienne et appropriée devient à ce moment nécessaire.

Voici la façon la plus rationnelle de procéder et qui nous vient de Voltaire lui-même qui, comme on le sait, était un spécialiste en fauteuils.

Saisir les bras des fauteuils à la hauteur des avant-bras, par de légères secousses, les dégager de leurs alvéoles. Pratiquer un rapide mouvement de va-et-vient, et terminer par un vigoureux massage à l'essence de térébenthine.

Grâce à cet excellent traitement, vos fauteuils reprendront vite leurs forces premières et leurs belles couleurs, et vous pourrez ainsi, sans danger, vous abandonner entre leurs bras.

Un nouveau jeu de société à responsabilité limitée

Les tickets de métro

Il peut se jouer à deux partenaires, mais le nombre n'est limité que par le nombre de chaises ou la surface de l'appartement.

Chaque joueur dispose d'un nombre égal de tickets de métro qui n'est pas déterminé, mais ne doit pas être inférieur à 20 tickets par joueur.

Tous les tickets sont mélangés, battus et distribués un à un à chaque joueur. Les règles du jeu sont celles de la bataille. Le joueur qui est parvenu à rafler tous les tickets de ses adversaires est proclamé gagnant et reçoit l'enjeu, convenu avant la partie de préférence.

Les principes du jeu sont les suivants :

Les tickets de métro portant le nom d'une station sans correspondance (ex. : Wagram, Simplon, Alésia, Convention) sont de la valeur la plus basse.

Les tickets portant le nom d'une station possédant une seule correspondance (ex. : Trocadéro, Odéon) prennent les précédents, mais sont à leur tour battus par les tickets de trois correspondances (ex. : Nation), etc.

Les tickets de carnet ne sont pas admis et les tickets de première n'ont pas de valeur spéciale, le métro étant un jeu purement démocratique.

Il ne peut y avoir bataille qu'entre deux tickets de même correspondance ou de simple station.

Il est interdit de se lancer les tickets à la figure et l'on ne peut tricher que si l'on n'est pas pris.

Ce jeu, que l'on peut se procurer à bon compte, en en changeant tous les jours sans frais, est cependant vendu à nos bureaux au prix de 19 fr. 95 le jeu stérilisé de 40 tickets poinçonnés, ou de 65 fr. 75 le jeu de 40 tickets non utilisés, pouvant servir après usage (envoi franco en province contre 70 fr. en timbres-poste non usagés).

Nous vendons en outre le plan détaillé du Métro au prix de 22 fr. 25 sous pochette cellophane.

Non, la longévité n'est pas incurable

Depuis plusieurs années, les savants de tous pays recherchent avec ardeur les remèdes à apporter à la longévité.

En effet, il semble que cette affection s'intensifie rapidement et de nombreux cas sont de plus en plus signalés dans le monde.

La longévité s'attaque principalement aux gens robustes et les mine lentement. L'incubation du microbe dure de nombreuses années et les premiers symptômes ne se manifestent que sur la vieillesse. Ils se traduisent habituellement par un ralentissement général de l'activité, la perte des cheveux, la médaille d'or et la centenarite, maladie récemment découverte par les pouvoirs publics.

Actuellement, deux théories s'opposent : ou bien tenter d'enrayer les progrès de la longévité par des mesures énergiques et prophylactiques, ou bien l'utiliser au contraire pour balancer la dépopulation en propageant les germes de la maladie.

Dans le premier cas, on conseille des inhalations fréquentes de vapeurs d'anhydride sulfureux ou de gaz d'éclairage qui sont radicales, paraît-il, comme traitement. Dans le second cas, on prévoit l'ouverture d'écoles de rééducation et l'intensification industrielle du cheval mécanique.

Mise au point

Sachez utiliser le sable

On a distribué du sable dans tous les immeubles : c'est bien, mais c'est insuffisant, car personne ne sait exactement ce qu'on doit en faire ; voici des instructions précises : le sable doit se mettre sur la tête, pour amortir la chute de projectiles éventuels, à raison de une pelletée par année d'âge ; il est évident que les centenaires risquent d'être enlisés mais, n'est-ce pas, dans la vie, l'inconvénient est le propre de tout ce qui est rationnel.

Une décision de la Fédération Nationale des journaux français

Le Comité du Syndicat de la Presse Parisienne et le Secrétariat de la Fédération Nationale des Journaux Français ont pris la résolution, nécessitée par les événements, de paraître sur SIX PAGES jusqu'à nouvel ordre.

Malheureusement prévenus trop tard, nous n'avons pu, malgré notre bonne volonté, obéir à cette décision. C'est pourquoi *L'Os à Moelle* ne paraît aujour-d'hui que sur QUATRE PAGES. Comme d'habitude, d'ailleurs.

Nos lecteurs voudront bien nous en excuser.

L'OS.

FAITS-divers PAS TRÈS DIVERS

De Paris. – Des agents ont aperçu se dirigeant vers l'Est un individu courant comme une chaise. Il n'a pas été possible de l'arrêter, la police n'ayant pour cela aucun motif.

De Paris. – M. de la Figue, président de la Société d'Entr'aide aux Poivrots, fait savoir que le concours du plus beau Nez d'Ivrogne aura lieu d'ici une quinzaine.

D'ores et déjà, on peut affirmer que Fernand Rauzena lui-même prendra part à cette compétition. À cet effet, il procède à un entraînement intensif, avec applications de chambertin derrière la cravate.

UN MOYEN SÛR ET PRATIQUE DE FAIRE FORTUNE

On se creuse l'esprit à rechercher mille et un moyens de faire fortune à bon compte, alors qu'il existe un procédé extrêmement simple !

Quelle est la personne qui refuserait de donner un seul petit sou à quiconque le solliciterait avec amabilité et selon les règles du parfait mendigot ?

Armez-vous donc de courage et de patience et demandez à

chaque Français de vous faire l'aumône d'une pièce de 0,05. Il y a, à quelques unités près, environ 40 millions d'habitants, rien que dans la métropole, ce qui représente la coquette éventua-lité de deux beaux millions de francs.

Évidemment ces démarches seront longues, demanderont maints déplacements, mais quelle superbe expectative !

PETITES ANNONCES

OFFRES D'EMPLOIS

Romancier spécialiste romans policiers, demande urgence détective pour trouver coupable dans roman en cours.

Article nouveau : Rallonge pour court-circuit évitant les pannes d'électricité. Représentants demandés.

Pantalon spécial pour collectionneur de coups de pieds, à fond ne prenant pas empreinte de semelle. Représentants demandés.

DEMANDES D'EMPLOIS

Demande roi, ayant réputation sérieuse, pouvant me visiter toute l'année. S'adresser Ville de Paris.

Chat gourmand cherche place dans maison où buffet de cuisine ferme mal.

Autruche ayant bon estomac se chargerait transformation chapeaux hauts de forme en chapeaux mous. Travail rapide, prix d'amis.

Funiculaire fatigué demande place station sports d'hiver pour effectuer descente seulement.

Cherche jeune homme bon aryen, préférence rouquin, pas plus 1 m. 95, jouant mandoline et aimant polenta pour mariage urgent. Se présenter Carlotta Ravigoti, 43, Gran Via Mussolini, Milan (Italie).

OCCASIONS

Communes, villages, dont le ciel est toujours bleu, profitez de notre stock de nuages à prix réduits. Actuellement en réclame : notre « cumulus maison » à 33 fr.

DIVERS

Chirurgien-dentiste débutant demande clients n'ayant besoin aucuns soins. Garanti sans douleur.

Tous peintres avec notre peinture étalée vendue en couches toutes préparées. S'applique sur tous matériaux avec un peu de colle.

Tous heureux grâce à nos feuilles supplémentaires transformant trèfles à trois feuilles en porte-bonheur.

À vendre faux cure-dents pour personnes ayant fausses dents.

CHARBON

Tête de moineau braisée sauvette, la tonne 250 fr.
Tête de veau gratinée Charleroi, 250 fr.
Anthracite sauvage du Guatémala, 250 fr.
Boulets braisette au blanc, 250 fr.

Ces prix s'entendent pour la banlieue. Majoration de 259 fr. 75 par tonne et de 122 fr. 90 par étage.
En plus, supplément dit : « à la tête du client » de 11 à 99 fr. 20.
Prix spéciaux par 100 tonnes.

ÉCHANGES

Poète las d'écrire en vers permuterait avec prosateur fatigué d'écrire en prose.

Souffrant insomnie, échangerais matelas de plume contre sommeil de plomb.

Carpe du Sénégal 3 livres, atteinte de paludisme, cherche permutante même poids rivière de France, préférence Allier environ Vichy, pour soigner son foie. Hoffmann, St-Louis, Sénégal.

Cheminée de vieux manoir lasse de la vie sédentaire, permuterait avec tuyau de poêle de roulotte désirant mener vie de château.

M'appelant Colomb, prénom Christophe, demande Amérique à découvrir. Faire offre.

PERDUS ET TROUVÉS

Perdu cabot hargneux, gourmand, coureur, sale, un peu galeux, etc., répondant au nom de « Chouchouchéri ». Prière de le laisser emmener à la fourrière. B. récompense.

L'OS à MOELLE

NUMÉRO 23 – VENDREDI 14 OCTOBRE 1938

Les accords de Munich sont signés, mais ne font pas l'unanimité. Le 3 octobre, à Londres, Winston Churchill, rival numéro un de Chamberlain, prononce un violent discours-réquisitoire contre ce qu'il considère comme une mascarade. La Tchécoslovaquie est désormais morcelée et Hitler apparaît de plus en plus puissant. Le 7 octobre, à Paris, Maurice Thorez, Secrétaire général du Parti Communiste, adopte la même attitude. Trois jours plus tôt, Édouard Daladier a rompu tout lien avec le PC et mis un terme définitif à l'alliance qui avait donné naissance au Front Populaire

Edito
Les véritables artisans de l'accord de Munich : *c'est nous !*

par Pierre Dac

Pendant toute la durée de la tension internationale, je me suis abstenu de tout commentaire ; également pendant mon intérim militaire : appartenant à la grande muette, il était de mon devoir strict de ne rien dire ni rien écrire. C'était normal, naturel, logique et lénifiant.

Lorsque survint la détente, je me suis dit : patientons un peu, ça va venir. Rien ne vint. Je me suis alors fixé des délais, des points de repère ; je me suis dit : je vais compter jusqu'à 12 683 et ensuite, si rien ne se produit, je prendrai les décisions que commandera la situation ; en fin de compte, il ne s'est rien produit, et ça continue. Alors, tant pis, puisqu'on ne veut pas reconnaître nos mérites en haut lieu, je vais prendre le tonneau par les bornes et alerter l'opinion publique.

Lorsque l'Europe se vit sauvée, ce fut un débordement général d'enthousiasme. On tressa des pots de fleurs à MM. Chamberlain,

Daladier, Hitler et Mussolini, sans oublier leurs dames. Je n'ai rien à objecter à ces élans de reconnaissance.

Seulement, maintenant, ça va comme ça et je ne souffrirai pas davantage l'indifférence coupable et officielle ; il ne faut pas que ceux qui ont été les véritables et obscurs artisans de la paix retrouvée soient systématiquement tenus à l'écart et privés des honneurs qui leur sont dus après avoir été à la peine.

Les promoteurs de l'accord de Munich, C'EST NOUS ! Et, croyez-moi, on sait à quoi s'en tenir là-dessus dans les chancelleries ; nous ne voulons en rien diminuer le mérite des quatre, mais nous voulons que justice nous soit rendue.

Voulez-vous demander à M. Georges Bonnet de qui il tient les renseignements de dernière heure qui lui ont permis d'agir utilement ? Qui a envoyé à M. Mussolini le pneumatique qui a provoqué son coup de téléphone à Berlin ? Et enfin, qui M. Daladier a-t-il rencontré dans le plus grand secret et dans un taxi, à 2 h 30 du matin, au coin de la rue Houdon et du boulevard Exelmans ?

Ai-je besoin de préciser ? Est-il nécessaire de mettre un nom sur ce qui ? Non, n'est-ce pas, puisque ce qui c'était MOI !

Vous comprenez bien, amis lecteurs, que je ne regrette pas d'avoir agi de la sorte ; j'ai fait ce que tout autre, à ma place, aurait fait ; mais je veux qu'on le sache ; aux heures graves, j'ai pris mes responsabilités ; à présent que ça va mieux, je veux ma part de bénéfices ; que tous mes camarades de la rédaction trouvent ici l'expression de ma gratitude émue ; sans eux, je n'aurais pu rien faire ; leur esprit d'équipe, d'abnégation, leur mépris de tout intérêt personnel, leur dévouement à la cause nationale m'ont permis d'œuvrer dans le sens que vous savez et pour le résultat que vous connaissez.

Voilà, j'ai dit ce que je devais dire. Il fallait que ce fût su ; c'est su ; je n'ai plus rien à ajouter. Si, pourtant, une simple suggestion : si les populations reconnaissantes voulaient se cotiser pour nous offrir un petit quelque chose en commémoration de notre action décisive, nous n'y verrions aucun inconvénient ; nos cartes de remerciement sont prêtes et l'émotion de nos accusés de réception sera proportionnée à la valeur des mandats qui nous parviendront.

Grâce à nous, le monde va pouvoir se remettre au travail dans la tranquillité ; si demain, le mauvais sort voulait que des nuages obscurcissent à nouveau le ciel désormais serein de l'Occident, nous serions de nouveau à pied d'œuvre prêts à renouveler notre geste médiateur, le tout au tarif habituel de notre catalogue, qui vous sera envoyé franco sur demande et sans autres frais que le prix marqué.

Drol'de s'maine — Redis-le Moelleux

Jeudi

La Pologne et la Hongrie réclament une frontière commune. Cela devient la maladie à la mode.

Pour ma part, je rêve d'une frontière commune entre la France et la Patagonie méridionale. Ce serait si pratique... Songez qu'on n'aurait qu'un pas à faire pour aller prendre le frais à Puntas Arenas en période de canicule.

Et puis, pendant qu'on y est, pourquoi ne pas réclamer des frontières communes avec tous les pays du monde ? Voilà qui simplifierait singulièrement les relations internationales et le grand tourisme.

Vendredi

Il paraît que la mobilisation a coûté 50 milliards à l'Europe.

Une paille...

Ce qui me console, c'est que ces 50 milliards n'auront pas été perdus pour tout le monde. Et cela me console d'autant plus que, personnellement, j'en ai touché une partie assez considérable : dans les 12 fr. 50 environ. Et si l'on totalise les sommes encaissées par les sept mobilisés de *L'Os*, ça fait presque une petite fortune.

Lundi

Les classes sont rentrées... Mais il ne s'agit pas, cette fois, de démobilisation. Ce sont les élèves des écoles qui, après huit jours de vacances supplémentaires, ont repris leurs cartables et leurs plumiers.

Signalons à ce propos que M. Jean Zay, ministre de l'Éducation nationale, a fait remettre à M. Hitler, par notre ambassadeur à Berlin, le message suivant : « Prière de ne pas formuler de nouvelles revendications territoriales d'ici la fin de l'année scolaire pour éviter perturbations dans les cours de géographie. Merci et heil Bismarck ! »

Les éditeurs d'atlas attendent avec anxiété la réponse du dictateur.

Courrier OSFICIEL
de notre président

MACARONI À COULISSE. – *Ne pourriez-vous faire interdire un objet de dépeuplement : le lit. Vous reconnaîtrez que sur cent personnes qui meurent, il y en a quatre-vingt-dix qui meurent dans un lit...*

– Ah ! votre lettre a été un fameux réveille-matin ! Je dormais profondément quand vos lignes m'ont projeté de mon lit. Je me suis retrouvé quelques heures après faisant fébrilement les cent pas dans ma baignoire, toujours endormi mais loin du lit funeste dont les ressorts grinceront éternellement sous le poids de votre lumineuse accusation. Et puis une idée m'est venue – à moi aussi –

j'ai pensé que le lit pourrait être remplacé par la descente de lit. Oui, mais, me suis-je dit, à la réflexion, pour qu'une descente de lit soit une descente de lit il faut être dans le lit et pour être dans le lit, il faut risquer la mort (90 % en effet) ! Alors ! Alors, cette histoire à dormir debout m'a endormi de nouveau. Je n'ai eu que le temps de sauter dans mon lit. Advienne que pourra et prière de ne plus me réveiller !

Pierre DAC

Une heure dix avec...

Cicéron, grand orateur romain
« Pour être éloquent, faut avoir de l'éloquence » nous dit-il éloquemment

J'étais en train de dresser l'état récapitulatif de l'effectif de la rédaction – depuis que notre rédacteur en chef est démobilisé, il ne jure plus que par les effectifs – quand l'huissier interrompit ma besogne :

– Monsieur Allahune, mande pardon d'vous déranger, mais y a dans le cabinet de débarras...

– Vous voulez dire le salon d'attente ?

– Ben oui, c'est la même chose... Y a là un drôle d'individu, qui parle sans arrêt, impossible de placer un mot... Il dit qu'il est avocat quand c'est rond...

– Quoi ?

– Ben, j'y comprends rien, moi... V'là c' qu'il m'a dit exactement : « Je suis l'avocat si c'est rond ! »

– Ah ! Cicéron, le fameux orateur ? Faites entrer !

Quelques secondes plus tard, celui qui déjoua la conjuration de Catilina, celui qui fut le Moro-Giafferi de la Rome antique, celui qu'on surnomma le Père de la patrie était devant moi :

– Bonjour, *Ossamoellæ rédactorius...* Foi de Marcus Tullius Cicero, je vous *ave* !

– Comment ?

– Je vous ave. « *Ave* », ça veut dire « salut » et « salut » veut dire « ave ». Ce qui fait que quand je dis « ave », ça veut dire « salut », et quand je dis « salut », ça veut dire « ave », attendu que « ave » veut dire...

– Oui, interromps-je, j'ai compris, monsieur Cicéron. Eh bien ! puisque vous êtes là, voulez-vous me parler un peu de votre magnifique carrière d'effectifs ?

– Pardon ?

– Excusez, c'est un *lapsus...*

Décidément, c'est une véritable obsession, cette question des effectifs... Mais mon interlocuteur, déjà, a pris la parole et je vous prie de croire qu'il n'a pas envie de la lâcher.

– C'est moi que je suis été le plus grand avocat de mon époque, s'écrie-t-il. Les autres avocats de mon temps ont dit également que chacun d'eux était le plus grand avocat, mais ça n'est pas vrai, parce que le plus grand avocat de mon époque, c'est moi.

– Bon.

– Et du moment que je vous l'affirme, vous n'êtes pas obligé de me croire.

– Bien sûr.

– Je suis né à Arpinum en l'an 106, année mémorable par son arrondissement des angles, chacun disant : l'an 106 est rond.

– Très jolie plaisanterie de corps de garde, monsieur Cicéron !

– Surnommé père de la patrie en 53, j'ai débuté au barreau à l'âge de vingt-six ans et après avoir fait de la rhétorique, de la philosophie et de la furonculose.

– Belle carrière, monsieur Cicéron. Mais, d'après vous, quelle doit être la ligne de conduite d'un homme du barreau ?

– L'homme du barreau, monsieur, doit mettre son éloquence en œuvre pour que ceux qu'il défend ne soient pas mis derrière.

– Derrière quoi ?

– Derrière les barreaux.

– Parfaitement, parfaitement, c'est transparent comme une chemise empesée... Quels sont vos principaux ouvrages, monsieur Cicéron ?

– Mes harangues, qui ont mariné longtemps avant de sortir, et qui ont paru filets par filets.

– Comment cela ?

– Eh ben oui, tout le monde connaît mes filets de harangues marinés.

– Monsieur Cicéron, si vous continuez à faire des calembours aussi grotesques, je vais être contraint de vous faire sortir *manu militari*.

– Excusez-moi, monsieur, mais, n'est-ce pas, quand on est orateur, on dit n'importe quoi. Donc mes harangues se subdivisent tout en se décomposant comme suit : les Catilinaires, les Philippiques, le *Pro Milone*, le *Pro Marcello*.

– Le pro-létariat ?

– Ah ! je vous en prie, hein, je n'aime pas beaucoup qu'on se fiche de moi, je suis avocat, je comprends bien des choses, mais tout de même...

– Ne vous fâchez pas, monsieur Cicéron, et dites-moi maintenant quelles sont les qualités requises pour faire un bon orateur.

– C'est très simple : il faut, bien entendu et comme condition essentielle, être doué d'une diction impeccable et toujours trouver le... enfin, c'est-à-dire les... euh ! comment appelez-vous ça... la... l'une, euh... ah ! c'est curieux, les... le...

– Le mot propre, peut-être ?

– C'est cela, le mot propre, parce que pour un orateur, toute hésitation est... euh... euh...

– Funeste ?

– C'est ça, funeste.

– Et à quoi reconnaît-on un orateur de grande classe ?

– Un orateur de grande classe se reconnaît à ce que pendant des heures, il intéresse, charme, captive, enthousiasme son auditoire, et que ledit auditoire, à la fin du discours, après avoir longuement applaudi, se demande anxieusement : « Mais qu'est-ce qu'il a bien voulu dire et de quoi nous a-t-il parlé ? »

– Eh bien, mon cher monsieur Cicéron, nous voilà largement fixés...

– Et n'oubliez pas qu'un orateur digne de ce nom, enfin un orateur entièrement pris dans la masse, ne doit jamais être à court. Quand il ne sait plus quoi dire, il chante.

– Ah ! et alors, monsieur Cicéron ?

– C'est tout, je n'ai plus rien à dire.

– En ce cas, vous allez chanter ?

– Certainement.

– Alors, allez-y !

Mais le grand tribun rougit violemment, se trouble et balbutie, non sans une certaine éloquence, d'ailleurs :

– Excusez-moi... Je... heu... hum... Enfin... heu... je... je ne sais pas chanter.

Déçu, très déçu même, j'appelle courtoisement l'huissier et, avant de me replonger dans mon état récapitulatif des effectifs, je lui donne cet ordre bref mais énergique :

– S'il vous plaît, jetez M. Cicéron sur le carré !

Jacques ALLAHUNE.

Après les roulantes de plein air :
Les autos au Salon

Il faut vous dire que je suis cycliste par hérédité et par tempérament. Mes aïeux étaient cyclistes. Tout enfant, je faisais déjà sauter des vélos sur mes genoux et me nourrissais exclusivement de chambres à air. Jusqu'au jour où, souffrant d'aérophagie, je dus suivre, à plus de 35 à l'heure, un régime qui passait, et qui m'ordonna de ne manger désormais que des tranches de guidon bien saignant. Si je m'attarde à ces détails strictement personnels, c'est pour insister sur le remarquable esprit d'objectivité qui m'a animé lors de ma visite au Salon de l'Automobile. En véritable reporter, je me suis comporté avec l'autorité du connaisseur sans rien comprendre à ce que je vais vous expliquer.

Le Salon de l'Auto se présente, aux yeux du profane, comme une immense esplanade couverte où bourdonnent les moteurs, où se croisent les appels désespérés des klaxons, où se répondent de terrifiants fracas de ferrailles. Car il est admis – pour la première fois cette année, m'a-t-on déclaré – que les acheteurs éventuels peuvent essayer immédiatement la voiture qu'ils convoitent. Cela provoque, autour des stands, un inextricable encombrement auquel, dès l'ouverture, on a tenté de pallier en plaçant, dans les allées, des agents de la circulation que l'on a dû, peu après, placer dans des lits d'hôpital.

Il m'a donc fallu du coup d'œil et du coup de jarret pour éviter les bolides lancés en tous sens à la conquête de leur propriétaire.

Les dangers, du reste, étaient multiples. À peine avais-je échappé à un monstrueux télescopage qu'un vendeur me happait pour me démontrer en hurlant l'excellence du refroidissement par thermo-siphon et du graissage mixte par arrosage canalisé.

– Tout de même, objectai-je, ne croyez-vous pas que les paliers du vilebrequin, lubrifiés par l'arbre du distributeur, risquent, par le contact avec le pignon du bendix, de rompre le circuit de charge des amortisseurs en rodant les culottes d'aspiration...

C'est à ce moment précis que je recevais une solide paire de claques.

À vrai dire, ce qui m'intéressait le plus, c'étaient les nouveautés. L'année 1938 restera, en effet, celle des innovations. J'ai pu admirer, ainsi, la voiture fonctionnant uniquement à l'électricité : une simple prise de contact permet, où que vous vous trouviez, de la brancher sur le secteur comme un poste de radio. Suivant le même principe, la création de la voiture à gaz n'est plus qu'une question de tuyauterie que n'importe quel abonné au gaz pourra l'utiliser.

La voiture à bras existe déjà et ce n'est pas un des moindres clous du Salon. Son maniement est extrêmement pratique. Tenant de la main gauche votre volant, vous plongez le bras droit dans le capot : une manivelle vous permet de faire tourner le moteur à la vitesse voulue. Si vous êtes fatigué, vous changez de bras, voilà tout.

Emploi d'avertisseurs spéciaux imitant soit le beuglement des vaches, soit le chant des oiseaux. Ainsi aucune note discordante ne viendrait troubler la paix des campagnes.

Pourquoi n'y a-t-il pas d'ombre par temps couvert...

Ne trouvez-vous pas cela complètement ridicule ? Et comment se peut-il que nul, jusqu'à ce jour, n'ait eu l'idée de s'en préoccuper ? C'est proprement inadmissible ; quand il y a du soleil, on peut se réfugier à l'ombre ; c'est connu et c'est normal ; c'est également honnête et régulier ; mais dès qu'il n'y a plus de soleil – ou de lune – il n'y a plus d'ombre. Alors, qu'est-ce que ça signifie ? Est-ce là le fait d'un État démocratique où l'égalité et la liberté éclatent en lettres majuscules sur toutes les devantures ? Passe encore pour les régimes totalitaires, mais pas chez nous. Nous voulons pouvoir bénéficier de l'ombre à toute heure du jour ou de la nuit, par n'importe quel temps. Nous n'admettrons aucune reculade et n'accepterons aucune explication. Qu'on fasse le nécessaire et rapidement, faute de quoi nous nous verrons dans l'obligation de prendre nous-mêmes toutes dispositions pour obtenir par nos propres moyens ce dont auquel nous avons droit.

Un point d'histoire

Charlemagne a-t-il existé ?

Je me suis fixé dans la vie, entre autres tâches, un but bien défini : celui de rétablir, chaque fois que j'en aurais la possibilité, la vérité historique, mais la vérité historique simple, nue et dépouillée de tout esprit de légèreté.

C'est un gros, un très gros travail qui nécessite une ténacité de chaque instant et la connaissance totale des éléments constitutifs qui forment la base fondamentale des ingrédients relatifs à tout ça.

D'étude en étude, de recoupements en recoupements, de fil en épingle de sûreté, j'en suis arrivé à douter de l'existence de l'empereur Charlemagne.

Certes, officiellement, Charlemagne a bien été le grand empereur d'Occident dont il est fait mention dans toutes les publications dynastiques et les anthologies de même tissu ; c'est justement ce qui me chiffonne, car au fond et à tout bien considérer, ni vous ni moi n'avons connu Charlemagne : vous me direz que c'est assez normal ; d'accord, mais alors qui nous prouve que véritablement Charlemagne ait existé ?

Les écrits ? oh ! évidemment, mais n'oublions pas que M. Daladier lui-même a fait passer une note dans la presse, pour mettre en garde le public contre les fausses nouvelles. Or, s'il est difficile de contrôler les faits actuels, il est encore plus malaisé de contrôler des événements qui se sont déroulés il y a quelques centaines d'années.

Remarquez que je ne dis pas que Charlemagne soit un mythe, non ; mais enfin, je ne suis pas sûr non plus que ça n'en soit pas un. Cruelle incertitude ! Je serais personnellement reconnaissant à toute personne qui pourrait me donner des précisions sur cette question qui me tient à cœur et de la solution de laquelle dépend l'avenir de ma famille.

Pierre DAC.

Ne battez pas les dictateurs même avec une fleur

Les journaux nous informent que M. Hitler a été blessé par un bouquet de fleurs qu'on avait jeté dans sa voiture.

Un accident du même genre vient d'arriver à notre président Pierre Dac.

Dans un accès d'enthousiasme, un de ses fervents admirateurs lui a lancé sur le crâne un os à moelle délicatement enrubanné de faveurs roses.

– Je suis très touché par cette attention, a murmuré Pierre Dac en s'affaissant.

Notre président est encore alité à l'heure où nous mettons sous presse, sa toison blonde n'ayant qu'imparfaitement amorti le choc.

Pour éviter le retour de tels incidents, nous prions instamment nos fidèles lecteurs de ne rien lancer en témoignage de sympathie dans les voitures de la rédaction de *L'Os*.

Seules sont exceptées les liasses de billets de banque qui, en raison de leur poids léger, ne sauraient causer aucun dommage.

La coupure de 5 000 francs étant née
Il faut solder les vieux billets

Désormais, c'est fait. Nous avons le billet de 5 000 francs.

Notre portefeuille et nos poches ne seront plus déformés par des paquets de coupures encombrantes : le maximum de pouvoir d'achat – sans compter le crédit, ce pouvoir d'achat du pauvre – avec le minimum d'encombrement.

Mais alors, précisément, que va-t-on faire des multiples coupures de 50, 100 et 1000 francs déjà désuètes, et, pour tout dire, démodées ?

Il faut espérer que M. le Régent de la Banque de France et MM. les Administrateurs vont adapter leur gestion aux nécessités commerciales de la vie moderne et prendre exemple sur les grands magasins. Que font ceux-ci pour limiter les pertes du « manque à gagner » ? Dès qu'une nouveauté est lancée, ils soldent les anciens stocks à des prix défiant toute concurrence !

Il nous apparaît donc habile et profitable de solder à l'approche de la saison d'hiver les vieux billets de banque crasseux, loqueteux et lamentables. Les uns sentent le tabac, d'autres la poudre de riz, le poisson, la graisse, selon les mains par lesquelles ils passèrent. Peut-on appeler cela de l'argent frais ? Non. C'est de l'argent défraîchi.

Et pourtant, que de gens peu fortunés seraient heureux d'acquérir, pour vingt francs, à l'époque des soldes de l'Institut d'Émission, une coupure de 50 francs, même si elle sentait la marée ou l'eau de vaisselle !

Pour faciliter la digestion :
la nourriture aérodynamique

Jusqu'à présent, l'aérodynamisme n'a été appliqué qu'à la seule industrie automobile ; c'est fort bien, mais c'est notoirement insuffisant. Étant donné l'utilité incontestable de la ligne profilée, nous nous demandons s'il ne serait pas logique d'en faire bénéficier d'autres branches et en particulier la branche nourriture.

Ne pensez-vous pas, par exemple, qu'il serait intéressant d'avoir des beefsteaks, des lentilles ou des céleris aérodynamiques ; incontestablement, ils seraient avalés, digérés, assimilés beaucoup plus rapidement que dans leur actuel état de carrosserie.

Nous espérons que ces messieurs du ministère de l'Agriculture voudront prendre en considération cette suggestion qui peut avoir de notables répercussions sur l'avenir de notre existence nationale.

Inventions nouvelles :
Le stylo spécial
pour écrire les secrets

Qui de nous n'a été, au moins une fois dans sa vie angoissé à l'idée d'écrire une chose importante qu'il désirait tenir secrète ?

Le stylo spécial que nos laboratoires viennent d'établir, résout élégamment et définitivement ce délicat problème : c'est un stylo sans plume. Nous ne pensons pas qu'il soit nécessaire de donner d'autres détails explicatifs, ce simple énoncé étant suffisant pour démontrer l'utilité pratique de la chose en question.

Aussi, grâce à ce miraculeux stylo spécial, chacun pourra écrire les plus terribles secrets sans que quiconque en soit avisé.

Il y a trop de lacets dans les routes de montagne

Pourquoi ne fait-on pas des routes à boutons ?

Parce que ce n'est plus la mode, va-t-on peut-être nous répondre. Voire. Et puis, en tout état de cause, la mode n'a rien à voir quand il s'agit de la sauvegarde et de la sécurité des touristes. Chaque année, les lacets routiers provoquent de nombreux accidents ; quand ils seront remplacés par des boutons, un grand progrès sera réalisé.

Puissent ces messieurs des Ponts et Chaussées prendre en considération le vœu exprimé ci-dessus comme un honnête citron.

Vingt heures dans une caisse à la température des Antilles !

Renouvelant l'expérience du docteur Richoux et du commandant Artola, qui dans un caisson pneumatique, au Bourget, ont fait théoriquement un séjour de vingt heures dans la stratosphère, un de nos rédacteurs, Charley Williams, a fait un voyage aux Antilles.

Il s'est mis dans une caisse à bananes, chauffée au moyen de briques chaudes à la température de l'île d'Haïti, et coiffé d'un casque colonial, pendant une demi-heure, écourtant l'expérience, pleinement réussie, parce qu'il avait soif.

Notre collaborateur s'est plaint de la monotonie du paysage, qui manquait de variété.

Il se propose d'explorer prochainement le pôle Nord en s'enfermant quelque temps dans un frigidaire.

Les Recettes de Tante Abri

Faites revenir vos matelas

Si vous êtes un tantinet paresseux et que vous passiez les trois quarts de vos journées à dormir, vous vous apercevrez rapidement de la fatigue que vous imposez à votre matelas. En effet, au bout de quelques mois de ce régime, votre matelas s'aplatit, se contracte et prend bientôt l'apparence et la dureté d'une vulgaire planche à repasser. Vous pensez alors à le jeter ou tout au moins à le faire carder. N'en faites rien, et regonflez-le vous-même avec le minimum de frais. Pour ce faire, procédez exactement comme pour les pommes soufflées. Plongez d'abord votre matelas dans une huile à friture à peine chaude ; quand il commence à rissoler, retirez-le, attendez un moment, puis replongez-le rapidement dans une nouvelle friture bouillante cette fois. Vous le verrez immédiatement gonfler et prendre une forme rebondie. Quand vous le jugerez à point, retirez-le de la friture, égouttez-le et posez-le sur votre sommier en le saupoudrant de sel ou de sucre selon vos goûts personnels.

Nous fondons l'association des E. F. A. C.

Certains esprits chagrins à qui nous avons fait part de notre projet nous ont fait spirituellement (qu'ils disent) remarquer que le sigle (c'est ainsi je vous le jure qu'on appelle l'ensemble des initiales d'un nom composé), que ce sigle, disions-nous, se prononçait comme œuf effacé. Ils en concluaient qu'on pourrait se tromper sur la nature de l'association.

Et alors ?

La Préfecture de Police s'appelle bien la Pépé (P.P.) et on n'a jamais pris ces messieurs à gros brodequins et à grosses moustaches pour des poupards en celluloïd.

Mais revenons aux E.F.A.C. Ce sont tout simplement les fascicules, si l'on peut dire, 2 et 3 des classes 20 et plus jeunes qui, lorsqu'ils sont partis le 24 septembre, étaient, on peut l'avouer aujourd'hui, des F.A.C. (futurs anciens combattants).

Fort heureusement, ils ne sont pas devenus anciens combattants et ne sont plus que des EX-FUTURS ANCIENS COMBATTANTS, donc des E.F.A.C.

C.Q.F.D.

PETITES ANNONCES

DEMANDES D'EMPLOIS

Camion 2 tonnes, libéré service militaire et ayant horreur des responsabilités, demande place remorque.

Réserviste libéré, fleurant bon la naphtaline, recherche bonne situation dans penderie, ou à la rigueur dans costume civil.

OFFRES D'EMPLOIS

Directeur de théâtre cherche tailleur ayant loisirs pour doubler plusieurs rôles.

CHIENS, CHATS

Chien basset. Modèle normal. Le mètre : 37 fr. 50. Le même, modèle surbaissé : 75 fr.

DIVERS
Articles pour écoliers

Taches claires pour tabliers noirs. La douz. 3 fr. 75 ; taches noires pour tabliers couleur. La douz. 3 fr. 25 ; taches caméléon pour tabliers carreaux. La douz. 6 fr. 50.

L'envers vaut l'endroit... oui, mais si vous l'achetez chez un spécialiste. Achetez vos envers de complets et pardessus (neufs ou d'occasion) chez Ribibi.

OCCASIONS

Réveil sans sonnerie, conviendrait à personne n'ayant pas à se lever tôt.

À céder oignons sans œil de perdrix, conviendrait à quelqu'un portant chaussures trop larges.

Grand égoïste cède stock de vœux de toutes sortes (mariages, naissances, etc.) n'ayant jamais servi.

Pendule de course pour personnes pressées, abattant son heure en 20 minutes. Prix à débattre.

Ronds de serviette, la pièce 15 sous. Les mêmes avec un fond, et pouvant servir de verre, la pièce 8 fr. Verres sans fond, pouvant servir de ronds de serviette, la tonne 1000 fr.

Passoire à trous ovales pour passer les œufs, 15 fr. 91. La même avec trous spéciaux pour passer le temps, 1291 fr. 10.

Serais acheteur carrés de tissu 2 cm x 2 cm pour transformer complet noir en complet carreaux.

PERDUS ET TROUVÉS

Ai perdu entre Brest et Strasbourg canon de marine calibre 420. Le rapporter au commandant du 78e kroumir motorisé, qui sera très content.

FARCES ET ATTRAPES

Cartes de convocation pour périodes militaires, parfaitement imitées, avec séjour au choix. S'adr. Ministère de la Guerre. La carte 3 fr. (absolument marrant).

À VENDRE

À vendre superbe fusil pour tire-au-flanc, livré avec rouleau de ligne de mire, guidon de course et détente internationale.

Encre phosphorescente pour écrire dans l'obscurité. Encre invisible contre les fautes d'orthographe. Ensemble, les 2 flacons 0 fr. 05.

Chemise ordinaire : 15 fr. Avec 2 cols : 39 fr.95. Avec 6 cols : 71 fr. 10 fr. Avec 12 cols : 96 fr.20. Le col seul : 48 fr. 25. La caisse de 100 cols pour chemises à 15 fr. : 617 fr. 85.

L'OS à MOELLE

NUMÉRO 32 – VENDREDI 16 DÉCEMBRE 1938

Découragés par l'augmentation des prix décrétée par un gouverne-ment qui n'a plus la moindre opposition, les Français sont hébétés, voire anéantis par l'accord signé à Paris entre Georges Bonnet et Ribbentrop, respectivement ministres des Affaires Étrangères en France et en Allemagne. Les deux pays reconnaissent « solennelle-ment » leurs frontières respectives et s'engagent, en cas de conflit, à se concerter mutuellement sur toute question intéressant les deux pays. Le gouvernement français espère ainsi contribuer à une décris-pation de la situation politique internationale.

Edito La réalité est-elle un rêve ? ou le rêve est-il une réalité ?

par Pierre DAC

Voilà exposé un des plus cruels dilemmes qui aient été proposés à la sagacité humaine depuis l'avènement de la pierre ponce qui est, comme chacun le sait, la pierre angulaire de la pierre philosophale.

Évidemment ce cruel dilemme ne l'est vraiment que pour ceux qui le considèrent comme tel ; pour les autres la question ne se pose même pas ; le rêve est le rêve, la réalité est la réalité, et puis voilà, c'est comme ça !

Eh bien ! non, ce n'est pas comme ça, ou plus exactement il est pos-sible que ce ne soit pas comme ça. Je ne m'adresse évidemment qu'aux seules personnes douées d'un esprit spéculatif, et curieuses d'élargir sans cesse le cercle de leurs connaissances ; je ne pensais pas qu'un jour je porterais un pareil sujet dans les colonnes de ce journal ; tout arrive cependant, comme disait le conducteur du train qui avait deux ans et demi de retard. Je m'explique : le saucisson chaud ne fait pas du tout partie des sciences exactes, et ne peut être, a priori, que considéré sous le…, je vous demande pardon, mes chers lecteurs, je me suis trompé de sujet ; c'est une confusion regrettable certes, mais excusable, puisque je prépare actuellement une conférence sur le « saucisson chaud dans les pays froids » ; mais il ne s'agit pas de ça, mais bien de la délimitation exacte du rêve et de la réalité. Je me suis passionné pour cette question depuis le temps où j'étais en apprentissage chez un entrepreneur de coliques hépatiques, dont le beau-frère était sertisseur de pierres meulières, ce qui facilitait grandement son entreprise. Et sans arrêt, cette question obsédante me revenait : le rêve finit-il lorsque commence la réalité ou la réalité n'est-elle pas un rêve ? Je n'ai jamais pu la résoudre ; c'est pourquoi je vous la soumets aujourd'hui ; comme vous le savez, il est admis que la vie repose sur un postulat ; mais un postulat n'est pas une preuve, sans quoi on l'appellerait une preuve et non un postulat ; donc personne ne peut me prouver que ce n'est pas quand je rêve que J'EXISTE RÉELLEMENT et vice-versa. S'il en est véritablement ainsi, c'est épouvantable, car alors comment établir que j'accomplis réellement un acte ou que je ne fais que le rêver. Quand je pilote une voiture, est-ce que je la conduis en rêve ou est-ce que je la conduis effectivement ? Et quand je rêve que je vais rendre visite au ministre des Finances, vêtu simplement d'un calendrier des postes, n'est-ce pas une réalité ?

Horrible angoisse qui empoisonne mes jours et mes nuits ! Qui m'ôtera ce doute ? Qui me rendra le calme et la confiance dans l'ordre établi ?

Je serais reconnaissant à toute personne qui pourra me donner un avis sincère et désintéressé ; je lui en saurai infiniment gré et me souviendrai du service qu'elle m'aura rendu, jusqu'au jour où l'oubli étant venu je ne la considérerai plus que comme une quantité négligeable ; mais ça, c'est la vie et la loi de la nature.

Drol' de s'maine – Redis-le Moelleux

Jeudi

Il paraît – paraît-il – qu'on vit très vieux dans les montagnes du Pamir, surnommé le Toit du monde, où il y aurait actuellement, paraît-il, une vingtaine d'habitants âgés, paraît-il, de 120 à 130 ans.

À ce qu'il paraît, naturellement.

Cet état de chose, cependant, crée, paraît-il, une certaine agitation dans la région et une cinquantaine de centenaires en bas âge – les moins de 107 ans – auraient manifesté bruyamment en criant, sur les toits du monde : « Place aux jeunes, place aux jeunes ! »

Samedi

Le prix littéraire de football a été attribué, pour cette année, à M. Jean-Louis Loubet.

Des offres mirifiques auraient été faites au lauréat pour la traduction de son œuvre en rugby américain.

D'autre part, on nous signale que le prix littéraire de billard russe et celui de bilboquet mécanique seront décernés au cours de la semaine prochaine.

À noter qu'il est également question de fonder un grand prix littéraire du fromage râpé et un prix courant littéraire de la gomme à claquer.

Du boulot en perspective, en somme, pour le comité de la surveillance des prix.

Dimanche

Les élections pour le renouvellement du Landtag du territoire autonome de Memel se sont déroulées dans le plus grand calme.

C'est ainsi que, le plus calmement du monde, un journaliste américain, M. R.A. Sellmer, a été passé paisiblement à tabac par un groupe de jeunes électeurs placides, lesquels, avec un sang-froid remarquable, l'ont roué de coups parce qu'il n'avait pas fait le salut hitlérien.

En outre, on assure que les blessés conduits dans les hôpitaux de la ville, à la suite des pacifiques bagarres, y sont soignés aussi sereinement que possible.

Lundi

Un homme a fait une chute de quinze étages, à New York, dans une cage d'ascenseur, et s'en est assez bien tiré, puisqu'il s'est à peine blessé et s'est inquiété, au contraire, des dégâts qu'il avait pu commettre…

Nous connaissons, nous, un homme qui est tombé encore plus bas que lui, et qui ne s'en porte pas plus mal.

Mais ne soyons pas mauvaise langue…

Mardi

Un ingénieur suisse présente à Londres un robot qu'il a mis dix ans à construire et qui sait donner à boire à un chien.

C'est très pratique et d'une simplicité quasiment enfantine.

Pour donner à boire au chien, en effet, il suffit d'appuyer sur un bouton pour actionner le démarreur du levier de commande N° 7, qui met alors en mouvement la dynamo du moteur 26, puis la courroie de transmission du compresseur 34, ce qui détermine l'accélération du cylindre 43.

Après, il n'y a plus qu'à conduire le robot auprès du chien en le véhiculant dans un wagonnet qu'on pousse à la main. Ne pas oublier, naturellement, de verser de l'eau dans le récipient et d'appeler le chien en sifflant légèrement.

Si le chien n'a pas soif, tant pis !

Une démonstration sensationnelle d'un nouveau jeu d'origine balkanique :

« The epidermic méli-mélo pictures »

Je somnolais doucement en rêvant béatement à la décadence des marsupiaux, quand le timbre du téléphone me tira soudain de ma torpeur.

– Allô ? fis-je.

– Ici Feuillemolle, comment allez-vous ? Merci, pas mal, et vous… Mon cher, j'ai l'avantage de vous informer que j'ai inventé un nouveau jeu : «**The epidermic méli-mélo pictures**» qui, comme son nom l'indique, est d'origine balkanique… Une démonstration aura lieu dans une heure, à mon studio de la rue Mouffetard… Vous savez où c'est ?

– Oui, rétorquai-je, je saute sur mon tricycle et je m'amène.

Soixante minutes plus tard, j'étais chez mon ami Feuillemolle qu'entouraient plusieurs personnes, dont cinq ou six avaient le torse nu passé à l'acétone. Ce qui ne manquait pas d'une certaine originalité. Parmi elles, je reconnus Adhémar de la Cancoillotte, Patausabre, Alladeux, Allatrois et Riton-les-mains-jointes.

Deux messieurs très bruns se tenaient à côté de Feuillemolle :

– Je vous présente, me dit-il, le signor Raphaëlo, Francesco di Ra-mona, le célèbre peintre en carrosserie de l'école italienne, et son aide, M. Giuseppe Tortelini, manœuvre spécialisé et piémontais, qui ont bien voulu m'accorder leur collaboration et l'appui de leur compétence pour réaliser le jeu que nous allons pratiquer devant vous.

– En quoi consiste-t-il ?

– Vous connaissez le jeu de puzzle, qui consiste à reconstituer une figurine en assemblant des petits morceaux de bois découpés et coloriés ?

– Bien sûr.

– Eh bien, dans l'epidermic méli-mélo pictures, les morceaux de bois sont remplacés par des êtres vivants. Nous allons reconstituer ici un tableau célèbre que nous allons choisir tout à l'heure. Ces messieurs, que je viens de vous présenter, et qui sont des virtuoses de la peinture au pistolet, vont peindre sur chacun des joueurs une partie du tableau. Ceci fait, on va les mélanger. Et ensuite la partie amusante du jeu consistera à reconstituer dans le minimum de temps, et dans son intégralité, l'œuvre d'art choisie.

– Alors, qu'est-ce qu'on reconstitue comme tableau ?

– *Madame Récamier*, par Vigé-Lebrun.

– Alors, résumons-nous, s'écria l'inventeur du jeu… Mettez-vous en ligne sur un rang, bien serrés les uns contre les autres. M. Ramona et son aide vont peindre l'ensemble du tableau sur vous tous, c'est-à-dire que chacun de vous aura sur le corps une partie du tableau… Tout le monde est prêt ?

– Je vous demande pardon, intervint l'artiste, mais en tant que peintre en carrosserie, je ne peux faire la peinture au pistolet que sur des surfaces parfaitement planes. Autrement, la peinture bave et fait des taches, et je remarque que ces messieurs n'ont pas tous la poitrine et le dos exactement uniformes. Pour faire du bon travail, monsieur, il faut d'abord que je les redresse comme des ailes de voiture. Quand les poitrines seront bien replanées, je mettrai l'enduit cellulosique, le mastic et après nous pourrons peindre dessus…

Dix minutes plus tard – les deux artisans ayant opéré avec une rapidité inouïe – tout était prêt. Il n'y avait plus qu'à laisser sécher durant quelques secondes.

– Bravo ! fis-je, c'est vraiment épatant.

– Ah ! s'exclama M. Alladeux, si je ne me connaissais pas, je me prendrais pour une portière neuve.

– Regardez mes épaules, murmura Patausabre, on jurerait une malle arrière.

Médusé, j'assiste à la démonstration. Les deux artistes sont en train de peindre sur les assistants le célèbre tableau de Vigé-Lebrun représentant Mme Récamier étendue sur sa chaise longue Directoire… Voici déjà la chevelure et l'œil gauche qui apparaissent sur le thorax de M. Alladeux… C'est maintenant au tour du capitaine Adhémar qui, lui, a droit au décolleté Empire et à l'avant-bras droit… Chaque partie du tableau est projetée au fur et à mesure sur chacun de ces messieurs… Encore un dernier coup de pistolet, et voilà : c'est virtuellement terminé.

– Admirable ! clame Feuillemolle, le jeu va commencer… On va vous bander les yeux, vous mélanger et, au coup de sifflet, précipitez-vous pour reprendre vos places respectives afin de reformer exactement le tableau.

Riton-les-mains-jointes applique un bandeau sur les yeux de tout un chacun, puis prend une grande pelle et mélange tout le monde.

Feuillemolle donne un coup de sifflet strident qui provoque immédiatement une bousculade invraisemblable. Les joueurs, après avoir cherché leur place à tâtons, viennent de s'immobiliser. Hum ! ils ne semblent pas encore très habitués au jeu, car le spectacle qui s'offre à mes yeux ne rappelle que de très loin Mme Récamier, dont présentement l'œil gauche se trouve sous le troisième pied de la chaise longue, tandis que les oreilles sont à la hauteur des genoux, ce qui n'empêche point la brave dame de porter fièrement sa bouche sur l'omoplate...

On fit une seconde expérience.

– Qu'en pensez-vous ? questionna Feuillemolle, en se tournant vers moi.

– Bah ! répliquai-je, c'est moins bien que tout à l'heure, mais c'est peut-être mieux quand même, car si on ne reconnaît plus du tout Mme Récamier, par contre, ça représente à s'y méprendre l'arrestation d'un haltérophile dans un salon de l'avenue du Maine, par Praxitèle.

– C'est pourtant vrai, s'écrie Feuillemolle. Allons, messiers, retirez vos bandeaux. Pour la première fois ça n'est pas mal du tout.

Mais le signor di Ramona s'approcha de lui :

– C'est pour la petite facture.

Feuillemolle lut à haute voix :

– Pose et dépose de ces messieurs, 1 275 fr. ; replanage complet, 650 ; enduit mastic, 12 000 ; fournitures et peinture, dix-neuf sous ; main-d'œuvre, dix minutes à 1,40 : deux millions. Total : 42 723 fr. 55.

Feuillemolle fouilla gravement dans la poche de son gilet :

– Eh bien ! dit-il, tout ça me paraît parfaitement régulier, monsieur Ramona. Alors, tenez, voilà vos quinze francs... Au revoir, monsieur.

G. K. W. Van den Paraboum.

Le Ministre des P.T.T. communique :

Au cours des récentes visites effectuées par les facteurs, à l'occasion des étrennes, certains calendriers, parmi ceux qui ont été distribués, comportent une grave erreur, que nous prions les usagers de bien vouloir rectifier, l'Administration des P.T.T. déclinant désormais toute responsabilité quant aux conséquences.

La Saint-Praxède, dont la fête est fixée au 21 juillet, a été mise à la place de la Saint-Thècle, qui a lieu le 23 septembre et inversement.

Avis aux personnes intéressées.

D'autre part, l'Administration signale que la totalité des calendriers porte les tarifs d'affranchissement aujourd'hui périmés.

L'Administration pense que les usagers auront d'eux-mêmes effectué la rectification nécessaire.

Enfin !

ON NOUS ANNONCE, DE SOURCE SÛRE, QUE LA T.C.R.P. VIENT DE METTRE L'EMBARGO SUR TOUS LES ASCENSEURS DE LA CAPITALE.

DORÉNAVANT, LES RECEVEURS DE CETTE COMPAGNIE PERCEVRONT LE PRIX DES PLACES, QUI SERA FIXÉ PAR SECTIONS CORRESPONDANT AU NOMBRE D'ÉTAGES PARCOURUS. AJOUTONS QUE, PAR AILLEURS, LE FONCTIONNEMENT DE CETTE NOUVELLE BRANCHE DES TRANSPORTS EN COMMUN DE LA RÉGION PARISIENNE SERA ADMINISTRÉ AVEC LA MÊME AUTORITÉ FANTAISISTE ET NARQUOISE QUE TOUS LES USAGERS D'AUTOBUS CONNAISSENT BIEN.

Sensationnelles déclarations du chancelier Hitler

C'est un véritable tour de force journalistique… Notre envoyé spécial, le célèbre écrivain A. Jean Savasse, a pu obtenir du Führer des déclarations de tout premier ordre et définitivement définitives.

L'heure est révolue où les hommes d'État parlaient pour ne rien dire : la diplomatie secrète a vécu.

… Dans son cabinet de travail de Berchtesgaden, M. Adolf Hitler, la mèche toujours souriante, m'accueille.

Et la conversation suivante s'engage :

–

–

–

–

–

–

–

–

–

Soudain, frappant du poing sur la table, M. Adolf Hitler s'attendrit :

–

–

–

–

–

–

67

–

–

–

–

Il y eut alors un long moment de silence au cours duquel mon interlocuteur guetta, sur mon visage, l'effet de ses paroles. Puis il reprit :

–

–

–

–

–

A. JEAN SAVASSE.

Nos lecteurs apprécieront comme il convient l'effort gigantesque que nous avons fait.

Le lumineux exposé du chancelier a dissipé bien des malentendus, a précisé bien des obscurités, et il n'appelle aucun commentaire.

VOYAGEURS !

APPRENEZ À MONTER EN TRAIN ET EN AUTOBUS ! C'EST AUSSI NÉCESSAIRE QUE D'APPRENDRE À MONTER À CHEVAL OU À VÉLO.

DEMANDEZ LA BROCHURE EXPLICATIVE ILLUSTRÉE DE 42 DESSINS ET GRAVURES EN BLANC « DE LA MANIÈRE DE MONTER CORRECTEMENT EN VÉHICULE », AVEC UNE PRÉFACE D'ABRAHAM LINCOLN ; EN VENTE AU CERCLE DES HOMMES D'ÉQUIPE, CONSIGNE DES BAGAGES, THÉÂTRE NATIONAL DE L'ODÉON, PARIS.

Notre service de CHIROMANCIE SPÉCIALE va bientôt fonctionner

Doté des plus modernes perfectionnements, ce service sera prochainement en mesure d'accueillir le public : on y fera, entre autres, les lignes d'autobus et de métro ; les horoscopes seront établis sur simple présentation de tickets ou de carte de priorité ; des spécialistes consulteront pour vous le marc de Bourgogne et les entrailles de colin frit ; un envoûteur diplômé sera également attaché au dit service.

Pour toutes demandes de renseignements, joindre un mandat de 1 500 fr. pour frais de timbres.

Problème Policier

Des quotidiens conscients de leur haute mission, ainsi que certaines publications périodiques plus ou moins hebdomadaires, publient des problèmes policiers.

C'est une mode qui n'est pas plus ridicule que les autres et qui, en tout cas, vaut celles auxquelles nous devons les mots croisés et les décrets-lois.

Nous avons donc pensé que *L'Os à Moelle* se devait de soumettre aussi à ses lecteurs – les plus perspicaces des lecteurs passés, présents et à venir – des problèmes dits policiers.

Ils pourront *se faire la main* avec celui que nous insérons aujourd'hui :

LE RÂTELIER FATAL.

M. Malempoin, alerte vieillard de 78 ans, locataire du sixième étage dans un immeuble à double issue, a été tué d'un coup de feu.

La concierge, occupée dans sa loge à décacheter les lettres des locataires, a entendu la chute du corps. Elle a donné l'alarme.

L'inspecteur principal Boudegras déclare tout de suite :

– Vingt-cinq ans de pratique me permettent d'affirmer que la mort subite a entraîné immédiatement le décès, comme cela arrive dans presque toutes ces affaires-là. Une seule chose m'intrigue : habituellement un homme qui a été assassiné prend la position horizontale. Or, ici, ce monsieur est resté arc-bouté dans la position des « pieds au mur ». Étant donné l'âge du défunt il faudrait supposer qu'il était très jeune de caractère ou que l'assassin l'a placé ainsi pour faire croire à une mort naturelle due à une crise d'hilarité. C'est d'autant plus plausible que le dernier numéro de *L'Os à Moelle*, largement ouvert sur un guéridon, a pu être placé là par le criminel en vue de justifier l'hypothèse que je viens d'émettre.

» De plus, une seule blessure est apparente : le pied droit n'est plus dans sa chaussure.

Poursuivant ses investigations, le fin limier sort à ce moment du gousset droit du gilet de M. Malempoin un chronomètre perforé par une balle de 6 mm 35 et arrêté – coïncidence curieuse – à 6 h 35.

– L'heure du crime… déclare-t-il. Pourtant un détail d'importance me tracasse. De la rapide inspection des lieux à laquelle je me suis livré, il ressort, sans aucun doute, que, contrairement à la logique, l'infortuné vieillard avait la fâcheuse habitude de marcher sur les mains dans l'intimité de son home.

» Considérant ces faits, la thèse du suicide serait soutenable, *car le coup de feu qu'il aurait voulu diriger contre sa tempe* – croyant être dans la position debout – *l'aurait atteint en plein pied droit*.

» En somme, au lieu de se faire sauter la cervelle il se serait fait sauter le pied !

» Le cas, quoique très rare, ne me surprend pas du tout vu la force de pénétration des armes automatiques modernes et leurs curieuses trajectoires.

Mais le commissaire de police vient de ramasser un objet qu'il tend en souriant :

– Et ça, Boudegras, qu'est-ce que vous en pensez ? C'est le râtelier de la victime ou je me trompe fort. Il est ensanglanté comme s'il avait mordu en pleine chair vive... Nous tenons la pièce capitale.

L'opinion des policiers est faite.

Ils concluent au crime anthropophagique.

Pourquoi ?

(La solution paraîtra dans le numéro du *Journal Officiel* du 31 décembre).

———— CAUSERIE SCIENTIFIQUE ————

De l'intelligence comparée des receveurs d'autobus et des usagers des lavabos

À l'heure où l'orientation professionnelle bat son plein et où le fameux précepte aristotélicien « the right man in the right place » sévit dans toute sa rigueur, les aptitudes personnelles et intrinsèques de chacun doivent être savamment dosées relativement à la place qu'il doit occuper dans cette ruche multiforme qu'est la société moderne.

C'est pourquoi il nous a semblé intéressant d'apporter notre pierre, notre caillou, dirons-nous avec une modestie charmante, à l'édifice majestueux de la science moderne.

C'est sous ce signe éminemment respectable que nous allons vous parler de l'intelligence comparée du receveur d'autobus et de l'usager des lavabos.

Tous les deux – les esprits sérieux et réfléchis l'ont sûrement remarqué – font partie de l'admirable corporation des travailleurs à la chaîne.

Mais, halte-là ! ne poussons pas trop loin le mirage trompeur des analogies fallacieuses.

Le receveur d'autobus, saisissant la poignée de la chaîne, exerce sur celle-ci une traction de haut en bas, suivant la verticale, et qui a pour effet d'amener ladite poignée à quelques centimètres au-dessous de sa position initiale.

Et il n'a besoin pour ce faire – nous insistons sur ce point – d'aucune injonction, d'aucune explication. Il le fait d'une façon spontanée et réfléchie.

L'usager des lavabos exerce la même traction. Mais...

Nous voilà au cœur de la question ! Mais... disions-nous, la poignée, généralement en porcelaine, qui termine la chaîne, porte le mot : « Tirez ».

L'usager des lavabos a donc besoin, pour exécuter un geste relativement simple, que le mot « Tirez », d'une chatoyante couleur verte, attire son attention, lui indique le mode d'emploi et lui suggère le geste relativement simple susnommé.

Que devons-nous en déduire ? Pour l'esprit purement scientifique, débarrassé de tout préjugé, qui observe, déduit, mais ne juge pas, une conclusion s'impose : le receveur d'autobus a une intelligence plus développée que l'usager des lavabos.

On en déduira également que dans une société où chaque compétence doit être utilisée au mieux de ses possibilités, il faut éviter de mettre l'un à la place de l'autre et l'autre à la place de l'un sans lui avoir fait subir auparavant un sérieux apprentissage et de sévères examens probatoires.

Ce qu'il fallait démontrer.

Pourquoi ne joue-t-on pas du violon à 4 mains ?

Oh ! inutile de hausser les épaules, c'est une question qui en vaut une autre et qui est tout aussi plausible que le calcul de l'abattement à la base.

On joue bien du piano à quatre mains alors pourquoi n'en serait-il pas de même pour le violon ?

Est-ce qu'il est impossible de fabriquer des violons à deux places ? Nous ne le pensons pas ; c'est affaire de luthier, mais du moment qu'on fabrique des trompettes en *si*, il n'y a aucune raison pour qu'on ne fasse pas des violons biplaces. Voilà notre point de vue.

Un centenaire oublié : celui de Onésiphore Crépinet
INVENTEUR DU CACHE-POT

Une grande date anniversaire vient de passer complètement inaperçue, pas un journal ne lui a consacré le moindre petit article : c'est la date du 9 décembre. Et pourtant, elle mériterait cette date d'être soulignée d'un trait rouge ou bleu, suivant les goûts, sur nos calendriers. C'est en effet le 9 décembre 1838 que naquit Onésiphore Crépinet, l'inventeur du cache-pot ! ! !

La vie de ce grand homme fut une merveilleuse histoire. Les parents d'Onésiphore, gros commerçants en coaltar, destinaient leur fils à la rémunératrice mais peu glorieuse carrière de tourneur en manches de pioche. Mais l'enfant ne semblait pas abonder dans leur sens, et, contrarié dans ses aspirations, il fit à l'âge de 8 ans une sorte de maladie de langueur qui inquiéta vivement les siens : il suçait de la guimauve, buvait de l'eau de rose, se roulait dans les camélias et s'habillait en poète japonais, ce qui, pour l'époque, était assez osé, il faut bien le dire. À 10 ans, il fit part à ses parents de sa décision de devenir inventeur. Cette décision fit l'objet d'un conseil de famille où la précocité de l'enfant fut sévèrement jugée. Mais, peut-on freiner l'essor du génie ? Et, ce qui devait arriver arriva : à 11 ans et 3 mois, il inventa le cache-pot !

Comme vous vous en doutez, chers lecteurs, ça n'alla pas tout seul. Onésiphore eut immédiatement contre lui tous les fabricants de pots de fleurs, commerce des plus florissants à l'époque. Onésiphore fut bafoué, vilipendé, insulté, traîné en justice, des procès onéreux ruinèrent ses parents, ses cache-pots furent piétinés en place de Grève. Mais notre inventeur tint bon et, malgré ses adversaires et ses détracteurs, il imposa son cache-pot. Il est juste de rendre hommage à l'illustre Daguerre qui lui commanda plusieurs douzaines de cache-pots, destinés à figurer sur les photos d'alors… Ce fut la gloire pour Onésiphore. Tous les « Dandies », les « Lions », toutes les « Cocodettes » voulurent se faire tirer en portrait appuyés sur une sellette où trônait une plante verte fichée dans un cache-pot. Depuis, le cache-pot a pris une place d'honneur dans nos appartements et il n'est pas un salon, pas une salle à manger qui n'abritent ce délicat objet d'art.

L'Os à Moelle se fait un devoir de rappeler cet anniversaire du 9 décembre, afin de rendre un hommage éclatant au génie d'Onésiphore Crépinet, l'inventeur du cache-pot.

Le point de vue de M. Micky

LES CONTRIBUABLES RÉCLAMENT DES ABATTEMENTS, NE SONT-ILS PAS ENCORE ASSEZ ABATTUS ?

•

ON ATTENDAIT BEAUCOUP DU TÉMOIGNAGE DE LA TEINTURIÈRE. MAIS ELLE A FAIT UNE DÉPOSITION INCOLORE.

•

ON SE RÉJOUIT QUE LA REPRISE SOIT ÉVIDENTE, POURTANT, UNE BONNE REPRISE, ÇA DOIT PASSER INAPERÇU…

•

J'AI VOULU TÉLÉPHONER À HITLER (BERLIN, 116.191). « LE FÜHRER N'EST PAS LIBRE » M'A-T-ON RÉPONDU. L'AURAIT-ON ENFIN ENFERMÉ ?

•

À NOUS ENTENDRE, NOUS FAISONS TOUS PLUS DE CADEAUX QUE NOUS N'EN RECEVONS, OÙ PASSE DONC LA DIFFÉRENCE ?

Petit courrier

ISABEAU DE RIVIÈRE. – Chère Cousine, pouvez-vous m'indiquer une recette de confiture d'hiver. Je sais que les fruits manquant en cette saison, je vous pose une question terriblement embarrassante.

– Comment mon enfant, mais il n'y a rien de moins embarrassant : faites de la confiture de fraise de veau.

UNE PARENTE DES ESCARTEFIGUE. – Votre lettre me déçoit.

– C'est vous, chère parente, qui vous expliquez mal. Si j'ai bien compris, vous vouliez demander à votre pédicure la recette des pieds paquets ! C'est incroyable ! Écrivez-moi.

Cousine PIERRETTE.

Perfectionnez vos cors aux pieds

Beaucoup de personnes sont très fières de pouvoir prédire la pluie à vingt-quatre heures de distance, en se basant sur les indications fournies par leurs cors aux pieds.

Il y a de quoi hausser les épaules. Que diraient ces personnes si glorieuses de leur don naturel, de celui qui prétendrait étudier les astres sans télescope, parler de Paris à Marseille sans téléphone, ou arracher un clou avec les dents ?

Elles se moqueraient de lui. Et pourtant elles font la même chose.

Or, un savant vient de mettre au point un appareil peu encombrant qui, adapté au cor, le transforme instantanément en un baromètre de la plus extrême sensibilité et de la plus exacte précision.

La notice détaillée est envoyée gratuitement contre 500 francs en timbres-poste non oblitérés.

L'eau bouillante est-elle moins bouillante en hiver qu'en été ?

Cette question nous est posée par M. Mohammed Gaétan Flouguinax, l'honorable chef ressemeleur de la Société « L'eau de Seltz républicaine ».

Nous avons le regret d'informer son auteur que cette question est non seulement dénuée d'intérêt, mais encore complètement ridicule.

Naturellement, l'eau bouillante l'est moins en hiver ; autrement, à quoi servirait le froid ? Par contre, elle l'est beaucoup plus en été, ce qui établit une juste compensation.

Nous demandons instamment aux chefs d'entreprise de vouloir bien ne pas nous déranger avec de pareilles insanités. Nous avons mieux à faire et notre temps nous est d'autant plus précieux que, lorsque nous ne savons comment l'employer, nous en disposons en conséquence pour combler les lacunes des intervalles résultant des contretemps.

Petites Annonces

OFFRES D'EMPLOIS

Recherche poinçonneur tickets de métro ayant des loisirs pour fabriquer passoires.

Grand restaurant demande rémouleur, bons certificats, pour préparer céleri-rémoulade.

DEMANDES D'EMPLOIS

Forgeron fatigué, ayant bonne voix, demande place commissaire-priseur.

Réformé pour faiblesse de constitution demande place fort des Halles. Écr. C. Z., sportif marseillais.

AVIS ET CORRESPONDANCES

Vieux fauteuil de cuir manquant de ressorts, demande à prendre contact avec personne bien rembourrée. Cloclo, Paris.

Monsieur Victor Emmanuel (de Rome) fait savoir qu'il n'est pas responsable des revendications de B. M.

DIVERS

Vœux de nouvel an en tous genres. Vœux simples : 6 fr. la carte. Sincères : 12 fr. Chaleureux : 24 fr. Délirants : 50 fr. En vers : 0 fr. 75. Perfides : 200 fr.

On demande Corse, Tunisie, Nice. Mais pas sérieux, donc s'abstenir. Benito M…

Vous qui voulez gagner beaucoup d'argent, vous n'êtes pas le seul moi aussi. Achetez donc mon livre *Pour réussir* : 40 fr.

Machine à trier la macédoine : 2 247 fr. 25.

Poêle à frire : 12 fr. La même, mais à gratter : 6 fr. 25.

Machine à intriguer les sergents de ville : 700 fr.

LOCATIONS

À louer, maison d'en face.

À louer, centre région agricole, grand château XIIIe s. pouvant être aménagé en gare tête de ligne.

OCCASIONS

Soldes à l'occasion de Noël. Amusez vos enfants avec la panoplie du petit mobilisé comprenant : 1 calot trop grand, 1 paire de bandes molletières à franges, 1 complet bleu en dentelle et 1 bidon contenant 5 litres de vin gros. Le tout : 135 fr.

L'OS à MOELLE

NUMÉRO 37 – VENDREDI 20 JANVIER 1939

Pierre Dac l'affirme dans son éditorial, « en 1939, il se passera des choses ». Sans préciser si ce seront de bonnes ou de mauvaises nouvelles. L'évolution de l'actualité n'incite guère à l'optimisme. Le 17 janvier, Hitler ordonne que l'on retire aux Juifs d'Allemagne leur permis de conduire, mais aussi le droit d'exercer le métier de dentiste ou de vétérinaire, et que l'on interdise à leurs enfants de fréquenter les écoles allemandes. Des mesures parmi beaucoup d'autres, relayées par les nazis qui répandent le mot d'ordre du Führer, « l'Allemagne doit évacuer ses Juifs ».

Edito — Présages signes et impondérables

par Pierre DAC

Chaque année, à cette période du mois de janvier – qui ne doit d'ailleurs sa situation de mois de janvier qu'en raison de la complaisance du mois de février –, chaque année, disais-je donc, on fait l'inventaire des événements prévisibles pour les onze mois restants.

Quand je dis : on, c'est une façon d'écrire, car ne voit pas qui veut ; la faculté de voyance n'est impartie et impétrée qu'à une certaine catégorie de privilégiés que les assoiffés de prédictions vont consulter avec foi et croyance, comme jadis les anciens allaient se prosterner devant les espadrilles des oracles.

Eh bien ! sans vouloir diminuer en rien les dons exceptionnels qui sont l'apanage de nos modernes thaumaturges, je pense que la voyance n'est pas chose tellement spéciale que toute personne qui veut s'en donner la peine ne puisse arriver à l'acquérir.

Permettez-moi de citer mon propre exemple. Il y a six mois encore, je possédais autant de voyance qu'un expert en chapeaux Jean-Bart. La révélation me vint un soir que je relisais *Les Mystères de l'ardoise au sucre*, le célèbre roman que Freud écrivit en collaboration avec celui qui lui donna un coup de main pour le faire. Soudain, tout s'éclaira : je me rendis compte que la voyance n'était, en somme, qu'une question d'observations, de déductions, de recoupements, de dates de naissance et d'influx subordonnés à certains éléments fluidiques émanant de ma propre complexion. Me rendant compte de cela, je pouvais y aller : j'avais de la voyance !

C'est à partir de cette minute mémorable que je me rendis également compte que le monde est rempli de présages, de signes et d'impondérables : il y en a partout et, quand on sait les interpréter, on voit et on prévoit.

C'est ainsi que pour vous, chers amis lecteurs, j'ai interrogé le céleri-rave, la limaille de fer et les clous à crochets qui sont d'excellents conducteurs de la vision future ; je peux vous dire des choses qu'aucun des mages ou fakirs officiels ne sont capables de découvrir :

En 1939, il se passera des CHOSES, vous m'entendez bien : DES CHOSES ! Comprenez-vous le sens caché et profond qui se dissimule sous ses mots, anodins d'apparence, mais combien sibyllins en leurs déliés : DES CHOSES ! Et je puis encore vous affirmer que CES CHOSES ne seront pas les seules : par la force de la génération spontanée, elles donneront naissance à D'AUTRES CHOSES qui elles-mêmes provoqueront DES CHOSES qui n'auront qu'un rapport éloigné avec les CHOSES primitives qui auront engendré les CHOSES dont elles seront issues !

Voilà, amis lecteurs ; maintenant, vous savez ce qui vous attend ; pardonnez ma brutalité, mais j'estime que pour que la voyance soit utile, il faut qu'elle soit nette, précise et sans bavures. Néanmoins, si vous avez besoin d'un quelconque renseignement supplémentaire, je me tiendrai à votre entière disposition les dimanche et lundi de Pâques, du mercredi 10 heures au jeudi 23 heures, sur le sixième demi-muid à gauche en partant de la dix-huitième rangée du centre droit, Entrepôts de Bercy, laboratoire de dégustation. Adresser toute correspondance : Poste Restante, bureau central, à Phnom Penh (Cambodge).

Courrier OSFICIEL
de notre président

SOUPAPE EN BOIS. – *C'est incroyable, mais je suis certain que personne encore ne s'est demandé pourquoi les oiseaux volent le bec en avant. Pourriez-vous me répondre ?*

– Pour la même raison qui fait que les homards marchent à reculons.

Un GROUPE DE LA LIGNE MAGINOT, DU 146° R. I. – *Pourriez-vous nous procurer des cache-cols pour girafes ?*

– Oui, mais envoyez le col, pour que je puisse prendre les mesures.

BÉBERT, MIMILE, DÉDÉ, ETC., STRASBOURG.

– *Avez-vous des idées sur la culture du bigoudi et sa greffe sur le fil de fer sauvage ?*

– Regrets. J'en attends un réassortiment.

A. F. MULLER, BERNE. – *Plusieurs automobilistes ont emprunté hier soir la rue dans laquelle j'habite, et ces individus sans scrupule ne l'ont pas rapportée. Je suis fort embarrassé, car vous comprendrez que je ne puis plus sortir de chez moi.*

– Vous faut-il donc une rue pour vous tout seul ? ne pouvez-vous pas marcher sur le trottoir ?

Pierre DAC.

Drol' de s'maine – Redis-le Moelleux

Jeudi

Les Japonais ont décidé de ne plus porter de pardessus. Les vêtements chauds, désormais, seront réservés exclusivement aux soldats nippons qui combattent en Chine.

Ce bel exemple d'abnégation a été suivi tout aussitôt chez nos frères cracheurs, lesquels ont décrété que, dorénavant, ils ne porteront plus de vêtements légers. Ceux-ci seront réservés aux soldats italiens stationnés en Éthiopie.

Les dames italiennes, pour les mêmes raisons, ont aboli l'usage de l'éventail.

Samedi

Nos voisins d'outre-Rhin (qu'ils disent) viennent de déclarer la guerre (en attendant mieux) au Lambeth walk et au swing, qui sont, affirment-ils, une offense à la race et au bon goût allemands.

On n'entendra plus les Teutons crier : « Oi Hitler ! » en se frappant sur les cuisses.

N° 37 – Vendredi 20 janvier 1939

Mais ils continueront, cela va de soi, à danser devant le buffet en criant :

« Heil Hitler ! »

Sans beurre et sans reproche…

Lundi

M. Adolf Hitler – qui est dictateur quelque part, en Europe – se fait construire une maison de verre sur un sommet des Alpes bavaroises.

C'est une idée comme une autre.

On annonce, par ailleurs, que M. Benito Mussolini – qui est également dictateur quelque part, en Europe – aurait fait construire à son tour une maison sur un sommet des Dolomites.

Elle ne sera pas en verre, mais en papier mâché. Elle comportera – outre la chambre à coucher, la salle à manger et le salon – un boudoir, un fumoir et un crachoir. Cette dernière pièce serait réservée aux visiteurs français.

Enfin, une détente !

Notre cher Président – Heil Pierre, Eviva Dac –, notre cher Président compte, parmi ses relations, une relation qui est plus qu'une relation, un ami, que dis-je ? un ami, un frère.

Enfin un frère qui, un beau jour, est devenu le dernier des dégoûtants, quoi !

Il se nomme Benito de Tartarino de Tarasconi, et est issu d'une vieille famille de Mâcon, dont le moindre défaut est d'exagérer un tantinet, et de mentir à gorge déployée.

Ce frère donc, qui habite jouxte la demeure de notre Président, de notre cher Président – Heil Pierre, Eviva Dac –, s'est éveillé par un joli matin de soleil et de décembre, en s'écriant :

– Za ne peut plus durer comme ça.

Et, tout de go, saisissant son courage à deux mains et sa plume de l'autre, il a écrit à son voisin, notre vénéré Président, une lettre approximativement conçue ainsi :

« J'entends que, dans le plus bref délai possible, tu me fasses remettre : 1° ton jardin potager ; 2° ta cabane à lapins ; 3° ton champ d'avoine ; 4° ta paire de bons gros bœufs bais. J'ai dit.

» P. S. – Et aussi le dessous de plat à musique que j'oubliais. J'ai redit.

» Signé : **Benito de T. de T.** »

Notre Président bien-aimé, qui crut tout d'abord à une bonne blague, lui répondit par un pneumatique Michelin de derrière les fagots :

« Entendu… Viens les prendre. »

Puis, tranquille et souriant (ou souriant et tranquille, à votre choix), il alluma sa pipe au feu continu de son grand cœur d'apôtre.

Et c'est alors que les choses se gâtèrent en devenant sérieuses. Une pluie de lettres anonymes – mais parfaitement injurieuses – s'abattit sur notre Maître qui n'en revenait pas.

– Qu'est-ce que ça veut dire ? s'écria celui-ci.

– Je n'en sais rien, répondit Benito de Tartarino de Tarasconi, sont-elles signées par moi ?… Non ?… Alors ?

Il y eut tout de même un froid entre ces deux frères-là. Et quand il y a un froid, on dit généralement que ça chauffe.

C'est alors qu'un ami commun, mais distingué, proposa :

– je vais aller le trouver, moi, ce zèbre, et je verrai bien ce qu'il a dans le ventre.

Dès son retour, notre Bien-Aimé l'interrogea :

– Alors ?

– Eh ! il n'a rien dit.

– Oui, mais, est-ce qu'on peut le croire sincère ?

– Oh ! dit l'ami commun mais distingué en souriant, on va jouer à faire semblant… En attendant.

Et l'un et l'autre décidèrent de se décerner un satisfecit provisoire et un dont-acte sans garantie du gouvernement.

C'est ce que l'on nomme une détente.

Une détente avec le doigt dessus.

Par prudence.

Une heure dix avec…

Tout-Ank-Amon
Pharaon d'Égypte

… qui conte quel mal il eut pour fabriquer le désert.

Dans son bureau, le Président de la S. D. L. reçoit une lettre des mains de son fidèle huissier à chaîne. Aussi extraordinaire que cela puisse paraître, il la lit. Et voici ce qu'elle contient :

APPENDICE FEUILLEMOLLE
Célèbre inventeur de découvertes
Inventions en tous genres
et sur commande
Prix à forfait
Génie garanti
Travail soigné
Accepte les bons de
« La Moissonneuse »
Rue du Faux-Col,
La Cravate-sur-Plastron,
(Deux-Manches).

Monsieur,

Je ne suis pas fou. La preuve, c'est que j'ai réussi à me dégager de ma camisole de force pour vous écrire.

Au cours de ma carrière d'inventeur, j'ai fait une constatation relative à la récente fête de l'Épiphanie ou fête des Rois. Une coutume que je n'hésiterai pas à qualifier d'ancestrale veut que l'on dissimule dans une galette (qu'ils disent) un petit objet plus ou moins hétéroclite que le consommateur avale, quelquefois par inadvertance et souvent aussi par avarice, pour ne pas payer le coup à l'honorable société, ce qui fait qu'en fin de compte on ne sait pas qui est le roi, ce qui est positivement inadmissible dans un pays où les principes républicains font la force de la démocratie. Ça ne peut pas continuer comme ça. Ah ! mais non, mais non. Alors, voilà, j'ai inventé une galette, qui, à vrai dire, n'est pas une galette ; c'est une sorte de galette, affectant la forme d'un parallélépipède dont les fraises sont remplacées par des ananas. Dans cette galette, j'introduis comme tout le monde une fève qui contient enrobée dans une mince couche de sucre une honnête quantité de nitroglycérine. Aussitôt avalée ladite fève, au contact des sucs gastriques, explose violemment dans l'estomac du dissimulateur et l'on peut ainsi l'identifier immédiatement. En espérant que ma découverte intéressera vos nombreux auditeurs, veuillez agréer l'assurance de ma perspicacité bien dévouée.

Signé : **Feuillemolle.**

Puis, reprenant son sang-froid et sa cigarette qu'il avait abandonnée sur un cendrier et qui se consumait d'impatience, le Président s'écria :

– Huissier !… Est-ce qu'il y a des visiteurs pour moi ?

– Oui, Monsieur le Président, il y a un monsieur.

– Vous avez son nom ?

– M. Tout-Ank-Amon, Pharaon.

– Faites entrer…

Et, bien que cela semble par trop logique, le Pharaon entra, les deux mains à plat à hauteur du visage, l'une par-devant, l'autre par-derrière. La conversation suivante s'engagea :

– Salut… ô grand Tout-Ank-Amon ! Comment allez-vous ?

– Ben, depuis que lord Carnavon m'a retiré de mon sarcophage, ça va un peu mieux !

– C'est vrai que vous avez été momie.

– Plus qu'on ne croit !

– Pouvez-vous me parler des grands travaux entrepris en Égypte et sur lesquels nos savants égyptologues ne nous ont pas donné de grandes précisions ?

– Certainement, Monsieur, certainement. Je ne vous parlerai pas du Sphinx, sur lequel tout a été dit, de façon moyenne, évidemment, ce qui justifie le fameux adage : « Qui veut le Sphinx, veut les moyens ! » Je ne vous parlerai pas non plus des Pyramides, dont le mystère est depuis longtemps percé, car au fond, voyez-vous, la Pyramide, c'est du moellon, du moellon en tranches.

– Mais alors, ô grand Tout-Ank-Amon, de quoi-t-allez-vous m'entretenir ?

– Du grand travail des Égyptiens, de leur œuvre colossale si peu connue de vos contemporains.

– Et c'est ?

– Le désert.

– Comment, le désert ?

– Eh bien ! oui, le désert... vous ne pensez tout de même pas que ça s'est fait tout seul le désert... il a bien fallu le faire...

– Je ne vous comprends pas très bien.

– C'est pourtant très simple. Il n'y avait pas de désert.

» Il me fallut bien réunir de toute urgence le Conseil des ministres.

» – Le peuple veut un désert, que je leur dis.

» – Bon, qu'ils disent.

» – Vous en avez un de désert ? que je leur dis. Eh ben ! alors, on va leur en faire un !

Il se redressa, puis ajouta :

– Et on l'a fait.

– Pas possible !

– Comme je vous le dis.

– Mais comment ?

– Eh bien, voilà : sur toute la superficie du désert actuel, qui à cette époque était entièrement habitée, on rasa tout : maisons, jardins, forêts, montagnes et habitants.

– Vous avez aussi rasé les habitants ?

– Oui, ils avaient des barbes et des cheveux encombrants. Quand il n'y eut plus rien, on s'aperçut alors que ce n'était pas du beau désert !

– Pourquoi ?

– Il n'y avait pas de sable, Monsieur, comprenez-vous bien... Et un désert sans sable, ce n'est pas un désert !

– Et alors ?

– Ah ! et alors... C'est là que les difficultés commencèrent. Il fallait trouver du sable !... On en trouva. Mais, à quel prix ! Où y avait-il du sable ? Dans le fond de la mer Rouge... On l'assécha.

– Quoi ?... Comment ?

– Avec du papier buvard, parbleu. Et on prit tout le sable de la mer Rouge : on en saupoudra en quantité suffisante l'emplacement rasé... Et on obtint ainsi un désert adéquat et idoine à l'idée que tout le monde s'en fait...

Troublé par ces révélations extraordinaires, le Président porta la main à son front et son verre de whisky à ses lèvres.

Et il se leva, cérémonieux :

– Je vous remercie bien, Monsieur Tout-Ank-Amon, de ces renseignements que je puis qualifier de sensationnels, et qui jettent un jour nouveau sur le mystère de la nuit égyptienne... N'avez-vous plus rien à ajouter pour l'édification de nos lecteurs ?

Tout-Ank-Amon répondit, hiératique :

– Plus rien, Monsieur.

Alors le Président sonna, l'huissier entra, obséquieux et annonça :

– Le sarcophage de M. le Pharaon est avancé…

Alors Tout-Ank-Amon partit, et nous ne l'avons plus jamais revu depuis, ni les uns ni les autres.

Jacques ALLAHUNE.

LA JEUNESSE CRIMINELLE
Une bande de dangereux bienfaiteurs est prise sur le fait

On n'a pas lu sans frémir les tristes exploits des jeunes gangsters qui ont désolé, ces jours-ci, la banlieue parisienne.

L'émotion publique n'était pas encore calmée et s'effarait de ces crimes commis par des individus à peine au sortir de l'enfance, qu'une autre affaire appelée à un retentissement plus considérable et singulièrement plus grave vient d'être découverte par les plus fins limiers de la Sûreté.

La magnifique bicyclette du piéton terrorisé.

Quatre jeunes gens, jusque-là bien considérés, Fabien Genty, Lange Gabriel, Poli-E. Aunette et Séraphin Parfait, avaient constitué une bande organisée.

Le lendemain du vol de bicyclettes de Dugny, un brave travailleur, M. Guignard rentrait chez lui à pied, sa journée de labeur accomplie, lorsqu'il se vit entouré des quatre garnements, le visage dissimulé sous une cagoule, qui lui crièrent :

– Haut les mains ! Pauvre homme, vous n'avez donc pas de bécane ? Tenez, prenez celle-ci et allez sans fatigue à votre foyer, où vous attendent votre épouse éplorée et vos chers enfants.

Comme le brave homme hésitait, ils le forcèrent à accepter le cadeau. M. Guignard prit peur et obéit à l'injonction qui lui fut faire :

– Montez ! lui dirent-ils.

M. Guignard monta sur la bicyclette. Mais il ne savait pas aller à vélo. Aussi, au premier tour de roue, il tomba si malencontreusement qu'il se démit l'épaule droite et se cassa la jambe gauche. Il dut être transporté d'urgence à l'hôpital Lariboisière. Quant à la bicyclette, elle a été mise entièrement hors d'usage.

Introduction frauduleuse de billets de banque dans la correspondance.

Quelques jours plus tard, aussitôt l'arrestation du postier Camy, convaincu d'avoir dérobé les billets de banque dans les lettres chargées, deux honorables citoyens, M. Thrasibule Laveine et M. Bonot-Beine, trouvèrent dans leurs lettres, provenant l'une de la belle-mère de celui-ci et l'autre du percepteur de celui-là, chacun un billet de cent francs. C'était encore un coup de la bande Fabien Genty et ses comparses qui dérobait les correspondances pour y introduire frauduleusement des billets de banque. Les victimes conservèrent cependant toutes deux cette somme. M. Laveine acheta un billet de la Loterie Nationale. Mais il ne gagna aucun lot et déplora vivement sa malchance. Les conséquences de l'acte de la bande furent plus graves pour M. Bonot-Beine. Celui-ci résolut de faire bombance avec cette somme sans en informer son épouse. C'est ainsi qu'il rentra chez lui fort tard dans la nuit et en état complet d'ébriété. Sa femme, furieuse de sa conduite, le frappa à coups redoublés de manche à balai, provoquant chez l'infortuné une fracture du crâne. Le malheureux a été conduit à l'hôpital Bichat dans un état désespéré.

Justice est faite !

Les quatre garçons, Fabien Genty, Lange Gabriel, Séraphin Parfait et Poli-E. Aunette, habilement cuisinés, se mirent à table et firent des aveux complets.

Une question se posait. D'où venait l'argent ? Une rapide enquête permit d'en découvrir la provenance. Les quatre terribles bienfaiteurs avaient réalisé des économies sur leurs modestes salaires à force de travail et de privations, de façon à accomplir leurs dangereux exploits.

Mais le fisc, prévenu en toute hâte, les a aussitôt inculpés de dissimulation de bénéfices. Ils seront sévèrement condamnés et mis désormais dans l'impossibilité de nuire.

LE DICTON
dE LA SEMAiNE
GRÊLE AU 22 JANVIER, FIÈVRE APHTEUSE DANS LES PALÉTUVIERS.

SI VOUS DÉSIREZ OBTENIR DES RENSEIGNEMENTS COMPLETS ET DÉTAILLÉS CONCERNANT :

LA MÉCANIQUE,
LA SIDÉRURGIE,

LA PROTHÈSE DENTAIRE,
LA RADIESTHÉSIE
ET LA DIATHERMIE,
NE VOUS ADRESSEZ PAS À NOUS. NOUS N'Y CONNAISSONS ABSOLUMENT RIEN.

COURS et INFORMATIONS

VIANDES

Veau roulé, à la criée, le rouleau : 200 francs.

Veau roulé, à la sauvette : le cornet : 283 fr. 6 sous.

Mouton, sur pied : 75 francs.

»   sur le dos : 42 fr. 75.

»   sur roulettes, la pièce 19 fr. 95.

Bœuf haché, l'éprouvette, 1 203 fr.

SALADES

Salade et semis, prix : à la tête.

»   conserve, le broc : 8 francs.

»   fraîche de conserve, le broc : 10 francs.

Pissenlit, la racine : 1 fr. 25.

MÉTAUX PRÉCIEUX

Or massif, la statuette : 500 francs.

Serviette éponge, le carat : 2 fr. 25.

Fil à plomb, le gramme : 12 000 fr.

COURS DES EAUX

Eau propre, l'hectolitre 118 fr.

» sale,   »   146 fr.

» grasse   »   201 fr.

» croupie   »   406 fr. 75

» tarie   non cotée.

Le Décret-Loi de la Semaine

Tapis-brosses et paillassons

À la suite de l'accord intervenu entre les signataires de la Convention nationale des Paliers mitoyens et le Sous-Comité de la Haute Commission des Sous-Commissions, la taxe sur les tapis-brosses et paillassons est remplacée par un centime additionnel sur les parapluies retournés. L'épaisseur des tapis-brosses et la largeur des paillassons n'en restent pas moins fixées à 0,007 × 3,716. Exonération partielle à partir du quatrième étage et de l'escalier de service. Rien de changé en ce qui concerne les boutons de portes et les cordons de sonnettes.

AVIS

LOTERIE NATIONALE
LE NUMÉRO 427 872 NE GAGNE PAS LES CINQ MILLIONS.

Attention, ne bougez plus ! Pensez !

On vient d'installer dans l'Institut de neurobiologie, à la Salpêtrière, un appareil destiné à l'exploration bioélectrique cérébrale : grâce à un oscillographe cathodique, on peut maintenant obtenir un électroencéphalogramme.

En termes moins poétiques, précisons qu'il s'agit d'une machine à photographier la pensée.

On sait que la police américaine l'utilise, au cours des interrogatoires, pour détecter le mensonge. On sait qu'en Italie, le savant Cazzamali a pu enregistrer les émotions patriotiques, sentimentales, filiales, etc.

Avec la longueur de vue qui nous caractérise (demandez nos longues-vues invisibles : une douzaine de francs les 13), nous avons tout de suite envisagé quel parti on pourra tirer dans la vie quotidienne et hebdomadaire de la vulgarisation de cette invention.

Dans les grands centres de l'activité urbaine s'ouvriront des ateliers spéciaux, où, moyennant une somme modique, on pourra, à la minute, se faire photographier la pensée. Finis les « p'têt ben qu'oui, p'têt ben qu'non », les « euh... » et les « bah ! ». Plus de tricheries ni de réticences ! Les douaniers n'auront plus à fouiller les bagages des voyageurs ; il leur suffira de consulter, sur le passeport, l'électroencéphalogramme du suspect.

Allons plus loin. La conversation se trouvera considérablement simplifiée, chacun pouvant, aux moments difficiles, tirer de sa poche l'échantillonnage complet de ses pensées intimes.

L'interlocuteur sera ainsi immédiatement édifié :

– Oh, oh ! trépidant chapelet de renflements suivi d'oscillations intenses et de double déviation... Je comprends. D'ailleurs, je suis absolument de votre avis.

Écoutez-nous !

VOS VOITURES ne seront plus volées

Les moyens préconisés pour empêcher le vol des autos, ce n'est certes pas ça qui manque sur le marché ; mais nous devons dire tout de suite que la plupart et demie sont parfaitement stupides.

Que vous conseille-t-on, en effet, dans la grande majorité des cas ? d'enlever à la voiture qu'il s'agit de préserver, soit ses roues arrière, soit sa boîte de vitesses, soit son excitateur de potentiel, soit encore son tuyau d'échappement !

C'est à peu près comme si l'on es-

pérait empêcher un oiseau de s'élever dans les airs en le privant de ses pattes, de son bec ou de son apophyse jumelée.

Non, le meilleur, le seul moyen de rendre impossible le vol d'une voiture automobile, c'est d'en retirer – le plus momentanément possible, bien entendu – les deux ailes.

Précaution d'ailleurs indiquée par le plus élémentaire bon sens et que nous avons honte d'être obligé de rappeler ici !

À bon entendeur, salut !

VOICI SIX « SI »

Si votre savon est sale, lavez-le à grande eau, si il fond, recommencez l'opération avec un autre savon jusqu'à ce que vous ayez trouvé l'idéal des savons.

Si vous avez envie de prendre des bains de soleil, apprenez à nager. Un malheur est si vite arrivé.

Si vous ne vous portez pas bien, changez de méthode, faites-vous porter. Vous vous sentirez beaucoup plus léger, et vous pourrez à loisir insulter celui qui vous porte s'il vous porte mal.

Si votre pelouse n'est pas d'un vert assez vif, faites-la bouillir avec une cuillerée de bicarbonate de soude, elle reprendra un joli ton.

Si vos fleurs sont fanées, teignez-les en bleu marine et en noir, elles sembleront neuves.

Si le problème domestique est de plus en plus difficile à résoudre, il faut simplifier la question. Soyons moins exigeants, contentons-nous de domestiques moins stylés. Si notre bureau de placement ne peut pas nous fournir des « bonnes-à-tout-faire », demandons-lui simplement de nous envoyer une « gentille-à-rien-faire », ou une « bonne-à-faire-ce-qui-lui-plaît », je suis sûre que vous lui simplifierez le travail et qu'il vous enverra un joli choix dans lequel vous trouverez votre affaire.

MARIE-THÉRÈSE.

Chronique militaire

Éducation morale

Titre IV. – Chap. unique.

IMPORTANCE DES FORCES MORALES

Si la force morale est indispensable aux hommes de troupe, la confiance est le facteur primordial d'un bon moral et, comme on dit dans le civil pour le bâtiment : Quand le moral va... tout va !

Le gradé devra s'efforcer d'inspirer confiance à ses soldats. Au cours des exercices, par exemple, quand l'instructeur commande le mouvement :
« demi-tour », le soldat n'a pas confiance, il peut éprouver une certaine appréhension à exécuter ce mouvement, car dans le demi-tour, le soldat va faire face à un nouvel horizon, va voir quelque chose de nouveau qu'il ne connaissait pas puisqu'il lui tournait le dos. Il faut donc qu'il ait une entière confiance dans son supérieur afin de tourner, non pas avec hésitation, mais

avec calme, sérénité, et, capable d'affronter tout ce qui va se présenter à lui, il devra comprendre que ce mouvement du demi-tour trouvera dans la vie civile sa véritable destination et qu'il lui sera utile pour faire face à toutes les éventualités qui pourront l'assaillir de toutes parts.

DÉMONTAGE ET REMONTAGE DE L'ADJUDANT DE SEMAINE

À partir de bientôt, les régiments motorisés seront munis d'un adjudant de semaine mécanique fonctionnant sur tous courants et capable de diriger, commander, surveiller et crier comme un véritable adjudant.

Démontage. – Placer le bouton de démontage de la tête à la position « démontage ». Enlever la goupille de la rondelle d'arrêt en soulevant le volet de la narine gauche : la tête vient toute seule. Pour les bras, appuyer sur le verrou de patte d'épaule pour libérer l'omoplate et dévisser. Pour les jambes, déclaveter les deux poches de pantalon en débloquant les deux chevillettes, appuyer sur le poussoir molleté et immobiliser l'axe en dévissant les rotules avec le tournevis coudé.

Graissage. – Graisser le secteur de commande des orifices (trous n°s 65, 66, 48, 49 et 50). Pour le remontage, opérer dans l'ordre inverse du démontage.

Capitaine de La Cancoillotte.

Pour vous Mesdames...

UN PEU DE PUÉRICULTURE

Chères petites lectrices, je vous ai conseillé la semaine dernière de bien soigner vos cactus, mais, vertuchou, ça n'est pas une raison pour négliger vos enfants. Car, après tout, jeunes mamans, la nursery n'est-elle pas le jardin le plus merveilleux du monde ? Ça n'a qu'un défaut, c'est que, quand l'enfant paraît, le cercle de famille applaudit à grands cris, alors ça donne la migraine… mais passons.

Nouveau-nés. – Si vous avez deux jumeaux, passez-les au tamis et gardez le meilleur, car en grandissant ils se gêneraient mutuellement dans leur croissance.

Les méthodes modernes préconisent de mettre le nouveau-né dans du coton dès sa naissance ; je trouve pour ma part le procédé un peu hardi, l'enfant prendrait l'habitude de se mettre du coton dans les oreilles, ce qui est très inesthétique, par la suite, et peut faire rater des mariages.

Je vous conseillerais plutôt de le mettre en pot (avec un tuteur, bien entendu, que vous choisissez parmi la personne la plus sérieuse de votre famille).

Trousseau. – Vous vous habillez en infirmière pour protéger votre bébé des microbes, mais il est indispensable que vous l'habilliez également en infirmière, si vous voulez que cette mesure soit vraiment efficace.

Au bout de quelques mois, vous pouvez revêtir votre enfant d'un costume de clown : ça l'amuse quand il se regarde dans la glace, et ça vous évite les frais du cirque.

Raclées. – Ne donnez pas de claques à votre enfant avant le quinzième mois, il risquerait d'en garder les joues creuses, ce qui porterait atteinte à la réputation de votre table. Faites donc simplement ceci : mettez-lui un cataplasme de farine de moutarde : ça le pique horriblement, il souffre et comprend la portée du châtiment. Et l'avantage du procédé, c'est qu'il le protège des congestions pulmonaires. Donc vous joignez l'utile à l'indispensable.

Cousine PIERRETTE.

CORDONS BLEUS, ne vous frappez plus :

NOTRE SERVICE DE SAUCE-SECOURS VA FONCTIONNER

À dater du 25 janvier, sauce-secours se tiendra à la disposition du public. Lorsque vous constaterez qu'une sauce est sur le point de rater, n'hésitez pas : donnez immédiatement un coup de téléphone à : Mayonnaise 31 quatre fois 12, 2 fois 8 virgule guillemet, et un ou plusieurs spécialistes se rendront à domicile pour rétablir l'ordre culinaire un instant compromis.

Pour une sauce qui tourne court,

Un seul remède : Sauce-secours !

(Théophile GAUTIER, fils et gendre.)

Maîtresses de maison
VOICI ENFIN CE QUE VOUS ATTENDIEZ :
LA RECETTE STANDARD !

Ce n'est qu'après de longs et minutieux travaux que nous sommes arrivés à réaliser cette recette standard, qui est la synthèse de toutes les recettes : elle est applicable à tout : à la cuisine, à la lessive, aux travaux d'entretien, aux soins d'hygiène, etc., etc. En voici la composition :

Prenez trois parties d'une chose pour quatre parties d'une autre, partagées en cinq parties égales.

Mélangez une partie de la première chose avec la sixième des quatre autres parties en liant le résidu avec les parties intermédiaires alternées. Faites chauffer après refroidissement et appliquez suivant vos besoins.

Ne nous remerciez pas, trop heureux que nous sommes de vous rendre ce léger service.

Les Recettes de Tante Abri

Les Taches Sonores

Vous ne perdrez plus votre temps à déceler des taches sur vos vêtements, si vous faites des taches sonores.

Comment faire ?...

Trempez vos vêtements dans la solution suivante : son, 125 gr., eau de tambour, 125 gr., extrait de la Dame blanche, 125 gr., révélateur, 1 litre et amidon, 125 grammes.

Faire sécher, puis faire un trou au centre du costume, et appliquer celui-ci sur un phonographe.

Le reste est tellement enfantin qu'il est inutile de s'étendre davantage.

PETITES ANNONCES

OFFRES D'EMPLOIS

On demande lingère polyglotte pour traduction de modèles broderie anglaise et point turc.

ANNONCES MILITAIRES

L'Adhésive. Selle spéciale pour jeunes recrues. Assiette assurée, stabilité garantie, chutes impossibles. La selle : 62 fr.

Soldat de première classe libérable, céderait son fonds à personne désirant débuter dans carrière militaire. Joli matériel, rapport intéressant, avantages nombreux. S'adresser à Labricole Eugène. S.H.R. du 12° U.R.C.I.T.

Petit cinéma se fixant aux serrures. Permet à vos domestiques de regarder par le trou de la serrure même pendant votre absence. L'appareil en ordre de marche : 106 fr. ; le film : 12 fr.

Chasseur à cheval permissionnaire, demande bon imitateur pour parler à sa jument pendant son absence. Écr. Gigaud Jules, 348° R. C. C. à Licol-sur-Latronche.

DEMANDES D'EMPLOIS

Cuisinière, cuisinant mal, cherche place chez ménage hargneux manquant de sujets de scènes de ménage. Se mettra du côté du plus offrant.

COURS ET LEÇONS

Apprenez rapidement à compter sur vos doigts, en suivant des cours astucieux et pleins d'intérêt.

LOCATIONS

À louer pour film amateur, monsieur barbu. Imitation parfaite Victor Francen. La journée : 30 fr. Le même, sans la barbe : 50 fr. Avec la barbe, mais muet : 100 fr. La barbe seule : 150 fr.

OCCASIONS

Cèderais pour cause départ lot d'oreilles, toutes grandeurs, pouvant servir à la fabrication de fromage de tête. Dupeigne, coiffeur, Paris.

DIVERS

Ne perdez plus votre temps en couvant vous-mêmes vos grippes, rougeoles, etc. Louez notre couveuse électrique Mer' Poul'. Arrangements pour familles nombreuses.

Nouveauté. Clous à tête très large pour bricoleurs maladroits.

Poudre explosible pour déboucher les éviers. Livrée avec notice et extincteur : 32 fr. 90.

Chapeau Cronstadt, forme ventouse avec oreillettes et collet velours, garni soutache à ridelles. Très bel ensemble avec incrustation layette et filigrane au point de chaînette, coloris mode : 38 fr. 95.

Plumeau bronze massif. Très pratique pour nettoyer bibelots encombrants : 32 fr. 95.

Fautes d'impression inédites pour grands quotidiens du soir. L'assortiment de 1 000 fautes choisies : 32 fr. 95.

L'OS à MOELLE

NUMÉRO 38 – VENDREDI 27 JANVIER 1939

La France continue à s'endormir et à s'enfoncer dans une crise économique qui rend les Français plus pessimistes que jamais. Les décrets-lois sont annoncés dans une indifférence quasi générale et l'on observe d'un œil distrait, mais inquiet, la situation internationale. À Washington, le président Roosevelt annonce au Congrès un ralentissement des réformes. En revanche, il prévoit un gros effort de réarmement. En France, en revanche, rien n'est prévu dans ce domaine, à l'exception du lancement le 17 janvier à Brest d'un cuirassé baptisé Richelieu.

Edito_____ La houille dormante _____

par Pierre DAC

Credo quia absurdum, a écrit Lope de Vega en son traité sur la pluralité des barres d'appui. Ce n'est certes pas moi qui dirai le contraire, étant pleinement et entièrement de l'avis de cet illustre gastronome.

Il n'en est pas moins vrai que le devoir immédiat et actuel de tout citoyen est de collaborer à l'œuvre urgente de redressement par l'économie nationale rationnelle. Or, qui dit économie dit utilisation de toutes les forces naturelles au bénéfice de l'intérêt général.

Or, j'estime que chaque jour, nous laissons inutilisée une quantité d'énergie telle qu'il est presque criminel de laisser perpétuer un pareil état de choses. Et c'est pourquoi je veux vous parler ici de la houille dormante.

La houille dormante ! C'est probablement la première fois que vous en entendez parler ; moi aussi d'ailleurs, puisqu'avant d'y avoir pensé personnellement, nul ne m'en avait soufflé mot.

Voilà de quoi il s'agit : on connaît sous le nom de houille blanche, la force des chutes d'eau mise au service de l'énergie électrique ; d'où économie massive et indiscutable de combustible. On connaît aussi la houille beige, la houille bleue et la houille verte d'utilité moins glorieuse mais honorable cependant. Il s'agit maintenant d'utiliser la houille dormante. Qu'est-ce que la houille dormante ? C'est la captation de l'énergie du sommeil, énergie négative qui peut être rendue positive par le truchement de moyens qu'il appartient aux ingénieurs de réaliser.

Tout être humain, à l'état de veille, manifeste une certaine activité variable suivant sa complexion physique et morale ; or, en période de sommeil, cette activité disparaît-elle ? Non pas, elle tourne à vide, sans utilité aucune ; n'avez-vous point remarqué que certaines personnes dorment plus ou moins rapidement ? Preuve irréfutable d'une énergie contenue qui ne demande qu'un procédé adéquat pour être canalisée et utilisée à des fins industrielles.

L'énergie produite en une nuit par la respiration de 40 millions de Français endormis serait amplement suffisante pour faire fonctionner pendant deux mois toutes les usines du pays, y compris celles-là et les autres.

Je sais qu'en lisant cette affirmation, les compétences autorisées vont hausser les gencives en claquant des épaules. Peu importe. L'idée est un blé dont le grain semé finit toujours par produire un jour ou l'autre un pain de quatre livres.

La houille dormante est dans l'air ; elle fera son chemin et ce sera l'honneur de ma vie d'avoir été le précurseur d'une chose qui, demain, redonnera à notre nation la prospérité et le bonheur dans l'idoine et la fécondité.

Courrier OSFICIEL
de notre président

R. BLIMART, METZ. – *Est-ce pour clore les routes qu'on dresse des poteaux télégraphiques ?*

– Que non ! Monsieur, mais la Nature qui fait bien ce qu'elle fait a songé aux infiniment petits, hirondelles et autres palmipèdes, en fleurissant nos campagnes de poteaux avec fils de fer en cuivre.

M. MARÉCHAL, CHALON-SUR-SAÔNE. – *Si la Corse était annexée, etc., etc. Si vous croyez que ma question puisse attirer des complications internationales, répondez-moi en style pour espions.*

– 213422.A – 6275. Z – 007 – C.D.65 – 8547.H.O. – S.O.4.H.2 – etc. (Je vous adresse la grille en petite vitesse et à vos frais.)

DINGO-FIL, BLIDA. – *Est-il préférable pour un cultivateur de semer des melons que des camemberts ?*

– Heu… ça dépend de ce qu'il veut récolter…

Pierre DAC.

Drol' de s'maine — Redis-le Moelleux

Jeudi

Les habitants de la Charente-Inférieure, ne voulant plus être qualifiés d'*inférieurs* qu'ils considèrent comme un terme péjoratif, veulent débaptiser leur département.

En principe, ils ont l'intention de l'appeler « Charente-maritime », mais certains d'entre eux préféreraient « Charente extra-souple » ou « Charente de première qualité », ou encore « Charente S.G.D.G. »

Les choses en sont là, mais, d'autre part, bien des départements, si l'on en croit la rumeur publique, aimeraient eux aussi à changer de nom. Le Pas-de-Calais, notamment, aurait l'intention de s'appeler, au contraire, « Y a du Calais », la Creuse, qui sollicite le nom de la « Joufflue », l'Île-et-Vilaine, qui veut s'appeler « Elle-est-pas-si-mal-que-ça » et le Cher, prétendant que ça effraie les touristes, qui souhaite d'être baptisé « le Meilleur Marché ».

Samedi

Un officier américain, le lieutenant-colonel Hansen, commandant le 2e régiment de Lincoln, a déclaré péremptoirement qu'il n'y aurait pas de guerre ayant 82 ans.

Ça n'est pas très sûr, évidemment, mais avouez que c'est bien gentil tout de même.

Inquiétant tout de même pour mes vieux jours.

Parce que, hein, à 118 ans, on aspire néanmoins à quelque tranquillité !

Dimanche

À partir de la quatrième tranche, un nouveau règlement de la Loterie nationale sera mis en application.

Voici les principales modifications : suppression de la deuxième série des lots de 220 francs ; suppression des lots de 1 000 francs ; création de lots de 1 500, 2 000 et aussi, croyons-nous, de trois francs et six sous.

Cela me paraît bien compliqué. Pourquoi ne pas supprimer carrément tous les lots actuellement en vigueur et les remplacer par autant de lots de 50 francs qu'il y a de billets en circulation ?

Comme cela il n'y aurait que des gagnants, tout le monde serait content et l'État y retrouverait tout de même son compte.

Lundi

Une prise d'armes a encore eu lieu dans la cour d'honneur des Invalides, et cela sous la présidence d'un général.

Nous ne voudrions pas polémiquer sans rime ni raison, mais nous ne pouvons nous empêcher de souligner que c'est là un scandale intolérable.

En effet, depuis le temps qu'il y a des prises d'armes aux Invalides, il ne doit plus en rester beaucoup à l'heure qu'il est.

Et que fait-on de ces armes ? Où les envoie-t-on ?

Attendons-nous à voir disparaître un jour les vieux canons qui défendent – comme ils peuvent – l'Esplanade des Invalides.

Mardi

Une réunion de propagande du mouvement en faveur du salut public s'est tenue au Palais d'Hiver à Lyon.

Le fait est qu'on ne sait plus saluer publiquement et que les plus nobles traditions se perdent. Cela vient peut-être de la mode saugrenue des sans-chapeaux. On salue un peu n'importe comment, il faut bien le dire : salut à la romaine, salut militaire, salut à la ronde, etc.

Nous ne saurions trop recommander le salut public loufoque, qui consiste à retirer son chapeau, si l'on en a un, ou à s'en poser un sur la tête, si l'on n'en a pas, tout en portant, au surplus, l'orteil droit à la hauteur des sourcils gauches et en pliant les genoux en quatre, en cinq ou en six selon le nombre de personnes à saluer.

■ *Les grands reportages de l'Os à Moelle* ■

La magnifique collection Rabastoul est dispersée au feu des enchères publiques... ... au cours d'une vente sensationnelle

Trémissac-lez-Ligots (*Aveyron*), de notre envoyé spécial.

C'est dans le marché couvert de la localité que se tient la vente du célèbre collectionneur Athanase Rabastoul, décédé il y a six mois dans un accident de bilboquet. Est-il besoin de signaler que le Tout-Aveyron est là ? Depuis un mois que dure la vente, les amateurs se sont installés à proximité du marché pour éviter des frais d'hôtel. La qualité des occupants est facilement reconnaissable au goût qui a présidé à l'aménagement de leur abri provisoire.

Devant moi un marchand de spécialités du pays a installé une fort jolie tonnelle, ornée de treillage entièrement composé en saucisses de l'Aveyron. Un crémier s'est confortablement installé dans un baquet de crème fouettée et un fermier opulent est assis sur un fauteuil familial se composant de deux beaux-frères, d'un trisaïeul et de trois cousins germains superposés.

Mais voici que s'avance l'appariteur, suivi du commissaire-priseur qui regagne sa table d'enchères :

– Mesdames et Messieurs, s'écrie-t-il, c'est aujourd'hui le 31ᵉ jour de la vente de la collection Rabastoul, reprise des enchères. Approchez, approchez, y va y avoir de la belle chose et du bel objet. Notre vente revêt ce matin un intérêt tout particulier, car ce sont les plus belles pièces de la collection de M. Rabastoul qui vont être présentées.

« Voici tout d'abord un splendide paquet de gauloises bleues de l'époque Florentine, ayant appartenu au Doge de Venise en exercice à l'époque, avec certificat d'origine, mise à prix : 2 fr. 95… Allons, Messieurs, 2 fr. 95 le superbe paquet de gauloises bleues de l'époque Florentine… Allons, un petit effort, voyons, vous monsieur Bergnasse. »

– Je ne fume pas…

– C'est pas une raison, allons qui dit mieux ?

– 2 fr. 50.

– Voyons, monsieur Lespinasse, la mise à prix est de 2 fr. 95, vous ne pouvez pas surenchérir à un prix inférieur.

– Je m'en fiche, j'ai que 2 fr. 50.

– Trêve de plaisanterie… 2 fr. 95, qui dit mieux ?

– 3 fr. 10.

– 3 fr. 10 à gauche, rien au-dessus ?

– 4 fr. 25 !

– 4 fr. 25 l'admirable paquet de gauloises bleues… pas d'offres au-dessus ? Non ? Adjugé. À Monsieur ?

– Vergognot, 22, impasse du Croûton, à Cassagnac…

– Voici maintenant un des joyaux de la collection. C'est un merveilleux rôti de veau bien cuit, ayant appartenu au maréchal Bazaine, désossé, ficelé et dégraissé avec garniture, mise à prix : 175 000 francs. Je dis 175 000 fr… Le magnifique rôti de veau ayant appartenu au maréchal Bazaine… Je me tiens à la disposition des amateurs pour tout renseignement à son sujet.

– Eh ! En quoi qu'il est, ce rôti de veau ?

– En veau !

– En vrai veau ?

– Oui, et dans le quasi. C'est une belle pièce, et bien grasse… Allons, Messieurs, 175 000…

– 180…

– 180, à droite… 185 devant moi… 192 000, à ma droite…

– 2 fr. 50.

– Monsieur Lespinasse, je vais être obligé de vous expulser si vous continuez.

– Je m'en fiche, j'ai que 2 fr. 50.

– Allons, 192 000, qui dit mieux ?… 200 000 ?… C'est donné… Plus rien ? Une fois, deux fois, six fois, trente fois, quarante-quatre fois, six mille fois ? Adjugé… et enveloppez le rôti pour monsieur, avec un petit coup sur l'os… Enlevé, c'est pesé !

On applaudit et on félicite le nouveau propriétaire du rôti de veau de Bazaine. Il se sauve en emportant dans ses bras sa précieuse acquisition.

Mais le commissaire-priseur paraît tout ému ; il vient de s'emparer d'une boîte qu'il ouvre avec dévotion. Il doit s'agir d'une pièce extraordinaire à en juger par le silence qui s'établit dans l'assistance.

– Mesdames, Messieurs, voici une pièce rarissime et autant dire introuvable, une paire de gants en filoselle cachou, avec boutons demi-pression et agrafes collatérales et coutures dont l'apparence est invisible… gants ayant appartenu à la Vénus de Milo. Mise à prix…

– 2 fr. 50, envoyez, je les prends !

– Veuillez expulser M. Lespinasse.

Le garde champêtre procède à l'expulsion brutale de M. Lespinasse.

– Je reprends : mise à prix 695 000 fr. 75, plus les droits…

L'enchère monte à 700 000…

– On peut voir ? crie un amateur.

– Oui, oui, faites passer les gants, je vous prie.

– Ils ont l'air authentiques.

– C'est du beau gant…

– Et solides…

– Ils sont pas jeunes…

– Vous avez vu : 700 000, ça vaut mieux que ça, c'est un joli souvenir de l'époque du Directoire et qui a sa place tout indiquée dans un tiroir de buffet Henri II.

– 720 000…

– 720 000, au fond ; allons, allons, rien au-dessus ? 4 fois, 8 fois, 1 fois ? Adjugé !…

– Pardon, proteste un assistant, je m'inscris en faux contre l'authenticité de cette paire de gants.

– Cette interruption est intolérable et contraire à la loi… Qui êtes-vous, monsieur ?

– Léon L'Antiquaire.

– Et vous prétendez que ces gants sont faux ?

– Je prétends et j'affirme avec preuves à l'appui que ces gants n'ont jamais appartenu à la Vénus de Milo.

– Pourquoi ?

– Parce que ces gants, c'est des chaussettes.

– Monsieur, les certificats des experts sont formels.

– Ça prouve qu'ils ont expertisé ces gants comme des pieds.

– Monsieur, ce langage est intolérable.

– 720 000… 720 000… Laissez-moi rigoler… ça vaut 3 fr. chez Monoprix.

– Gardes, faites sortir le perturbateur !

On l'expulse.

– Silence ! Silence ! Mesdames et Messieurs, excusez ce léger incident, la vente continue... Voici maintenant un très joli sac de sciure, provenant des fouilles du lac Némi, mise à prix : 15 sous... Je dis 15 sous, le joli sac de sciure du lac Némi... Allons qui dit mieux ?

– 1 million.

– 1 million ?... 1 million de quoi ?

– Ben, 1 million, quoi !

– Bon... 1 million, nous disons le joli lac de sciure dans le sac Némi... 1 million... Personne ne dit mot ?...

– Et 1 million 22 sous !

– 1 million 1 fr. 10, personne ne dit mieux ?... Allons, vous, Monsieur, qui avez mis un million, un petit effort.

– Non, vraiment, je ne peux pas faire plus.

– Alors, un million 1 fr. 10, rien au-dessus ?... Adjugé !

» Mesdames, Messieurs, pour aujourd'hui, la vente est terminée.

Demain, mise aux enchères de la suite de la collection de M. Rabastoul, comprenant entre autres : meubles rares, fromages de tête, anthracite belge, glace en branches de l'époque, etc., etc.

– Eh, là ! attendez.

– Ah ! C'est encore vous M. Lespinasse, qu'est-ce que vous voulez ?

– Dites, il ne vous resterait pas une petite bricole là, pour 2 fr. 50, que je ne m'en aille pas les mains vides.

– Ah ! allons, on va vous faire plaisir, il reste une locomotive haut le pied, Allez enlevez-là !

– Merci, Monsieur le Commissaire-priseur.

La vente quotidienne est terminée. Je n'ajouterai qu'un mot, un seul : c'est avec de pareilles manifestations que l'on rappelle au public qu'il y a encore de jolies choses dans le patrimoine français.

G. K. W. Van den Paraboum.

Une nouvelle invention de M. Georges Claude

Le grand savant français, à qui nous devons déjà les tubes liquides et l'air au néon, n'a pas fini de nous étonner. Sa nouvelle découverte, qu'il a bien voulu présenter à l'envoyé de *L'Os à Moelle* avant tout autre représentant de la presse en est une preuve.

M. Georges Claude nous reçut fort aimablement dans son laboratoire et nous amena devant un grand panneau métallique peint en noir et lisse comme un miroir :

– Voilà ma dernière création, nous dit-il.

Et comme nous restions muets... d'incompréhension, il ajouta : « Passez de l'autre côté, vous comprendrez. »

L'autre face du panneau, en effet, portait un long tube la parcourant d'un bout à l'autre et aux contours compliqués, peint en noir.

L'extrémité de ce tube était reliée par une conduite en verre à un moteur que M. Georges Claude mit en marche. Aussitôt, la conduite de verre s'emplit d'une espèce de nuage noir qui était soufflé par le moteur vers le tube métallique où on le voyait pénétrer.

« Vous avez devant les yeux, me dit M. Georges Claude, le premier modèle d'enseigne obscure. Vous n'avez pas été sans remarquer, en effet, que la multiplicité des enseignes lumineuses est telle que toutes ces enseignes s'annulent l'une l'autre et que le but cherché n'est plus atteint. Si, entre deux enseignes lumineuses on vient intercaler une "enseigne obscure", le contraste les mettra toutes en valeur.

« Vous avez évidemment compris le fonctionnement de l'appareil : c'est le panneau métallique peint en noir qui sera visible sur les façades, le tube représentant le motif où les mots constituant l'enseigne se trouvent derrière ce panneau pour que l'obscurité se trouve plus complète encore. Ladite obscurité du tube qui risquerait de s'atténuer par l'usage est constamment entretenue par les vapeurs noires que le moteur lui envoie. »

Je me permis alors de poser une question à M. Georges Claude :

– Quelle est la nature de ce nuage noir ?

– Ah ça… mon cher monsieur, je ne vous le dirai pas. C'est là en effet et vous l'avez fort subtilement senti, que réside tout le secret de l'appareil, que n'importe qui, alors, pourrait imiter.

Et voilà, mes chers lecteurs, un glorieux fleuron de plus à ajouter à la couronne de la Science Française.

LE DÉCRET-LOI de la semaine

Petits bancs et tabourets de pianos

Contrairement à l'accord intervenu entre le Ministère de la Sciure au détail et la Direction interdépartementale des Abattis en gros, les petits bancs auront désormais la priorité sur les tabourets de pianos dans les manifestations officielles et les cérémonies publiques. Cette mesure a pour but de rénover la culture du petit banc dans les forêts domaniales et de lutter ainsi contre l'envahissement du marché par les tabourets de pianos d'origine étrangère. Ceux qui introduiront en fraude des tabourets de pianos (sous forme de poudre ou sous toute autre forme) seront passibles d'une amende assez élevée que nul ne pourra faire sauter, pas même sur ses genoux.

Au salon des Arts Ménagers
Quelques nouveautés qui facilitent vraiment l'existence

Nous vous signalons les dernières trouvailles que l'on peut admirer au Salon des Arts Ménagers.

A. *Réveille-soir.* – Réveil à l'usage des travailleurs de la nuit qui dorment pendant le jour ; est basé sur le principe du réveille-matin, mais ne se déclenche qu'après le coucher du soleil. Est actionné par un cœur de hibou...18 fr.

Le même, mais imitant le cri de la chouette............................19 fr. 50

B. *Baignoire en buvard.* – Dès qu'elle est remplie, elle boit instantanément toute l'eau qu'elle contient. Les gens qui craignent l'eau peuvent, ainsi, prendre des bains sans être mouillés. On peut, si l'on veut, la remplir d'encre, mais le nettoyage de la baignoire devient plus délicat. Se plie facilement et peut se mettre sur un bureau ....240 000 fr.

C. *Trousseau de vraies clés.* – La dernière nouveauté pour cambrioleurs en appartement. La fausse clé était une erreur, elle endommageait les serrures et était une pièce à conviction par trop convaincante. La vraie clé ne présente pas ces inconvénients, mais est évidemment plus coûteuse. En velours damasquiné avec incrustations de taffetas armé ....0 fr. 75

La même avec une housse en foie gras ....33 500 fr.

D. *La pendule à réservoir.* – Sert à remplir les heures creuses. Divertissante...23 fr.

La même avec bain de pieds...24 fr.

La même sans bain de pieds, mais avec faux nez ....230 fr.

E. *Couteau à conférences.* – Gentiment présenté, il coupe court à la conversation. Avec manche ....110 fr.

F. *Surtout de table.* – C'est une jolie couche de terreau très décorative que vous étendez sur votre nappe. Vous permet d'y faire pousser des fleurs qui feront la joie de vos invités. Si vous avez une vache, vous pouvez la faire coucher sur ce surtout. C'est à la fois champêtre et parisien ....3 fr.

G. *Fronde à porridge* ....22 fr.

H. *Barre fixe-lunch.* – Pour faire sauter les biftecks des gens pressés, hommes d'affaires, boursiers, etc. ....180 000 fr.

I. *Réchaud pour frigidaire.*..97 fr.

Attrapez l'urticaire

Je vous recommande ce petit ouvrage qui est à la fois un sport.

L'avantage de l'urticaire sur le papillon, c'est que l'on n'a pas besoin de filet pour l'attraper.

Vous revêtez une tenue de ville ou de campagne, peu importe, et vous appâtez avec 35 kilos de charcuterie et 30 douzaines de crustacés. Vous vous grattez légèrement : l'urticaire sort de sa tanière.

Elle s'est laissé prendre sottement.

Le privilège de la semaine

Du vendredi 27 janvier au jeudi 32 courant, tout lecteur de notre journal, tenant un exemplaire de *L'Os à Moelle* à la main, aura le droit de rouler à gauche en voiture, sur le tronçon de la route nationale n° 7, compris entre Lunel-le-Vieil et Bourg-en-Bresse.

Il aura, en outre, le droit de proférer des injures inintelligibles à l'égard des trieurs de soucoupes et des manutentionnaires en cratalgus.

Rectification

Dans un de nos derniers numéros, nous avons publié un écho mondain rédigé en ces termes : « Trois individus élégamment vêtus déambulaient dimanche soir, bras dessus, bras dessous, sur le boulevard des Italiens, en chantant à tue-tête : « Veillons au salut de l'Empire ». À vrai dire, il s'agissait de l'empire de la boisson, sous lequel ils étaient, à n'en pas douter. Un agent mit fin à leurs ébats en les menant au poste. »

Il fallait lire :

« Le Professeur Durain-Blokey, l'éminent spécialiste des maladies de la seconde enfance, a fait mardi dernier à l'Académie de médecine une communication sur le moyen d'empêcher les bébés de pleurer au lit. »

Nous ne ferons pas à nos lecteurs l'injure de penser qu'ils n'ont pas rectifié d'eux-mêmes cette petite erreur typographique due à l'aimantation d'une linotype qui a fonctionné en marche arrière, et nous les prions de nous excuser.

Après la bataille

Poésie sensée de Victor Hugo traduite en vers loufoques par C. CORNET

Mon père, cet anchois au sourire andaloux,
Suivi d'un nénuphar qu'il aimait entre tous
Pour son faux col vert-neige fait en pierre de taille,

Parcourait en nageant la foire à la ferraille,
Où se tenaient, pensifs, des melons accroupis…
Soudain, son gros orteil crut percevoir des cris…
C'était un hérisson voltigeant sur la route,
Qui brûlait son chandail pour mieux casser la croûte,
En criant : « un chou-fleur pour cirer mes souliers !!!
Ou bien un bec de gaz pour me laver les pieds !!!… »
Mon père, ému, tendit au nénuphar fidèle
L'obélisque à vapeur où trempait sa bretelle
Et dit : « mouche la jambe à cet oiseau blessé,
Et brûle-lui l'œil droit avec un fer glacé. »
À ce moment précis, surgissait du « rat-mort »,
En marchant sur les mains, un boa constrictor
Qui lança sur mon père sa veste en alpaga.
Le coup passa si près qu'un hareng se noya,
Et qu'un éléphant blanc tomba dans sa soupière.
« Hurrah ! », cria mon père, se mordant la paupière.

Information militaire

Pour renforcer notre aviation, le ministre de la Défense Nationale vient de décréter qu'au printemps prochain, toutes les autos-chenilles de l'armée deviendraient des autos-papillons. En conséquence, les chasseurs de papillons sont priés de s'abstenir.

SIMPLE CONSEIL

Pourquoi essayer de faire semblant d'avoir l'air de travailler ?? C'est de la fatigue inutile !

Chronique militaire

Chapitre III
HYGIÈNE CORPORELLE

Article 8 : *Pansage.* – Il est évident que dans les formations motorisées, le pansage ne sera plus exactement le même que dans les régiments à traction hippomobile. Toutefois, les hommes devront s'inspirer des anciennes méthodes de pansage du cheval en les appliquant aux soins à donner aux chevaux-vapeur, de cette façon, le changement se fera progressivement.

Pour étriller une auto, on se

sert d'une éponge et d'une peau de chamois, les voitures ayant en général la peau assez sensible. Au cours du pansage, vérifier soigneusement les différents membres de la voiture. S'il existe des engorgements ou des points chauds et sensibles, les signaler au vétérinaire qui en fera part au mécanicien. Les pieds de la voiture ou « pneus » doivent être soigneusement curés, mais, à l'encontre du cheval, vérifier s'ils n'ont pas de clous, lesquels essouf-flent terriblement les pneus en les privant d'air.

De même que pour la crinière des chevaux, il est interdit de transformer l'allure générale d'une carrosserie comme par exemple en enlevant le toit d'une conduite intérieure pour en faire une torpédo.

Article 10 : *Bains.* – Les bains de voitures ne seront ni trop fréquents ni prolongés en raison des inconvénients qu'ils ont pour l'hygiène du moteur et la solidité des ferrures.

Chapitre IV
TRANSMISSIONS-TÉLÉPHONE

RÈGLES DE SERVICE

En principe, et en campagne, le téléphone ne doit être utilisé que pour le service à moins que les téléphonistes aient à causer entre eux. De toute façon, leurs conversations devront avoir une tournure secrète afin de dérouter l'ennemi qui peut écouter, comme par exemple : Entendu pour la belote…

La théorie indique que tout demandeur doit commencer sa communication en s'annonçant : Ici, un tel ! On comprend facilement pourquoi : si le soldat qui téléphone disait son nom, cela pourrait renseigner utilement l'adversaire dont les oreilles sont souvent pendues à nos lèvres et au bout du fil.

TABLEAU DES ANALOGIES PAR LETTRES À ÉPELER

Afin de répandre l'erreur parmi ceux qui épient, la méthode qui consistait à faire suivre une lettre par un nom commençant par ladite lettre est supprimé, désormais on dira :

A comme Camomille, B comme Abruti, C comme Particule, D comme Endives. On remarquera que les lettres à employer se trouvent effectivement dans les mots, mais au milieu, ce qui rend ainsi le télégramme proprement indéchiffrable.

Capitaine de La Cancoillotte.

L'heure d'été c'est bien mais... pas de demi-mesures

Au moment où l'on reparle de l'heure d'été, il n'est pas sans intérêt de rappeler à nos lecteurs qu'ils ont encore deux mois et demi devant eux pour s'exercer à avancer leur pendule et leur montre de 60 minutes.

En attendant cette délicate manœuvre, nous profitons de l'occasion qui nous est offerte d'aborder un sujet cher à nos cœurs : la question des économies.

On sait que l'heure d'été permet d'en réaliser d'importantes.

Mais pourquoi, avons-nous pensé, nous contentons-nous de cette seule mesure ? Pourquoi ne continuons-nous pas dans cette bonne voie ?

Ce que nous faisons pour l'heure peut se faire à plus forte raison pour des mesures de temps plus importantes : le jour, la semaine, le mois, l'année peut-être ?

Qu'est-ce qui nous empêche, par exemple, de décider qu'en fin 1939 nous passerons à l'année 1941 ?

Nous gagnerions un an. Un an de céréales, de pinard, de pastis ; les milliards du budget de 1940.

Dans vingt ans, quand les finances seraient rétablies, il serait temps de vivre deux ans pendant la même année pour reprendre le pas, et tout rentrerait dans l'ordre.

Nous n'avons pas la prétention d'avoir du génie ; mais, tout de même, il nous semble que notre suggestion doit attirer l'attention des Pouvoirs publics.

Et plus tard, si le besoin s'en faisait sentir, pour hâter le progrès, pour maintenir la paix, pour diminuer la Dette publique, nos dirigeants s'honoreraient en décidant par décret-loi, le passage du XXe siècle au XXIe, sans transition !

Pour vous Mesdames...

Sachez vous chausser

Évidemment, sauf si nous sommes couchées, le soulier nous est de toute utilité, surtout pour marcher.

Son choix est très délicat, si vous voulez qu'il complète votre silhouette avec élégance sans faire souffrir le pied. Car on parle de la sensibilité du cœur, on ne parle jamais de celle du pied. Quelle grossière erreur ! Et si le pied est un grand résigné, il n'en a pas moins de généreuses qualités.

Avez-vous jamais bien vu un pied ? Regardez-le, admirez ce bon regard, comme il vous fixe tendrement avec ses doux yeux que, modeste, il emprunta à la perdrix.

Donc, dans quoi allons-nous enfermer notre cher martyr sans trop le faire souffrir ? Je vous donne une suggestion : dernièrement, à un dîner très élégant, je portais une robe blanche, et j'eus l'idée de demander chez mon boucher deux tranches de bavette, que ma femme de chambre eut tôt fait de transformer en deux ravissantes chaussures du soir. Un petit peu de chapelure sur le tout, pour faire moins sec, et j'eus un succès fou. Il ne se trouva que mon mari pour me faire une scène, prétendant que ça me faisait deux pieds de cochon ! On peut essayer une chaussure à peu près analogue, mais avec deux tranches de melon que vous fixez par une bride en satin ou en fer (comme vous voulez). La forme pointue de la tranche de melon vous a un caractère hollandais très charmant. Mais une précaution : enlevez les graines du melon, qui vous chatouilleraient la plante du pied.

Avant de vous quitter, mes belles lectrices, je vous suggère un soulier très pratique pour faire rapidement vos courses du matin. C'est une chaussure ordinaire en marron d'Inde mort-né ou en cochléaria frisé, mais la particularité réside dans la semelle en caoutchouc creux que vous gonflez comme un pneu. Et, au moindre pas, vous faites un bond en l'air : c'est gracieux et rapide. Essayez, vous l'adopterez.

Avis de concours

Le Bureau des Longitudes nous prie de faire savoir qu'un concours est ouvert pour l'emploi de nettoyeur-graisseur du méridien de Greenwich. Le travail peut être fait sur place ou à domicile. Dans les deux cas, les frais de transport (du préposé le long du méridien ou du méridien au domicile du préposé) restent à la charge du nettoyeur.

Les candidats doivent être âgés de 27 ans au plus à la date du 12 mars 1936 et de 28 au moins au 15 septembre 1938. Le concours comprend une partie théorique et une partie pratique (équilibre sur fil de fer, grimper à la corde lisse, etc.).

Notre service de dépannage fonctionne

Nous avons l'honneur et l'avantage d'informer nos aimables lecteurs que nous venons d'organiser un réseau complet de dépannage.

Si vous êtes en panne, adressez-vous de notre part au garage le plus proche. Vous ne paierez pas plus cher que les autres et, en tout cas, certainement pas moins.

Nous sommes heureux de faire profiter nos amis de ces quelques modestes avantages qui sont la preuve de notre sollicitude et de notre activité constantes.

Petit courrier

SÉMILLANTE. – J'ai le choix pour aller à un dîner mondain, entre une robe verte, longue d'un côté et échancrée sur l'autre épaule, repiquée de paillettes en tulle, collerette en béton ignifugé, bouillonnée de légumes brodés, et une bicyclette mauve, freins garnis d'empiècements bleus, et pédales à volants de mousseline braisée. Que me conseillez-vous ? Mon mari sera en sapeur du génie.

Si le dîner est vraiment entre gens du monde, je vous conseillerai plutôt une poêle à frire rouge, avec des petites chipolatas en strass. Ça fait plaisir à tout le monde.

EX-FIANCÉE DÉSESPÉRÉE. – Merci de vos conseils. J'ai épousé son grand-père. Je suis très heureuse et je le bats au ping-pong.

Cousine PIERRETTE.

Alarme dans les théâtres

LA SCÈNE MONTE !

Pour un coup de théâtre, c'est un coup de théâtre. Partout, à l'Opéra, aux Ambassadeurs, à la Porte-Saint-Martin, dans les plus petites salles comme dans les plus grandes, ce n'est qu'un cri : « La scène monte ! » Et, en effet, ici et là, l'étrange, le contagieux, l'inexplicable phénomène se poursuit inexorablement. À l'Opéra-Comique, les planches ont déjà atteint la hauteur des cintres. À l'Odéon, le trou du souffleur se trouve juché à la hauteur de la première galerie. Que faire ? « Attendre que ça redescende ! » disent quelques directeurs. « Jouer sur les fauteuils d'orchestre ! » proposent d'autres. En attendant, tous se réjouissent et espèrent que la hausse de la scène entraînera dans son mouvement celle de leurs recettes.

PROTÉGEONS
nos timbres-poste

Certes, nos plaintes et nos récriminations étaient largement justifiées quand nous demandions à l'Administration des P.T.T. de créer de nouveaux et jolis timbres-poste. De louables efforts furent d'ailleurs entrepris pour nous donner satisfaction. Mais, quand on voit ce qui se passe dans les bureaux de poste, on se demande s'il ne vaudrait pas mieux revenir à nos banales vignettes de jadis. En effet, dès qu'un timbre est posé sur une enveloppe, certains employés des Postes, que je m'abstiendrai de qualifier ici, s'empressent de les oblitérer d'un vigoureux coup de tampon chargé d'une encre noire et grasse… C'est en vain que vous vous évertuez à coller votre timbre le plus haut possible et à droite de l'enveloppe, il n'échappe pas au coup de tampon rageur qui le détériore et le rend hors d'usage. C'est pour lutter contre un aussi triste état de choses que je vous conseille, chers lecteurs, d'affranchir désormais vos lettres à l'intérieur de l'enveloppe ! Vous aurez fait ainsi votre devoir, mais vous aurez aussi contribué à sauvegarder intacte une des plus jolies expressions du génie pictural : le timbre-poste.

Les petits ouvrages de Monsieur

Opérez-vous vous-même de l'appendicite

Voilà un très joli petit jeu pour grands et petits, et qui a remplacé agréablement le jeu (pourtant si divertissant) du scieur de long, mais qui faisait trop de bruit dans un appartement. D'un grand coup sec, vous ouvrez votre ventre à la page 12. Pas de faiblesse à ce moment, sans cela vous risqueriez, avec la pointe de la rapière, de vous faire des chatouillis sur la peau, qui compromettraient la réussite. Il est à noter, d'ailleurs, que, pour que votre souhait soit réalisé, il faut que l'opération réussisse du premier coup, sans cela vous vous lassez de ce divertissement et vous laissez tout en plan ; résultat : ça vous vaut une querelle de votre femme qui vous traite de désordonné.

Enquête de Commodo et Incommodo

Ayant l'intention, dans le courant de la semaine prochaine, d'organiser une série de conférences illustrées au trinitrotoluène, au trinité 25.89, au fulmicoton et à la nitro-glycérine, les personnes ayant des objections et des poids à soulever sont priées de les adresser aux services nihilistes de notre journal, sous mise en plis cachetés.

PETITES ANNONCES

OFFRES D'EMPLOIS

Fabricant de crachoirs demande représentants pour visiter clientèle italienne. Grosse vente assurée. Modèle nouveau avec portrait de Français dans le fond.

Nouveauté. Parapluie tissu éponge. Très intéressant au prix où est l'eau. Représentants demandés.

Repiquage de moustache à domicile, semis de bouc, greffe de barbiche, etc.

Monsieur riche et désœuvré, habitant ruelle désertique demande passants rêveurs et poètes pour le distraire.

DEMANDES D'EMPLOIS

Complètement fauché, accepterait place homme de paille.

AVIS ET CORRESPONDANCES

Gendarme bedonnant, cherchant combine amaigrissante, cherche voleur, pour jouer au gendarme et au voleur.

ANNONCES POUR ANIMAUX

Miaou maramiaou, molimaou, miaraou, maramiaou, mao maou brout. Félix Miaou.

PERDUS ET TROUVÉS

Récompense à qui rapportera chien de garde méchant volé nuit du 23 au 24.

Prière à la personne qui a trouvé la quadrature du cercle de la rapporter à l'Académie des Sciences. Il y a récompense.

DIVERS

Si vous avez des chaussettes trouées, achetez une 8 cyl. X... Reprises instantanées.

Ne vous dérangez plus pour vous faire photographier ! Pour 25 fr., nous vous enverrons un choix complet de 227 photos dans lequel vous en trouverez certainement une qui vous ressemblera.

Guérissez-vous de l'envie de fumer en 3 jours grâce aux cigarettes médicales du Dr Abracadabra, à base d'acétylène et de chiffons gras. La boîte de 2 : 35 fr.

Jeu de société du vin gris, livré en coffret forme panier, avec 4 verres, un tire-bouchon et 4 dés : 353 fr. 25. Modèle pour 12 joueurs : la barrique 489 fr. 70.

LOCATIONS

À louer, rez-de-chaussée avec balcon et ascenseur. Vue imprenable.

ANNONCES MILITAIRES

Étiquettes d'appellation : Vosne-Romanée 34, Gevrey-Chambertin 29, Hospices de Beaune 23, etc., etc. Se collant sur les bidons de pinard. Étiquettes variées, le cent : 2 fr. 50.

Égayez vos réfectoires avec nos assiettes « L'Amusante ». Décorations diverses, scènes de la vie de caserne, rébus, charades, proverbes, mots comiques, etc., etc. Les 12 assiettes différentes : 24 fr.

L'OS à MOELLE

NUMÉRO 48 – VENDREDI 7 AVRIL 1939

Comme prévu, Albert Lebrun a été réélu Président de la République. Son mandat, comme le précédent, sera de sept ans. Au premier tour de scrutin, il a obtenu 506 voix sur 910 votants, c'est-à-dire la majorité absolue. Les députés et sénateurs réunis en Congrès à Versailles ont ainsi manifesté leur désir d'union, de stabilité et de continuité face aux nuages noirs qui, chaque jour, sont de plus en plus nombreux à s'amonceler à l'horizon. Le violent discours antibritannique prononcé par Hitler à Wihelmshaven, le 1ᵉʳ avril, le confirme. Et ce n'est même pas un mauvais poisson !

Edito

De l'utilisation du hoquet comme facteur de paix

par Pierre DAC

Vous êtes libre de lire ou de ne pas lire cet article ; je comprends d'ailleurs fort bien, que, a priori, on se contente de sourire et de passer à autre chose, au vu du titre ci-dessus. Cependant, ne croyez pas que si j'intitule le présent article de telle manière, c'est simplement par esprit de pure plaisanterie ou par amour inconsidéré du coq-à-l'âne ; non, je le fais en connaissance de cause et par expérience personnelle.

Je viens d'avoir le hoquet ; vous direz qu'il n'y a pas là de quoi en faire état et que, de toute façon, vous ne voyez pas bien le rapport entre ce hoquet et la paix mondiale.

Je vais essayer de me faire comprendre : je ne viens pas d'avoir un hoquet ordinaire, ça m'a duré quarante-huit heures sans désemparer à la cadence d'un spasme toutes les deux secondes, sans compter les spasmes doublés, triplés et même quintuplés ; c'est, d'ailleurs ce qui avait fait dire à mon ami Charpaïoux qu'il devait s'agir d'un hoquet canadien.

D'après l'avis compétent de la faculté, il s'agissait d'une forme de hoquet à base microbienne et de forme épidémique. Ce diagnostic, qui s'est révélé rigoureusement exact, fut pour moi une véritable révélation et m'ouvrit des horizons neufs et extrêmement vastes sur l'utilisation du hoquet comme élément pacifique.

Certes, je suis de l'avis de MM. Daladier et Chamberlain sur les méthodes à employer pour faire reculer la guerre. Mais depuis que j'ai eu le hoquet, je suis absolument persuadé que l'humour est peut-être la panacée qui nous assurera longtemps la paix et la tranquillité ; mais comprenons-nous bien : non pas l'humour de mots, mais l'humour visuel et de situation ; et c'est là que mon hoquet intervient :

Imaginez un instant MM. Hitler ou Mussolini en train de prononcer un discours virulent et incendiaire soudainement pris d'un hoquet à forme spasmodiquement épidémique ?

Au début, l'auditoire sera ému, compatissant et poliment navré ; or, ce hoquet étant, je le répète, de forme épidémique, il gagnera fatalement les proches de l'orateur et s'étendra peu à peu à tous les assistants ; à partir de ce moment, les paroles les plus violentes ne pourront plus être prises au sérieux et l'appel aux armes et à l'invasion se terminera par une partie de rigolade inextinguible.

En conséquence, je m'adresse à nos savants de l'Institut Pasteur, pour propager, en période de tension internationale, et au besoin la provoquer, une épidémie de hoquet microbien.

Je suis certain des résultats ; vous n'avez pas idée de ce que devient un discours sérieux et vengeur haché et coupé par le hoquet !

Le rire désarme, ne l'oublions pas ; c'est plus que jamais le moment d'y penser.

Courrier OSFICIEL
de notre président

ARMAN GEOL, NANCY. – *Ayant fait poser une lampe électrique dans ma chambre à coucher, commandée par un commutateur fixé au mur, j'ai remarqué qu'en tournant le bouton d'un côté la lumière apparaît et en le tournant dans le sens opposé, la lumière s'éteint.*

Or, je ne sais jamais si c'est à gauche ou à droite qu'il faut tourner le bouton. Vous voyez d'ici les pires ennuis que pour donner la lumière ou l'éteindre, cela peut produire. Par exemple, désirant avoir de la lumière, si je tourne du mauvais côté, crac ! c'est l'obscurité et si je veux de l'obscurité, c'est une lumière éblouissante qui m'aveugle, parce que j'ai encore tourné du mauvais côté.

Voulez-vous avoir l'amabilité de me dire comment je dois faire pour être exactement fixé, afin de m'éviter à l'avenir ces ennuyeux mécomptes.

– Vous voilà en peine pour bien peu, cher monsieur. Qu'attendez-vous pour poser deux écriteaux : lumière-obscurité. Mais, attention ! Les meilleurs observateurs ont remarqué que c'est surtout la nuit que l'on a besoin de lumière, alors que, naturellement, c'est à ce moment-là qu'on ne peut lire un écriteau. Qu'à cela ne tienne : ayez toujours une boîte d'allumettes à portée de la main. Et le tour est joué.

Pierre DAC.

Drol' de s'maine — Redis-le Moelleux

Vive le président !

Enfin, nous avons un président de la République !…

Avouez que c'est vraiment une bonne idée d'en avoir élu un… Il est même surprenant, depuis le temps que nous sommes en république, que nous n'y ayons pas songé plus tôt.

Il est d'ailleurs très bien, notre président. Pas trop grand, pas trop petit, pas trop jeune, pas trop vieux, bon pied, bon œil, souriant…

Bref, exactement ce qu'il nous fallait.

On peut dire, en toute impartialité, que le Congrès de Versailles a bien fait les choses.

Et un président de la République, ça vous a tout de même une autre allure, hein ! qu'un simple chef de l'État !

Minute !

À propos de chef d'État, M. Albert Lebrun est allé dimanche dernier à Montélimar où, sous couleur d'inaugurer la statue d'Émile Loubet, il a prononcé un vibrant discours sur le nougat !

– Tunis, Djibouti, Suez ! clame Benito Mussolini.

– Nougat de Montélimar ! réplique la France du tac au tac.

– Memel, Dantzig, Cameroun ! hurle Adolf Hitler.

– Nougat de Montélimar ! riposte la France.

Et notez bien que nous avons encore en réserve, pour le temps à venir, des arguments plus violents encore : les pruneaux d'Agen, les madeleines de Commercy, les asperges d'Argenteuil, les dragées de Verdun, les bêtises de Cambrai et la moutarde de Dijon ! Sans compter un petit beaujolais de derrière les fagots... Ah ! mais...

Patience et longueur de temps...

M. Mussolini est un monsieur qui ne s'emballe pas.

– L'Italie a le temps, a-t-il déclaré, elle compte par dizaines d'années...

Benito est, somme toute, une grande coquette dans le genre de notre nationale Célimène, car elle aussi compte par dizaines d'années.

Surtout quand on lui demande son âge...

M. Mussolini a ajouté :

– Nous sommes prêts à mettre sac au dos !

Bravo ! le camping est un sport tout ce qu'il y a de pacifique et je m'empresse de conseiller au Duce de souscrire un abonnement à *Grand Air*, le nouvel hebdomadaire de notre ami et collaborateur Henry Panneel.

Et ron, ron, ron, petit Patagon

Il paraît que le IIIe Reich aurait des visées sur la Patagonie.

Après tout, c'est un espace vital comme un autre.

Et puis, en ce qui me concerne, ça me ferait tellement plaisir d'appeler ce pays lointain la Terre de feu Hitler...

Revendications coloniales

Adolf s'apprête à revendiquer des colonies. Il en est une que M. Chamberlain devrait, à mon avis, lui accorder tout de suite : l'île Sainte-Hélène !

Pourquoi pas ?

Benito a bien l'île d'Elbe...

Quand on se prend pour Napoléon, pas vrai, il faut bien jouer son rôle jusqu'au bout.

Et nous serions si tranquilles, nous autres, si Adolf était à Sainte-Hélène...

On demande des parapluies

Le colonel Beck est allé faire un petit voyage à Londres. Et cela malgré la défense formelle du Führer qui lui avait dit :

– Hé ! colonel, ce n'est pas le moment de visiter l'Angleterre, il y a du brouillard...

Mais M. Beck estime, lui, que par ces temps de giboulées, c'est précisément le moment ou jamais d'aller s'abriter sous le parapluie de M. Chamberlain.

Comme on le comprend.

Et, par la même occasion, le colonel polonais aurait également l'intention de profiter d'un autre parapluie, tout aussi fameux que le premier...

C'est celui de l'escouade de l'armée française.

En ce qui me concerne, toutefois, si je ne demande pas mieux de prêter mon parapluie à M. Beck, je souhaite qu'il n'ait pas besoin de l'ouvrir avant qu'il soit longtemps.

Sous la conduite de leur président les membres de la S. D. L. rendent visite à... l'Homme qui ne fait rien !

Le grand escalier qui mène au contrôle de l'Académie des Sciences morales et politiques de Remember-sur-Avon est certainement unique en son genre.

D'abord, il n'y a qu'une marche sur deux, chaque intermarche, si je puis dire, est comblée par un trou de 15 mètres de profondeur. Cette combinaison extrêmement ingénieuse remplace avantageusement les inconfortables tourniquets et élimine automatiquement le trop-plein des spectateurs ; plus de cohue, plus de bousculades, puisque la moitié des gens qui montent cet escalier tombent dans les trous, atterrissent 15 mètres plus bas, sans se faire de mal d'ailleurs, car le sol est recouvert de journaux du soir. Les gens tombés se relèvent donc, passent par un petit couloir en forme de tronc de cône fermé à la base et obturé par le milieu, et regravissent l'escalier jusqu'à ce que la salle soit pleine.

Mais voici le Président qui s'avance, accompagné des membres les plus éminents de la S. D. L.

– Par ici, messieurs, dit-il, suivez-moi bien, calculez bien votre élan et tâchez de ne pas tomber dans les intermarches... Là, tout le monde est là ?...

– Oui, oui...

– Bon...

Un contrôleur se précipite :

– Messieurs, vous avez des cartes ?

– Non, non...

– Très bien, messieurs, passez...

– Je vous demande pardon, monsieur le contrôleur, quels sont tous ces gens, là, que vous ne laissez pas entrer ?

– Ce sont des gens qui ont des cartes d'entrée.

– Ah ! et ils n'ont pas le droit de pénétrer dans la salle ?

– Non, l'entrée est réservée aux gens qui n'ont pas de cartes...

– Ah ! bon, bon... alors entrons.

L'intérieur de la salle est en rapport avec l'extérieur, c'est-à-dire que c'est une salle dont on ne peut pas dire autre chose que ce qu'on peut dire d'une salle... C'est une salle, une honnête salle... Ah ! si, cependant, il y a une chose qu'il faut dire, c'est qu'il n'y a pas de sièges... Y a pas de sièges... enfin, pas de sièges proprement dit... les endroits où on peut arriver à s'asseoir sont des canapés Directoire coupés en quatre... ils sont d'ailleurs éparpillés un peu au hasard, ce qui fait qu'en définitive, on peut s'asseoir n'importe où, sans crainte d'être mal placé.

De nombreuses personnalités sont présentes, notamment le directeur du chauffage central du Sénat, en maillot rayé, et la femme du vaguemestre du 1er kroumirs, vêtue d'un knikerbocker et coiffée d'un chapeau de gendarme en papier de verre. Elle est d'ailleurs ravissante.

Mais les spectateurs commencent à s'impatienter ; je remarque qu'un éminent professeur de la Faculté vient de lancer sa chaussure à lacets sur le nez d'un docteur *honoris causa* qui ne manifestait pas assez fort son mécontentement.

Ah ! on va éteindre la salle, du moins je le présume, car je vois un pompier armé d'une lance et qui dirige son jet sur les bougies à trous, qui remplacent ici l'éclairage électrique jugé trop dangereux. Voilà, la salle est dans le noir et dans l'eau, car le pompier n'arrive pas à fermer le robinet de sa lance. Le rideau se lève. Un régisseur paraît et prend la parole :

– Monsieur le Ministre, messieurs les professeurs, mesdames les marchandes à la toilette et tout le reste… Je vais avoir l'honneur de passer la parole à l'illustre savant, le professeur Houn-Houn Hass Quechimist de l'Université de Réaumur-Sébastopol.

Le régisseur se retire sous les acclamations du public. Voici maintenant le professeur. C'est un homme qui répond exactement à l'image qu'évoque son patronyme, c'est un bel homme, enfin ça dépend de ce qu'on entend par bel homme, haut en couleur et fort en moustaches… je ne sais si c'est l'émotion qui obnubile un peu ma vue, mais j'ai l'impression qu'il est légèrement pris de boisson. Enfin, écoutons-le et attendons les événements…

– Chers messieurs collègues, s'écrie le professeur avec un léger accent russe, j'ai très heureux aujourd'hui de pouvoir présenter mon collection de boîtes de conserve. J'ai bon thon à l'huile et esturgeon fumé première qualité.

Ça débute assez mal : sous le coup d'une émotion bien compréhensible, le professeur s'est un peu emmêlé au départ, mais il convient de dire qu'en dehors de ses occupations scientifiques, il vend des conserves dans la journée…

– J'ai désolé de cette grossière erreur, reprend-il. Veuillez m'excuser donc. Je vais vous présenter, dis-je, le phénomène le plus formidable… Plus fort que l'homme qui ne dort jamais, plus extraordinaire que les frères siamois, plus incroyable que l'homme-torpille, plus stupéfiant que la femme-poisson… Voici : l'homme qui ne fait rien… Je vous le laisse faire lui-même la démonstration de son état phénoménal, car toute explication affaiblirait la valeur de cette extraordinaire manifestation de la nature. Et puis aussi, j'ai très soif...

Le professeur Houn-Houn Hass Quechimist se retire, et voici l'homme qui ne fait rien... L'assistance prodigieusement intéressée retient son souffle et regarde de tous ses yeux : un homme bizarre pénètre sur la scène... il s'avance lentement, traînant une chaise... qu'il place au milieu de la scène et sur laquelle il s'assied... J'ai tout le loisir de vous le décrire, car il ne bouge plus : c'est une espèce d'homme correctement vêtu d'un complet de coutil, croisé sur le côté et boutonné sur l'omoplate ; son visage est imberbe, mais son chef est orné d'une perruque Louis-XV dans laquelle est planté un céleri de l'époque qui le fait ressembler d'une manière frappante à un vétéran de la guerre de Sécession... Le professeur Houn-Houn Hass Quechimist ne nous a pas leurrés. L'homme est là, immobile, les bras ballants, le regard absent, vautré sur sa chaise, et il ne fait absolument rien... C'est hallucinant, car, chez cet homme, le rien prend une proportion inconnue jusqu'ici des humains... J'ai déjà vu des gens qui ne faisaient rien, mais à ce point-là... jamais... car non seulement il ne fait rien, mais on sent confusément qu'il a envie d'en faire encore moins... C'est de plus en plus impressionnant.

Ah ! la femme du vaguemestre vient de s'évanouir, l'atmosphère devient morbide, nerveuse. Cette exhibition est très pénible et il serait grand temps qu'elle se termine... Ah ! voici d'ailleurs que revient le professeur Houn-Houn Hass Quechimist, à quatre pattes cette fois, position qui me paraît normale, étant donné son état d'ébriété de plus en plus avancé...

Il est accueilli par une bordée d'injures et de sifflets... Ah ! l'homme qui ne fait rien vient de recevoir sur la tête un bon seau de miel du Gâtinais, don probable d'un admirateur effervescent.

Le Président et les membres de la S. D. L., estimant préférable de ne pas attendre la fin de cette cérémonie dont l'issue est moins que douteuse, se ruent vers la porte.

– Pressons, messieurs, pressons, s'exclame le Président, et tâchez de ne pas vous laisser prendre les sourcils dans le miel en regagnant la sortie.

Soucieux de ma sécurité personnelle, je me précipite tout naturellement à leur suite, après un dernier coup d'œil à l'homme qui ne fait rien et qui, de plus en plus, continue à ne rien faire.

G. K. W. Van den Paraboum.

L'Allemagne menacée appelle au secours

Alors que l'Europe s'endormait dans un mol optimisme, et que dans tous les pays on ne pensait qu'à profiter de l'été précoce dont nous sommes gratifiés, une nouvelle éclatait lundi comme un coup de tonnerre :

LE LIECHTENSTEIN, PAR LA VOIX DE 94,5 % DE SES CITOYENS, PROCLAMAIT SA VOLONTÉ D'INDÉPENDANCE.

On se doute de l'émotion soulevée par cette information, dans les pays voisins, pour qui la menace était immédiate.

Menace d'autant plus grave si l'on songe à l'appui que ne manquerait pas de trouver dans le monde entier le Liechtenstein, de la part de la secte aux innombrables ramifications et qui a nom : L'INTERNATIONALE PHILATÉLISTE.

Quoi qu'il en soit, l'activité diplomatique se réveilla soudain : des coups de téléphone furent vigoureusement échangés entre les capitales intéressées. Puis la situation empira brusquement lorsqu'on sut que le Grand-Duché de Luxembourg proclamait que l'axe L. L. (Liechtenstein-Luxembourg) tournait plus rond que jamais.

La menace se précisait.

C'est alors qu'à la Chambre des Communes, M. Chamberlain répondait à une question du major Attlee, chef de l'opposition.

Le major Attlee. – En tant que chef de l'opposition loyale au gouvernement de Sa Majesté, j'ai l'honneur de demander à l'honorable Premier Ministre du gouvernement de Sa Majesté quelle attitude serait celle du gouvernement de Sa Majesté si le Liechtenstein persistait dans son attitude délibérément provocante à l'écart du IIIe Reich.

M. Neville Chamberlain. – En tant que Premier Ministre du gouvernement de Sa Majesté, je suis en mesure de répondre à l'honorable chef de la loyale opposition au gouvernement de Sa Majesté que notre ambassadeur à Berlin (qui n'y est d'ailleurs pas) a fait savoir au gouvernement allemand que si celui-ci jugeait « vital » pour lui de s'opposer aux velléités d'indépendance du Liechtenstein et y résistait avec toute la puissance de ses forces nationales, la Grande-Bretagne, ainsi qu'elle l'a promis à la Pologne et à la Roumanie, serait tenue de lui apporter toute l'aide en son pouvoir.

Les choses en sont là !

L'homme du jour de semaine

M. LANGERON

M. Langeron est un homme affable, courtois, serviable, mais il est également grand et mince. Ce n'est d'ailleurs pas sans mal qu'il est arrivé à faire prendre cette conformation au pied de la lettre : même aujourd'hui, il est encore des gens butés qui considèrent M. Langeron comme petit et gros ; ce dernier a beau se montrer à eux et leur dire qu'il est grand et mince, les autres ne veulent rien entendre ; enfin, il ne faut pas discuter des opinions.

M. Langeron, dès son plus jeune âge, était doué d'un flair et d'un esprit de déduction qui devaient fatalement l'amener au poste de Préfet de Police qu'il occupe si brillamment aujourd'hui. À dix ans, par simples déductions personnelles et en suivant un processus intuitif, il fit arrêter un individu qui avait dérobé un jarret de veau, lequel individu, pour exécuter son larcin, s'était camouflé en preux du Moyen Âge et soufflait à pleins poumons dans une trompe d'Eustache, pour appeler, prétendait-il, son beau-frère, attardé dans la Cordillère des Andes.

Grand, sportif, M. Langeron fut longtemps gardien de but dans les compétitions d'ice cream soda à douze ; il est titulaire de la médaille d'or de la Fédération des porteurs de contrainte, et président d'honneur de l'Amicale des Pèlerines roulées ; il est également secrétaire général de l'œuvre « La Matraque humanitaire ».

Numismate réputé, il possède une remarquable collection de pièces de 125 et 225 litres dont certaines, très rares, à l'effigie de Cincinnatus et du prophète Jérémie.

Compositeur à ses heures, M. Langeron est l'auteur délicat de nombre d'œuvres charmantes, et en particulier d'une cantate pour voix adultes, métronome et alto, intitulée *Coupe-file et contredanse*, du plus pur style XVIIIe siècle.

Dernier détail : M. Langeron est astigmate des pieds, c'est-à-dire qu'il a un pied plus petit que l'autre, ça ne l'empêche nullement de marcher droit et de voir les choses de face comme si de rien n'était.

Pierre DAC.

Voulez-vous recevoir gratuitement un joli souvenir ?

Oui ?

Alors, envoyez simplement au journal un mandat de 75 francs minimum ; nous nous ferons une joie de vous faire parvenir par retour le reçu de la somme expédiée, revêtu de la signature de notre rédacteur en chef, agrémentée d'un joli dessin représentant Charles IX épluchant une banane.

Conseils pratiques

Conservez vos huîtres

Le mois d'avril étant le dernier mois en « R » de la saison, les huîtres vont bientôt disparaître de nos marchés pour ne revenir qu'en septembre. Pour les amateurs de ces délicieux mollusques, quatre mois sans huîtres, c'est bien long... Un vrai supplice de Cancale, comme dirait n'importe quel collaborateur de L'Os à Moelle. Profitez donc des derniers jours d'avril pour faire vos conserves d'huîtres. Voici comment procéder : ouvrez les huîtres, recueillez-en soigneusement le jus. Brossez et lavez les coquilles et plongez-les dans une solution de formol à 8 % amortissable ; laissez sécher. D'autre part, mettez la chair de vos huîtres dans un vaste bocal, que l'on remplira de la solution suivante : eau de mer naturelle : 10 litres ; échalotes hachées : 120 grammes ; jus de citron : 3 jus ; tomato ketchup : une bouteille ; poivre en grains : une poignée ; agar-agar : 25 grammes ; sable fin : un bol. Fermez hermétiquement et placez dans un endroit frais. Pour consommer ces huîtres, les sortir du bocal. Laver à grande eau ; placer chaque huître dans sa coquille, l'arroser de son jus et recoller les coquilles à la colle de poisson... Seuls ceux de vos invités qui auront de violentes coliques s'apercevront de la supercherie.

Petit courrier

PETITE CHARLOTTE SOUMISE. – Ah ! Cousine Pierrette, je suis désespérée, et ne sais vraiment plus que faire. Je vis dans ma famille, et je suis pour ma mère la plus tendre et la plus soumise des fillettes. En échange de mes vertus, ma mère ne me prodigue que coups et semonces. Pourtant, je suis à l'âge où une jeune fille peut quitter les jupons de sa mère : je vais sur 71 ans. Ma mère m'a eue jeune, mais je suis quand même une enfant de vieux.

Allons, allons, petite Charlotte, il faut vous corriger. Je devine les qualités de madame votre mère, et je suis sûre que votre nature vive, généreuse, est souvent difficile. Prenez sur vous, Charlotte, vous serez plus heureuse, et votre maman vous laissera aller seule au cinéma.

Cousine PIERRETTE

L'Amour...

est enfant de Bohème qui n'a jamais connu de loi...
Si nous avons un bon conseil à lui donner, c'est celui de ne pas retourner en ce moment dans son pays natal...
Il y trouverait du changement !

Le plus en plus nouveau
Savoir-Vivre

De la manière de se comporter au café en parfait gentleman, en esquivant l'addition d'une tournée tout en donnant l'impression de vouloir la régler.

C'est là un point extrêmement délicat qui exige de la part de l'exécutant une science approfondie et complète des us et coutumes. Voici, en résumé, les directives générales à suivre en pareil cas.

Tout d'abord, il va de soi que vous êtes en compagnie de gens parfaitement bien élevés ; il vous appartient de choisir le moment opportun pour crier très fort au garçon : « Combien vous dois-je », ou « Combien que je vous dois », suivant que vous possédez plus ou moins bien le vocabulaire, mais de toute manière, en désignant la totalité des soucoupes en un geste ostentatoire et définitif ; lorsque le garçon a annoncé le chiffre total, portez la main à votre poche, sans toutefois sortir l'argent ; il est bien rare qu'à ce moment, un ou plusieurs de vos amis ne s'exclament : « Jamais de la vie » ou « C'est pour moi », etc. ; attendez qu'un de ces messieurs tende un billet de banque au garçon pour brandir à votre tour une coupure en hurlant : « Je ne permettrai jamais... vous me vexez »... jusqu'à ce que le garçon se soit emparé de l'argent du copain.

À partir de cet instant, l'honneur est sauf, c'est vous qui, moralement, avez payé et qui jouissez de l'estime et de la considération générales.

... À moins que tous vos amis soient comme vous ! Mais ceci est une autre histoire, comme disaient Kipling et un tas d'autres personnages.

APPEL
aux femmes de ménage

Chargés officieusement par le gouvernement de battre le rappel des compétences au cours des heures graves et difficiles que nous vivons, nous nous faisons un devoir d'adresser un appel pressant aux sentiments patriotiques des femmes de ménage professionnelle-ment à la hauteur de leur tâche et des circonstances en vue d'un prochain et radical nettoyage du corridor de Dantzig.

Se faire inscrire d'urgence au bureau d'enrôlement volontaire du journal, nanti des : balai, seau, éponge et serpillières réglementaires prévus au paragraphe XVIII du service en campagne.

Retenez bien cette date :
Mercredi 12 avril

C'est, en effet, à partir de ce jour, que notre stock étant définitivement constitué, nous serons en mesure de vendre au public de l'espace vital sous toutes ses formes. Voici un aperçu de nos prix courants.

Espace vital en vrac : 75 fr. l'hecto.

Espace vital en bouteilles cachetées : 2 fr. 75 la bouteille genre Saint-Granier.

Espace vital linéaire : 0 fr. 95 le mètre.

Espace vital en pots : l'unité, 4 fr. 25.

Espace vital à la pression, le verre : 2 sous.

Ces prix s'entendant net, franco de port, emballage et livreurs perdus.

> Pour faire étalage d'esprit fin et bien parisien, n'omettez pas de dire à tout bout de champ : « J'ai un beau complet tout neuf… de Pâques » ; ça vous classera.

PETITES ANNONCES

OFFRES D'EMPLOIS

Agrégé de géographie tient à jour les cartes d'Europe. Prix spéciaux par abonnement.

DIVERS

On demande espace vital extensible. Faire offre de gré ou de force. A. H., Berchtesgaden.

Cheval sans emploi vendrait ses fers à personnes superstitieuses.

OCCASIONS

Pour jouer au tennis-barbe en famille. À céder belle occasion joli assortiment de fausses barbes, longueurs et teintes variées.

ANNONCES MYTHOLOGIQUES

Je cherche coquillage permettant d'entendre les bruits de la terre. Écrire Neptune, Boulevard des Anémones, Océan Atlantique.

ANNONCES HISTORIQUES

Vous qui partez pour la croisade, faites-vous habiller chez Godefroy de Bouillon, le spécialiste du veston « Croisé ».

Gardez un souvenir de la croisade des Albigeois : achetez l'hymne *Y'a de l'Albigeois !*, enregistré par le chevalier Maurice.

Pour rendre la justice, rien ne vaut un chêne transformable de chez Lévitan, le fournisseur de saint Louis.

Jacques Cœur demande rendez-vous à dessinateur Robert Picq, pour organiser partie de belote.

Culottes invisibles pour sans-culotte. L'absence de culotte : 12 fr. L'absence de bretelles (indispensable), la paire : 12 sous.

À céder, joli passage clouté de la Bérésina. Recommandé aux armées en retraite : 25 000 roubles. Le même, avec agent-mirador : 25 000 roubles.

Recueil complet des calembours du maréchal de Mac-Mahon, *Nègre eau* : 15 francs. Édition luxe ornée du portrait de l'auteur en matelot sénégalais : 15 millions de francs.

L'OS à MOELLE

NUMÉRO 50 – VENDREDI 21 AVRIL 1939

Les gouvernements français et britannique tentent de rassurer les pays alliés, face aux menaces de plus en plus fortes que font peser sur eux Hitler et Mussolini. Arthur Neville Chamberlain garantit à la Grèce qu'en cas d'attaque de l'ennemi, la Grande-Bretagne sera à ses côtés. Daladier fait une déclaration identique envers la Pologne. Le 18 avril, l'U.R.S.S. propose à la France et à l'Angleterre un pacte militaire et politique d'assistance mutuelle. Aux États-Unis, le Président Roosevelt dresse une liste des pays d'Europe qui, aux yeux des Américains, doivent demeurer libres. Théoriquement...

Edito _____ Le droit de rire _____

par Pierre DAC

Avons-nous encore le droit de rire ou ne l'avons-nous plus ? Oui, disent les uns, non, disent les autres, sans compter les avis intermédiaires émanant de personnes de mentalité également intermédiaire.

Or – qu'on veuille bien m'excuser de donner impérativement mon avis – je réclame plus que jamais le droit de rire pour tous.

Je sais que beaucoup estiment qu'à l'heure présente, en raison des difficultés actuelles, le rire sonne comme un défi au bon sens et dénote une indifférence coupable vis-à-vis d'une situation qui, à tous égards, n'a rien de réjouissant. C'est une erreur et une erreur très grave : je peux personnellement en parler en toute connaissance de cause puisque j'exerce un métier dont le but est de distraire mes contemporains ; vous avouerai-je que j'ai la conscience de mon métier et que c'est justement en ce moment que je multiplie mes efforts pour mener à bien une tâche qui s'avère particulièrement difficile en une période où rien ne prédispose particulièrement à un optimisme béat.

Et c'est là où je veux en venir : si le rire est chose toute naturelle en période calme, j'estime qu'en période trouble il devient, s'il est conscient et lucide, comme une manifestation du courage tranquille ; car, en définitive, qu'est-ce que le vrai courage ? C'est, du moins je le crois, le fait de se rendre compte d'un danger, d'en avoir la crainte et de dominer cette crainte pour accomplir l'acte dangereux. Et c'est à ce moment que le rire est nécessaire ; certes l'avenir est peu réjouissant, certes nul ne sait s'il sera encore en vie dans quelques mois ; est-ce une raison pour se promener en arborant un air désespéré et un visage allongé de plusieurs aunes ?

La peur n'a jamais sauvé personne ; la tristesse non plus ; c'est pourquoi j'estime que nous devons plus que jamais accomplir l'effort nécessaire pour arborer présentement un sourire de bon aloi ; évidemment il ne s'agit pas de s'esclaffer stupidement à tout bout de champ, sans rime ni raison en pratiquant la politique de l'autruche ; non, mais il s'agit de faire ce que l'on a à faire avec le maximum de confiance et le minimum de laisser-aller.

Le rire engendre un état bienfaisant qui permet de tenir le coup et de résister aux attaques du sort ; à danger égal, celui qui saura le considérer à la manière de Rabelais aura beaucoup plus de chances de s'en tirer que celui qui s'y soumettra fatalement.

Rions donc, dignement, bien sûr, mais rions sans crainte ; et si, quelque jour, il arrive que nous soyons contraints d'avaler notre bulletin de naissance, sachons le faire en gardant le sourire !... Et, croyez-moi, ce n'est pas à la portée de tout le monde.

Courrier OSFICIEL
de notre président

A. ROCH, GENÈVE. – *Que pensez-vous de l'huile de noix de veau et du caviar en serre chaude afin de l'amener à la grosseur des œufs de canard ?*

– Je pense qu'il faut recommander votre huile, ne serait-ce que pour complaire aux gauleurs de noix (de veau). Quant au caviar, mettez-le plutôt à l'eau bouillante, vous ferez ainsi coup double : développement et cuisson.

Pierre DAC

Drol' de s'maine — Redis-le Moelleux

Vers un espace vital d'entente

Le président Roosevelt a envoyé à MM. Benito Hitler et Adolf Mussolini la liste complète des espaces vitaux européens.

En précisant, toutefois, que ce n'est pas une liste de lots à réclamer.

MM. Anito Hitlini et Bedolf Mussotler n'ont pas encore répondu.

Ils se tâtent.

En principe, ils seraient presque d'accord, mais ils désireraient apporter quelques petites modifications à la liste fournie par M. Roosevelt. C'est ainsi qu'ils voudraient remplacer « Pologne » par « Guatémala », « Yougoslavie » par « Honduras », « Liechtenstein » par « Îles de la Sonde », « Hollande » par « Libéria » et « France » par « Bélouchistan ».

Mais à part ça, naturellement, tout à fait d'accord avec l'oncle de Washington !

Plébiscite à l'envers

Le Führer convoque le Reichstag pour le 28 courant.

– C'est le peuple allemand, dit-il, qui se chargera de répondre au père Roosevelt.

Un nouveau plébiscite, en quelque sorte.

Mais, cette fois, les électeurs d'outre-Rhin devront mettre dans l'urne un bulletin « *Nein* ».

Ça les changera un peu !

D'habitude il fallait répondre : « *Ja, ja, ja, ja !* »...

Ça devenait plutôt monotone.

Et de rire

Un télégramme de Pallanza (Italie) annonce qu'un jeune homme est mort subitement pour avoir ri de trop bon cœur.

L'Os à Moelle étant interdit en Italie on se perd en conjectures sur les motifs de cette hilarité intempestive. Renseignement pris, le jeune homme aurait été victime d'un mauvais plaisant, lequel lui avait affirmé que le Duce et son gendre avaient été enterrés le matin même.

Tout s'explique !

Une injustice !

La ceinture d'une jolie Vénézuélienne a provoqué une bagarre au casino de Biarritz. Cette ceinture portait, en effet et en lettres brillantes, les noms des trois capitales de l'axe : Tokyo-Rome-Berlin.

On a expulsé la jolie Vénézuélienne.

À mon avis, on a eu tort, car cette histoire était plutôt irrévérencieuse pour les pays totalitaires.

Ne signifiait-elle pas qu'à Berlin, comme à Rome et à Tokyo, on avait l'habitude de se mettre une ceinture ?

Cinquantenaires

On va fêter le cinquantenaire d'Adolf Hitler, celui de la tour Eiffel et celui de Charlie Chaplin.

Le premier serait l'auteur d'*Une vie de chien,* celle qu'il fait mener à son peuple.

Le second aurait pour devise « *über alles* ».

Le troisième aurait trois étages.

À moins que ce ne soit le contraire...

Ou autre chose.

En ce qui me concerne, le seul cinquantenaire que j'aimerais à célébrer, ce serait celui de la paix.

Que voulez-vous, je suis un peu loufoque, moi !

Une suggestion

Très bien, les nouveaux décrets sur les étrangers, surtout celui qui interdit les constitutions d'associations étrangères.

Seulement, je préférerais que ce décret ne soit pas applicable exclusivement à l'intérieur de notre pays, mais aussi hors de nos frontières, car c'est évidemment là que l'on trouve, malgré tout, le plus grand nombre d'étrangers.

Que diriez-vous d'un petit décret-loi qui interdirait outre-Rhin les associations d'Allemands et outre-Alpes les concentrations de bersaglieri et de chemises noires ?

C'est ça qui serait chic, comme on chantait jadis à la Martinique !

◆　　　*Les grandes sessions de la S.D.L.*　　　◆

Tout comme saint Louis
— ou à peu près — notre Président
a rendu justice sous une armoire en chêne

Voici le compte rendu sténographique de la 3 746ᵉ session de la S. D. L. en son palais de l'impasse des Trois-Ventouses prolongée :

Le Président (agitant furieusement son sifflet à roulettes). – Silence !... Messieurs, en voilà assez... Depuis quelque temps, des discussions, peu graves à l'origine, mais qui ont une fâcheuse propension à croître en importance, s'élèvent ici, à intervalles par trop rapprochés. Cela ne peut pas continuer comme ça ! Je veux que l'ordre règne ici... C'est pour notre prospérité la condition ciné parlant...

Le Vice-Président (rectifiant). – « Sine qua non », monsieur le Président.

Président. – Oui... Enfin, si ça vous amuse de traduire, ça vous regarde... Une discipline, allègrement consentie, doit être la règle de trois de la conduite de tous... Or, il est indispensable qu'une autorité, paternelle certes, mais ferme surveille de sa fenêtre ce qui se passe au rez-de-chaussée de la société dont il a la charge... Je viens donc de décider la création d'une Cour de Justice. Renouvelant le geste auguste de saint Louis, c'est moi qui, dorénavant, rendrai des arrêts sans appel lorsqu'une discussion surviendra entre les membres. Mon cher Vice-Président, nous allons fonctionner immédiatement pour régler le cas de M. Van den Paraboum et de M. Patausabre. (**Murmures.**) Qu'est-ce qu'il y a, messieurs ? Ça ne vous plaît pas ? Seulement, dites-moi, mon cher Vice-Président, pour rendre la justice à l'instar d'Hollywood…

Vice-Président. – Comment ?

Président. – Oh ! excusez-moi, avec cette histoire de ciné qua non, ça m'a donné des pellicules dans l'élocution ; je veux dire à l'instar de saint Louis, il me faut un chêne…

Vice-Président. – Ça, vous savez, un chêne, c'est tout de même plus difficile à trouver qu'un pélican motorisé…

Président. – Écoutez, mon cher Vice-Président, est-ce que, décemment, je peux rendre la justice autrement que sous un chêne ?

Vice-Président. – À dire vrai, non, monsieur le Président, la dignité de notre société implique que la justice doit être nécessairement rendue sous un chêne… Mais, enfin, il faut tout de même tenir compte que le chêne, maintenant, n'est plus ce qu'il était du temps de saint Louis…

Président. – Oui, vous avez raison, mais enfin on ne peut pas rendre la justice sous n'importe quel arbre. Il y a des arbres sérieux et puis d'autres qui ne le sont pas…

Vice-Président. – Ben, écoutez, monsieur le Président, heu… il y a bien une armoire en chêne massif à l'étage au-dessus, ça pourrait peut-être faire votre affaire ?

Président. – Ben oui… mais une armoire, c'est tout de même pas un chêne ?

Vice-Président. – C'est du chêne, ça revient au même, c'est même mieux…

Président. – Oui, bien sûr, mais saint Louis rendait la justice à l'ombre d'un chêne… Est-ce que vous croyez qu'une armoire ça fait aussi de l'ombre ?

Vice-Président. – Oh ! monsieur le Président, vous n'avez jamais vu l'ombre qu'il y a à l'intérieur d'une armoire en chêne, surtout quand les portes sont face au mur…

Président. – Oui, oui, je ne dis pas, mais saint Louis, lui, il ne rendait pas la justice dans un chêne… mais sous un chêne.

Vice-Président. – Mais, qu'est-ce qui vous empêche de rendre la justice sous une armoire en chêne ?

Président. – Ah ! évidemment, comme ça… Eh ! bien… Allez, entendu. Riton et les hommes à nous, allez me chercher l'armoire en chêne que je puisse rendre la justice dessous.

(Riton et ses hommes reviennent avec une armoire magnifique sur leurs épaules.)

Riton. – Allez doucement, là… là… voilà. Ah ! c'est du meuble…

Vice-Président. – Voilà votre armoire, Président.

Président. – Bon ! Eh bien, on va installer la Cour de Justice. Moi, je vais me glisser sous l'armoire en chêne... Vous allez ouvrir les deux portes, symboliquement, pour faire de l'ombre, et les plaignants vont comparaître devant moi. Vous, mon cher Vice-Président, vous assurerez les délicates fonctions d'avocat général et de défenseur... Huissier, vous ferez le greffier...

L'Huissier. – À vos ordres...

Président. – Allez, je me glisse sous l'armoire. Ah !... ça y est... Est-ce que je ressemble à saint Louis ?

Vice-Président. – Comme une goutte de lait à un litre de vin, Président.

Président. – Ah ! Eh bien, alors, c'est frappant. (**Il reçoit un choc sur le crâne.**) Ah ! je ne croyais pas si bien dire...

Vice-Président. – Oh ! Président, c'est une des portes qui vient de vous tomber sur la tête... vous savez, vous avez de la chance, cette armoire est tellement vermoulue que ça ne m'étonnerait pas du tout qu'elle eût été fabriquée avec le chêne de saint Louis...

Président. – Ah ! je sens que la justice m'envahit ; greffier, faites entrer les feignants.

Vice-Président. – Les plaignants, monsieur le Président.

L'Huissier. – MM. Van den Paraboum et Patausabre.

Président. – Monsieur Patausabre, veuillez m'exposer vos désirs des rastas...

Patausabre. – Je n'ai qu'une chose à dire, Président, il m'a battu...

Président. – Monsieur Van den Paraboum, pourquoi avez-vous battu M. Patausabre ?

Van den Paraboum. – Parce qu'il m'a frappé...

Président. – En somme, vous vous êtes frappés simultanément.

Patausabre et Paraboum. – Oui, oui.

Président. – Et pourquoi vous êtes-vous frappés ?

Van den Paraboum. – Moi, je ne me rappelle pas.

Président. – Et vous ?

Patausabre – Moi non plus...

Président. – En somme, vous vous êtes frappés sans le savoir ? Ça va, la cause est entendue, vous êtes tous les deux condamnés à mort...

Vice-Président. – Monsieur le Président, en ma qualité d'avocat général, je ne puis qu'applaudir à cette sentence ; toutefois, je ne m'oppose pas à l'application des circonstances atténuantes et, en ma qualité d'avocat de la défense, je requiers votre indulgence pour mes deux clients.

Président. – Ça va, vous êtes acquittés... Allez. (**Vifs applaudissements au centre, à droite et à gauche.**) L'audience est levée !

Jacques ALLAHUNE.

Tant pis !

Si, au lieu d'avancer nos pendules d'une heure, on les avait avancées de 350 400 heures, Hitler aurait 90 ans. Tous les espoirs auraient été permis. Mais nous aussi, nous aurions eu 40 ans de plus. Alors, tant pis…

Petit courrier

PETITE SONATE EN *LA* MAJEUR. – Oui, vous m'avez sauvé la vie en me conseillant de travailler mon piano, mais je ne sais comment entretenir mes carreaux de cuisine. Or, j'ai beau m'être acheté des bottes en caoutchouc blanc, je délaisse mon piano et n'entretiens plus mes carreaux de cuisine. Que faire, puisque je suis musicienne ?

Je comprends votre embarras, car pour être une délicieuse sonate, on n'en est pas moins soignée et mélomane. Tendez donc vos cordes de piano le long de vos carreaux ; ça évitera aux importuns de marcher dans votre cuisine, et vous pourrez étendre du linge sur cette harpe improvisée.

Cousine PIERRETTE

Les petits ouvrages de Monsieur

Comment faire bouillir un champ de pommes de terre

En rentrant de voyage, je trouve un volumineux courrier.

Je demande à mes chers lecteurs d'être patients, et je les assure que chacun d'eux recevra une réponse.

J'étais dans le Colorado où je forais des puits de pétrole pour amuser mes enfants, car les chers petits ne savaient que faire pendant les vacances de Pâques.

En revenant du Colorado, j'ai poussé une pointe en Argentine, où sur les bords du Rio, des gauchos rythmant des airs de tango, m'ont enseigné le plus charmant des petits ouvrages masculins.

Il s'agit de faire bouillir un champ de pommes de terre.

Essayez donc ce petit ouvrage, les soirs où vous serez désœuvré, et voici comment vous devez procéder :

Il vous faut d'abord vous procurer le matériel, très peu coûteux, du reste. Vous entrez dans le premier bazar venu, où, pour une somme modique, on vous vend la pochette du « parfait petit bouillon de champ de pommes de terre ».

Puis vous partez pour l'Argentine où, aidé d'une centaine de vos amis, vous défrichez un millier d'hectares de pampas que vous plantez de pommes de terre aussi facilement qu'à Gargan-Livry.

Quand, quelques mois après, les pommes de terre sont mûres, vous ouvrez toutes les vannes des environs et vous inondez votre champ.

Comme, sur ce point du globe, le soleil est très chaud, il fait bouillir l'eau qui, à son tour, fait bouillir les pommes de terre. On peut ajouter si l'on veut un bouquet : thym, laurier, per-sil et mettre une poignée de gros sel.

Grand-oncle PETRUS.

ÉCONOMIES !

Mettez soigneusement de côté la 24e heure non utilisée du samedi 15 avril.
Vous serez bien content de la retrouver au mois d'octobre.

La vie pratique

Faites vos pipes vous-même

Depuis longtemps de nombreux inventeurs ont mis au point des machines permettant aux fumeurs de faire automatiquement leurs cigarettes. Certes, c'est une excellente idée, malheureusement, on n'a jamais pensé aux fumeurs de pipe qui, pourtant, ont droit comme les autres à bénéficier d'une amélioration dans l'art de fumer. Un de nos collaborateurs qui, par modestie, veut garder l'anonymat, vient de mettre au point un petit appareil permettant de construire pour un prix modique de jolies pipes de toutes formes et de diverses matières. Cet appareil se compose d'une ouverture à forme cylindrique et d'un clapet automatique à percussion centrale dont le ressort principal fait corps avec le loge-ment de la vis d'admission. Pour construire par exemple une pipe en bois, on dégage le tenon d'arrêt, on introduit un morceau de bois quelconque dans l'ogive à écrou, on pousse la tirette en embrayant l'entraîneur principal. Tourner deux cents tours environ, et taper l'appareil sur le coin d'une table pour faire sortir la pipe terminée.

Pour les pipes en terre, procéder de la même façon, mais en appuyant sur l'index « terre » et en remplaçant le bois par une poignée d'argile du Texas. Nous espérons que cette agréable machine sera bientôt adoptée par tous les fumeurs de pipe soucieux de leur bien-être et de leur porte-monnaie. Elle est en vente au bureau de L'Os à Moelle au prix réclame de 800 fr.

Une tête trop couronnée

Nous sommes aujourd'hui en mesure de confirmer que des incidents fâcheux, pour ne pas dire comico-dramatiques, se sont produits récemment à la Cour d'une grande puissance.

Le roi de ce pays tenait déjà et depuis longtemps, de feu son père, une fort belle couronne, lorsque la conquête d'un lointain empire le mit, il y a quelques mois, en possession d'une seconde couronne usurpée par un tyran qui la détenait auparavant, et sans vergogne, en vertu du droit abusif de propriété.

Force fut donc au roi de jucher cette deuxième couronne sur la première, malgré les difficultés d'une telle opération.

Hélas ! notre majesté n'était pas au bout de ses peines : les hasards de la politique de conciliation qui anime à l'heure actuelle certains hommes d'État, voulurent que par la suite l'infortuné souverain devînt titulaire d'une troisième couronne, laquelle devra prendre place sur les deux précédentes.

Trop pour une seule tête, dira-t-on. C'est l'avis de tous ceux qui ont eu l'honneur de porter ce genre de coiffure, ne serait-ce que le jour de l'Épiphanie, en tirant les rois... Ils prétendent que, tôt ou tard, en vertu des lois de l'équilibre, cette superposition s'écroulera comme un château de cartes.

Et déjà, dans les chancelleries, on chuchote que le monarque a signifié à son premier ministre qu'il refuserait à l'avenir toute nouvelle couronne ou tiare de même que les turbans, les chéchias et les bonnets à poil.

– Quatre, ce serait trop, dit-il... Trois couronnes superposées, c'est bien... Et ça suffit, puisque je suis déjà, comme ça, d'une taille presque normale.

On dit même que, soucieux d'éviter le ridicule, il songerait à adopter pour seul couvre-chef de gala le vieux et pacifique chapeau de soie dit chapeau haut de forme.

De celui-là, en vérité, on peut déjà très bien travailler...

Pour surprendre agréablement vos amis et connaissances
faites-vous photographier en chleuh !

NOUS TENONS À LA DISPOSITION DE TOUTE PERSONNE DÉSIREUSE DE SE FAIRE TIRER EN PORTRAIT CHLEUH, UN COSTUME COMPLET DE CHLEUH, COMPOSÉ D'UNE REDINGOTE CHLEUH, D'UN MOUCHOIR CHLEUH, D'UN CHAPEAU MOU CHLEUH, D'UNE CHEMISE À COL DANTON CHLEUH, ET D'UN PARAPLUIE CHLEUH.

SALON DE POSE OUVERT EN

PERMANENCE ET À TOUS LES VENTS. RENSEIGNEMENTS PARTOUT OÙ ON LES DONNE.

Il est question d'établir
UN BARRAGE DU RHÔNE
en Seine-et-Oise

NOUS AVONS LA PLUS PROFONDE ESTIME ET LA PLUS GRANDE ADMIRATION POUR LES INGÉNIEURS QUI RÉALISENT LES MAGNIFIQUES TRAVAUX D'ART DONT NOUS AVONS TOUT LIEU DE NOUS ENORGUEILLIR, MAIS TOUT DE MÊME, NOUS NE POUVONS LAISSER PASSER SOUS SILENCE ET SANS PROTESTATION CE PROJET QUI RISQUE DE LÉSER GRAVEMENT LES INTÉRÊTS DE TOUS CEUX À QUI ÇA FERA DU TORT SANS PRÉJUDICE DES INCONVÉNIENTS CONSÉCUTIFS AU BOULEVERSEMENT AINSI APPORTÉ À NOS CONCEPTIONS FLUVIALES ET DÉPARTEMENTALES.

À la veille de ses 50 ans
HITLER DÉFINIT SON ESPACE VITAL

Berlin, 19 avril. – (De notre ambassadeur extraordinaire.)

Invité aux cérémonies du cinquantenaire d'Adolf Hitler (ce cher Adolf a le même âge que la tour Eiffel, mais la ressemblance s'arrête là : il a une belle mèche et des moustaches, elle pas ; elle domine Paris et lui… pas), invité donc à ces cérémonies en tant qu'ambassadeur du Roi des Loufoques, j'ai – revêtu de ma grande tenue (chemise en pilou ornée d'organdi, pans flottants sur un jupon à grandes fleurs brodées, entonnoir doré crânement incliné de chaque côté) –, j'ai – disais-je – fait dans la capitale du Reich une entrée très remarquée, je dois le dire sans fausse modestie. Les foules allemandes avaient certainement le sentiment confus que, si elles différaient essentiellement dans le fond, les théories du souverain que j'ai l'honneur d'ambassader plénipotentiairement et celles de leur Fuhreur, avaient certaines apparences communes.

Quoi qu'il en soit, Adolf lui-même – quand un ami vous invite à fêter son anniversaire on peut l'appeler par son prénom – m'attendait à la gare. Étant donné l'heure matinale, il était encore en pyjama d'acier au vanadium (un rhume est si vite attrapé !), mais portait déjà sa jolie casquette de livreur des grands magasins (je m'excuse de la comparaison auprès de cette sympathique corporation) ; une splendide conduite inté-rieure, d'une étanchéité évidente aux liquides comme aux solides, nous transporta rapidement à la chancellerie, et c'est alors qu'eut lieu l'entre-tien que je rapporte ci-après :

Adolf. – Je suis heureux de saluer en vous le représentant d'un grand souverain que je sens si proche de moi par ses conceptions philoso-phiques.

Moi. – Halte-là ! N'allez pas trop loin, car si vous avez l'un et l'autre une égale influence sur l'esprit des gens, ces influences sont nettement divergentes. Alors, en effet, que Pierre Dac, mon bien-aimé Roi, fait rigoler le monde entier, vous, oh ! Führer, vous l'em…poisonnez.

Adolf. – D'accord, mais ceci démontre bien que nous sommes faits pour nous entendre, puisque nos espaces vitaux ne se chevauchent pas, si j'ose dire. Le sien, c'est la rigolade, et le mien, c'est la… le… poison, comme vous avez dit.

Ici s'arrêta cet entretien que j'ose qualifier d'historique, puisque, pour la première fois, Adolf Hitler venait de définir avec précision ce qu'il considère comme son espace vital et que, nous en sommes sûrs, personne ne lui contestera.

Omission ou calcul

Nous ne demanderons pas à nos lecteurs de se réciter par cœur la liste des pays figurant dans l'histo-rique message du président Roose-velt. Ils n'ont certainement pas besoin de cet exercice de mémoire pour se souvenir que :

1° L'Italie ne figurait pas parmi les nations que l'on demandait à Hitler de s'engager à ne pas atta-quer.

2° L'Allemagne n'était pas davan-tage comprise dans l'énumération de la version italienne.

Pourquoi ? M. Franklin Roosevelt nous a pourtant démontré qu'il connaissait la géographie.

L'explication de cette omission – qui apparaît ainsi comme étant vo-lontaire – nous a été fournie par un familier du Président des U. S. A., à qui M. Roosevelt aurait déclaré : « Si… ils acceptent mes propositions et qu'ils ont quand même envie de se battre, eh ! bien, ils se battront ensemble, et ce sera toujours ça de gagné. »

Nos épanchements

par Cousine SYNOVIE

Cramoysine de Ronpoint.

Je ne suis plus ni très jeune ni très jolie, mais je suis mieux que cela : je suis autodidacte. Et comme je vous dois toute la vérité, bonne cousine Synovie, il me faut vous dire que je tiens cette décoration de mon parrain qui me la rapporta des Indes, qu'il quitta chassé par des moustiques.

J'aurais dû m'en méfier aussi, mais insensée que j'étais, je ne l'ai pas fait, et voici pourquoi aujourd'hui je prends ma tête dans les deux mains et ma plume dans l'autre pour vous écrire. Car vous seule, cousine, allez pouvoir trouver la clé de ma solution.

Dès mon enfance, ma situation de famille a été compliquée. Je suis née orpheline, quoique mes parents vivent encore et soient en parfaite santé ; mais je suis née orpheline de frère et de sœur, étant fille unique. Et ce qui est beaucoup plus grave, c'est que j'ai une sœur jumelle qui me déteste et qui met un faux nez pour me narguer et pour plaire aux jeunes gens du voisinage. Enfin je ne lui en veux pas, elle est tellement plus vieille que moi qu'elle pourrait être ma petite-fille. C'est vous dire dans quel cercle littéraire je me suis élevée.

Néanmoins, les années de notre enfance s'écoulèrent doucement au bord de l'eau qui baignait notre maison. Car nous habitions une maison, ce qui prouve une fois de plus que notre père était original ; il n'avait pas voulu d'une chaumière : il trouvait ça trop moderne, ni d'un gratte-ciel : il trouvait ça trop écrasé.

L'industrie de mon père était prospère. En effet, c'était lui qui fournissait tout le café au lait en poudre destiné aux troupes du Tonkin. C'est assez dire que je n'eus pas à rougir lorsque le facteur m'avoua que je ne lui étais pas indifférente. Pour la forme je lui répondis : « Passez votre chemin », mais comme il était dans le fossé, il me répondit : « C'est fait », et je n'eus plus qu'à accepter son dernier baiser, car il fut emporté au plus vite par une lettre urgente.

Depuis ce temps, bien des jours ont passé, je suis encore cossue. Ma sœur est le bâton de mes cheveux blancs du fait qu'elle a épousé un ingénieur des ponts et chaussées qui imite Maurice Chevalier d'une façon stupide.

Mais j'ai encore gardé l'espoir. Vite, cousine Synovie, à mon secours ! Répondez-moi sans tarder et dites-moi si je puis broder une nappe avec des fils de haricots.

RÉPONSE. – Madame de Ronpoint, J'avoue ne pas comprendre votre émoi, et le Conseil municipal de Saint-Germain-en-Laye, que j'ai interrogé à votre sujet, hésite à donner sa démission.

Voyons. Réfléchissons bien. Êtes-vous sûre que, dans votre entourage, quelqu'un n'a pas monté la tête à la petite ?

Cousine SYNOVIE.

Le Savoir-vivre 1939
De la manière de se comporter civilement à un dîner dans le monde

Le métier de convive n'est pas chose facile ; il demande beaucoup de tact, de doigté et de présence d'esprit.

L'invité ne doit, en aucun cas, s'il arrive avec un pot de fleurs, donner des détails sur le prix d'achat de son présent ; une fois à table, il doit s'abstenir de souffler dans son verre pour faire de la buée et l'essuyer ensuite, même sous le prétexte d'amuser ses voisins ; par contre le fait d'aiguiser son couteau sur le dos d'une assiette est fort bien admis dans le monde diplomatique.

Il est assez peu recommandé de verser du vin rouge dans le potage, à moins que ce ne soit de la bisque d'écrevisses.

En buvant la première gorgée d'un cru quelconque, on peut, à la rigueur, élever son gobelet à la hauteur de l'œil droit et s'écrier joyeusement : « Place-toi bien, il y aura foule aujourd'hui ! » Mais il est absolument contre-indiqué de dire : « Le champagne a le goût de cidre cette année ! » – comme disait Mme de Sévigné, ça la fout mal.

Il n'est pas très bon non plus de dire négligemment au milieu du repas : « Vous connaissez les Lacknouf ? C'est chez eux qu'on mange bien » ; ça risque d'indisposer l'honorable assistance.

Il est évident que votre tenue et la teneur de vos propos doivent être en rapport avec le milieu dans lequel vous vous trouvez, et varieront selon que ça se passera sur la zone ou dans le faubourg Saint-Honoré. À vous d'apprécier et de vous comporter suivant les circonstances.

PETITES ANNONCES

ANNONCES HISTORIQUES

Baignoire blindée, entièrement close, permettant résister aux agressions Charlotte Corday, 450 francs. Baignoire d'assaut, roulant sur chenilles, le double.

Timides ! Si vous n'osez pas prendre la Bastille, prenez le train à la gare de la Bastille. Pour plus de renseignements, consultez l'indicateur.

Pour distraire vos amis, faites l'acquisition d'un Jeu de Paume Bailly. Le jeu de 12 paumes, 6 fr. 50. Serments garantis, 3 sous par paume. La chanson pour mettre en train : Ma Paume, 3 fr. 25.

DEMANDES D'EMPLOIS

Dessus de cheminée frileux cherche place chaude pendant morte-saison.

OCCASIONS

Tandem à une place pour personne seule. Les deux : 310 fr.

Savon à barbe ne piquant pas les yeux. Le bâton de 2 m 10 : 3 fr. 15.

Baignoire à deux places pour ventriloque : 700 fr. 60.

DIVERS

Las de lavis, suis acheteur d'aquarelles.

Appareil pour hausser les épaules. Se place sous le veston et fonctionne par simple pression d'un bouton, avec notice : 1500 fr. Appareil complémentaire pour appuyer sur le bouton. Recommandé aux personnes fatiguées : 1300 fr.

AVIS ET CORRESPONDANCES

Monsieur expansif désire connaître personnes ayant besoin de vœux et souhaits variés. Sincérité garantie.

Mouton à cinq pattes cherche carrosse ayant cinquième roue. Écrire Bostock and Co.

OFFRES D'EMPLOIS

N'ayant qu'un cheveu et désirant faire la raie au milieu, demande coupeur de cheveux en quatre.

L'OS à MOELLE

NUMÉRO 54 – VENDREDI 19 MAI 1939

Hitler a fait renforcer la ligne Siegfried et entame, cette semaine, à Aix-la-Chapelle, une tournée d'inspection. Il vérifie ainsi l'état du pendant de la ligne Maginot. Certains affirment qu'en mettant cette visite en lumière, il fait un pas de plus vers une guerre totale. Ses adversaires multiplient les précautions. Le 13 mai, un accord de soutien mutuel est signé entre les Turcs et les Britanniques. Le 17 mai, la France s'engage officiellement à aider militairement la Pologne en cas d'une attaque allemande qui fait plus que jamais partie du domaine du possible.

Edito ___ La méthode du discours ___

par Pierre DAC

Je viens de relire le *Discours de la méthode*, de Descartes ; il convient de préciser que je l'ai relu à l'envers ; c'est un excellent exercice qui affine l'attention et renouvelle l'intelligence.

Car, l'avez-vous remarqué, jamais autant qu'à présent, oncques ne vit une telle floraison de discours ; et je te parle à Turin, et je te discute à Berlin, et je te cause à Varsovie, et je te bafouille à droite et à gauche. Bref, c'est une avalanche de périodes oratoires à rendre bègue un sourd que son astigmatisme rendrait aérophagique.

C'est pourquoi, m'inspirant de Descartes, je me suis cru autorisé d'intituler le présent article : « La méthode du discours ». Car s'il y a eu un *Discours de la méthode*, il y a maintenant une méthode du discours ; le discours est devenu une telle monnaie courante, un tel exutoire aux passions bellicistes et aux revendications sonores, que j'ai pensé qu'il serait intéressant de donner les directives et les principes immuables qui forment la base même de l'édification d'un discours.

Un bon discours ne doit être basé sur rien, tout en donnant l'impression d'être basé sur tout. Voici un exemple de péroraison d'un discours susceptible d'être prononcé n'importe où, n'importe quand et par n'importe qui :

« Messieurs,

« Les circonstances qui nous réunissent aujourd'hui sont de celles dont la gravité ne peut échapper qu'à ceux dont la légèreté et l'incompréhension constituent un conglomérat d'ignorance que nous voulons croire indépendant de leurs justes sentiments.

« L'exemple glorieux de ceux qui nous ont précédé dans le passé doit être unanimement suivi par ceux qui continueront dans un proche et lumineux avenir un présent chargé de promesses que glaneront les générations futures délivrées à jamais des nuées obscures qu'auront en pure perte essayé de semer sous leurs pas les mauvais bergers que la constance et la foi du peuple en ses destinées rendront vaines et illusoires.

« C'est pourquoi, Messieurs, je lève mon verre en formant le vœu sincère et légitime de voir bientôt lever le froment de la bonne graine sur les champs arrosés de la promesse formelle enfouie au plus profond de la terre nourricière, reflet intégral d'un idéal et d'une mystique dont la liberté et l'égalité sont les quatre points cardinaux en face d'une fraternité massive, indéfectible, imputrescible et légendaire. »

Vous pouvez prononcer ces paroles dans n'importe quelle circonstance, en étant assuré d'un succès certain ; à vous d'y ajouter le ton sentimental, dramatique ou badin que vous jugerez opportun ; mais, en tout état de cause, ces paroles représentent, en son essence, la synthèse même de tout discours, en un mot sa méthode.

Je me tiens à la disposition de toute personnalité politique, littéraire, académique ou artistique pour l'établissement à des prix défiant toute concurrence de toute allocution et discours conçus et réalisés d'après les principes ci-dessus exposés, avec les gestes, inflexions, ports de voix et silences en rapport avec le lieu, l'atmosphère et le climat de la chose en question.

Courrier OSFICIEL
de notre président

Dr J.S…, LORIENT.– *Le geste d'Auguste le Semeur…*

Au fait, qui était exactement ce fameux Auguste ? Empereur déchu ou simple histrion de quelque cirque forain ? Je serais particulièrement heureux si vous pouviez, à ce sujet, remédier aux déficiences de ma pile électrique céphalique (s'usant uniquement à l'usage… c'est tout dire…)

Par avance merci et très cordialement vôtre.

– Hélas ! mon cher docteur, mon ignorance confine à la vôtre et la dépasse même un tantinet. Je n'ai jamais su, moi, en quoi consistait ce geste du semeur… Était-ce un salut à la romaine ou ce petit signe désinvolte de la main par-dessus l'épaule signifiant dans toutes les langues : « À la gare, mon vieux… » Quoi qu'il en soit, Auguste devait être un type fameux puisque Hugo n'a pas hésité à faire une faute de prosodie (la seule à ma connaissance, son 4e vers que vous me citez ayant un pied de trop…) Hugo, dis-je, n'a pas hésité à bousculer les us et coutumes pour nous chanter cet Auguste qui vous préoccupe. Meilleurs sentiments.

Pierre DAC

Drol' de s'maine — Redis-le Moelleux

Qu'on se remue !

M. Mussolini, qui semble se prendre pour le beau-père du comte Ciano, a prononcé un grand discours à Turin (Cassis).

« Paroles modérées », affirme-t-on. Le Duce veut la paix dans la justice et il assure que rien actuellement ne pourrait justifier une guerre en Europe.

Évidemment, pendant qu'il pérorait, la foule a crié : « Tunisie ! Corse ! Nice ! » Mais qu'est-ce que ça prouve ?

Quand une ouvreuse, dans un cinéma, crie : « Esquimaux, chocolat glacé, cacahuètes ! » cela ne signifie pas qu'elle veut prendre le Groenland, l'Alaska et la Sénégambie.

Alors, pourquoi s'alarmer ?

Chaque chose à sa place

La grande saison de Paris va commencer. À ce propos, on annonce qu'une représentation des *Plaideurs* sera donnée sur les marches du Palais de Justice. Original !

Mais il ne faudra pas s'en tenir à cette seule décentralisation théâtrale.

Pendant qu'on y est, on pourrait également jouer *La Porteuse de pain* à la devanture d'une boulangerie et *L'Aiglon*, de Rostand, sur le dôme de l'Hôtel des Invalides, *La Dame aux camélias* à la porte d'un fleuriste, *Les Vignes du Seigneur* à la terrasse d'un bistro, *Topaze* dans la cour de l'Hôtel de Ville, *La Fille de Mme Angot* à la Halle aux poissons et *Le Mariage de Mlle Beulemans* à l'ambassade de Belgique.

Injustice flagrante

On a arrêté une vingtaine de postiers indélicats qui détournaient les lettres chargées, chipaient les mandats et barbotaient les chèques postaux. On a eu raison, bien sûr…

Mais pourquoi deux poids et deux mesures ? Personnellement, je connais un petit monsieur, un tout petit monsieur – je ne dis pas son nom, car je suis discret – qui a détourné 2 % il y a quelque temps des sommes que je touche, chaque mois, à la sueur de mon front et qui récidive, à présent, en me rançonnant encore de un pour cent…

Eh bien, personne ne songe à l'inquiéter… Ce n'est pas juste !

Économies, économies

À partir du 18 mai, et pour des raisons d'économie, il n'y aura plus que des arrêts facultatifs sur les lignes de la S.T.C.R.P.

Les autobus s'arrêteront quand le watman aura envie de s'arrêter. Les voyageurs pressés sont donc instamment priés de monter ou de descendre en marche. Faute d'observer cette recommandation, ils se verront dans l'obligation – si tel est le bon vouloir des machinistes – de faire trois fois de suite le trajet Plaisance-Hôtel de Ville, ou quinze fois celui de Malakoff-les Halles.

Signalons toutefois que le paiement des tickets ne sera point facultatif…

Pourtant, ça, ce serait vraiment une économie pour les usagers. Mais cette économie-là n'est point admise…

Le bas de laine est toujours debout

L'emprunt de la Défense nationale a été couvert en quelques heures.

Pour un beau succès, c'est un beau succès… Mais vous ne trouvez pas que, depuis lundi, tous les Français ont un drôle d'air ?

Un air emprunté, en quelque sorte.

Comment réduire le déficit des transports en commun

La Compagnie du Chemin de Fer Métropolitain et la Société des Transports en Commun de la Région Parisienne viennent de déposer leur bilan dans les colonnes de nos grands confrères quotidiens.

De ce bilan, il résulte que les deux entreprises de transport sont largement en déficit.

Toutes les fois que le Métro reçoit 1 franc d'un de ses fidèles clients, il perd en chiffres ronds 31 centimes virgule 8.

Quant à la S. T. C. R. P., en effectuant la même opération, elle se ruine de 32 centimes 6.

Si invraisemblable que la chose puisse paraître au premier rabord, il n'est pas impossible que la Compagnie du Chemin de Fer de la Région Parisienne et la Société des Transports Métropolitains aient publié ces chiffres alarmants dans le seul but de préparer tout doucement l'usager à l'idée d'une nouvelle augmentation de tarifs.

Auquel cas, nous prierions ces deux estimables entreprises de bien vouloir repasser.

Parce que, si le Métro et l'autobus sont en déficit, L'USAGER L'EST AUSSI !

Et même bien davantage !

Nous ne craignons, en effet, nul démenti en affirmant que, toutes les fois que ledit usager verse 1 franc à ses transporteurs, *ce n'est pas seulement 31 ni même 32 centimes qu'il perd de façon définitive, mais 100 !*

Donnons-nous maintenant la peine d'additionner les deux déficits ainsi provoqués de part et d'autre, nous voyons aussitôt apparaître sous notre plume le résultat suivant :

POUR LE MÉTRO

Déficit de la Compagnie transportatrice .... 31,8 %
Déficit du voyageur .... 100 %
Somme au total .... 131,8 %

En ce qui concerne la S. T. C. R. P., même déchet, à un négligeable centime près.

À présent, imaginons qu'un décret enfin digne de ce nom *institue demain la gratuité complète des transports*, aussi bien en surface que souterrains ou autres, voici comment les chiffres se modifient :

DÉFICITS

Du transporteur (privé de toute recette) .... 100 %
Du transporté (à titre gratuit).   Néant
Total .... 100 %

Soit, comme on peut s'en rendre compte, un gain final et terminus de 31,8 %.

Alors, encore une fois, qu'est-ce qu'on attend ?

LE PARFAIT SECRÉTAIRE
Modèle de lettre à envoyer
pour s'excuser de ne pas écrire

Monsieur (ou Madame)
ou « Monsieur et Madame »
ou « Chère vieille gamelle de chose »

Je viens, par la présente, m'excuser très sincèrement de l'impossibilité dans laquelle je me trouve présentement de vous écrire le moindre mot ; chaque jour je remets à plus tard le soin de vous envoyer de mes nouvelles et m'inquiéter des vôtres : je n'y parviens pas : les affaires, les ennuis, les rendez-vous, etc., etc., bref, je ne peux trouver une minute de tranquillité pour remplir à votre intention la valeur même d'une demi-page.

J'espère que vous ne m'en tiendrez pas rigueur. De votre côté, s'il ne vous est pas possible de m'écrire, veuillez avoir l'obligeance de me le faire savoir au plus tôt et par lettre.

Encore une fois, toutes mes excuses pour mon actuel silence, et croyez à tout ce que vous voudrez croire.

Signature.

Post-scriptum. – Il n'y en a pas.

Les petits ouvrages de Monsieur

Comment creuser un gouffre

Dernièrement, M. de Monzie a prouvé très intelligemment aux personnes désœuvrées que l'on pouvait se distraire avec un rien. En effet, se promenant dans sa circonscription avec quelques amis, M. de Monzie a eu l'idée de descendre dans le premier gouffre venu qui ouvrait une grande bouche au bord de la route. Quel magnifique exemple a donné notre ministre, d'autant plus que la descente au gouffre est une distraction autrement plus intelligente que de perdre son argent en jouant aux cartes ou de faire des discours électoraux.

L'inconvénient, évidemment, c'est de se procurer un gouffre. Il existe bien à Paris quelques magasins spécialisés, mais c'est fort coûteux, d'un transport difficile, et dès que le temps devient plus chaud, on ne peut pas arriver à conserver un gouffre frais.

Ce qu'il y a de mieux, c'est donc de creuser un gouffre chez soi, on l'a ainsi à la portée du pied, et il vous est personnel.

Car il n'y a rien de désagréable comme de rencontrer dans un gouffre des personnes que l'on ne connaît pas. Et même si on les connaît, on ne les reconnaît pas, vu l'obscurité, et on passe pour un goujat.

Je ne sais pas si vous avez fait des études sur la profondeur, mais il n'y a pas trente-six manières de creuser un gouffre. Vous pratiquez exactement comme pour creuser un tunnel, seulement, alors que pour creuser un tunnel vous vous mettez à plat ventre, pour creuser un gouffre vous vous mettez debout ; toute la différence est là.

Si vous retirez beaucoup de terre, ne la laissez pas sur votre tapis, votre salon aurait l'air d'un champ, ça serait ridicule. Mettez-la sur votre balcon, la terre montant jusqu'en haut de vos fenêtres vous permettra d'échapper aux regards indiscrets.

Et puis, ce qui est intéressant dans cet ouvrage, c'est que, lorsque vous avez assez du gouffre, vous pouvez vous servir de la terre retirée pour construire une montagne.

Grand-oncle PETRUS.

UN SCANDALE

Les végétariens étrangers viennent manger notre viande !

C'est une honte ! une infamie ! Qu'attend le ministre de l'Intérieur pour faire cesser au plus tôt un pareil état de choses qui menace de saper les fondements mêmes des mamelles nourricières de la France ?

LA SOUPE
aux poissons rouges

Pour faire la soupe aux poissons rouges, il est naturellement indispensable d'avoir un bocal dans lequel s'ébattent des poissons rouges, dont le nombre doit être proportionné à la quantité de soupe que l'on désire.

Ne pas toucher aux poissons. Faire, à part, une soupe quelconque, légère autant que possible, aux poireaux et aux pommes cuites ; laisser mitonner pendant une bonne heure à feu continu ou alternatif, suivant la nature du gaz ou du charbon de bois que vous utilisez. Laisser tiédir et verser, louche par louche, la soupe ainsi obtenue et conditionnée à point sur les poissons rouges, qui, n'en doutez pas, l'apprécieront à sa juste valeur.

Les Sports

Après la Coupe de France
L'Os à Moelle interviewe le ballon

Envoyé spécial de L'Os à Moelle *à Colombes, quand le coup de sifflet final eut retenti, je mis mon chronomètre dans la poche de mon chapeau, mes bloc-notes dans mes chaussettes et mon stylo dans le trou de mon faux-col, puis, négligeant les manifestations bruyantes des 59 999 autres (il y en avait 60 000), je me dirigeai du pas calme des consciences tranquilles vers les vestiaires. Mes confrères de la Grande Presse interrogeaient fébrilement les joueurs, les dirigeants, le masseur, le pingouin ou le Président de la République. Leur manque d'originalité faisait peine à voir. Prenant à pleines mains le tissu de ma veste, j'en haussai les épaules à plusieurs reprises en signe de pitié : « Des cafouilleux ! » murmurai-je, et, d'un coup de nez, je frappai à la porte en forme de chatière que j'avais repérée avant la partie. Il n'y avait pas de porte à la porte, aussi, mon coup de nez ne fit-il aucun bruit.*

– Entrez ! fit une voix grave.

Je me mis à quatre pattes et me glissai à l'intérieur. Le ballon du match était là, devant moi, encore un peu essoufflé :

– C'est L'Os à Moelle, fis-je pour le mettre à l'aise.

– Comment allez-vous ? me dit-il et je sentis qu'il m'aurait tendu la main s'il n'avait été cul-de-jatte.

– Moi, ça peut aller, dis-je, mais c'est de vous qu'il s'agit : vos impressions ?

– Qu'est-ce que j'ai reçu comme coups de pied dans les fesses, soupira-t-il ; vous avez vu ce que m'a mis cette grande brute de Veinante ? Comme je suis en peau de veau, j'aurais presque le droit de me plaindre à la Société Protectrice des Animaux. Ah ! ma mère !... On ne dirait vraiment pas que ces gaillards-là ont des chaussures en vache... C'est comme ce Mathé : je regardais paisiblement le paysage du haut de la tête de Laurent quand cet animal-là m'a bousculé pour me faire tomber : heureusement qu'il y avait un filet... Le public a d'ailleurs accueilli cette agression par des manifestations formidables... Très gentil, le public : vu du terrain, une tête de spectateur ressemble assez à un ballon, je me sentais en famille. Le Président a été très chic, c'est d'ailleurs la huitième fois qu'il arrive en finale de la coupe. C'est le seul qui ne me donne jamais de coups de pied... et pourtant, vous connaissez ses chaussures, hein ? Les autres joueurs, eux, ne pensent qu'à ça... Ah ! Tout n'est pas rose

dans la vie d'un footballeur. Et tout ça parce que je joue avec des pros et que je suis amateur.

– Quel a été votre meilleur moment ? dis-je, pour détourner la conversation.

– C'est quand Vandooren a voulu m'allonger un méchant coup de botte et qu'il a atteint la jambe de Veinante ; j'ai bien rigolé.

– Et votre plus mauvais ?

– Quand ils m'ont fourré leur pingouin-fétiche sur le dos... Vous parlez d'un porte-bonheur...

UN *GREAT EVENT* AUTOMOBILE :

Paris-Bruxelles en marche arrière

Cette intéressante compétition se disputera, le dimanche 28 mai, sur le parcours Luchon-Saint-Nazaire. Les engagements sont reçus dans tous les bons bureaux de recrutement et à la Chambre syndicale des bobineurs de jute, tous les jours de 8 à 23 heures, et les autres jours aux mêmes heures.

Suivons l'exemple de la Hollande

En cas d'invasion, la Hollande ferait sauter ses digues et l'agresseur serait noyé.

Qu'est-ce qu'on attend pour en faire autant ?

J'en appelle à la sagacité de M. le ministre de la Guerre. N'est-ce point là une solution élégante et économique du problème de la Défense nationale ?

Que l'on construise des digues un peu partout en France ! Il sera facile de mettre de l'eau derrière, ce n'est pas ce qui manque.

Et puis même sans eau, quel redoutable système défensif constituera une inondation sèche et symbolique consécutive à l'abattement des digues !

Turin cassis

Dimanche dernier, un peu avant l'heure du déjeuner, M. Mussolini a prononcé à Turin le premier des dix-sept discours qu'il doit faire entendre pour dénoncer les insupportables habitudes de bavardage en honneur dans les vieilles démocraties.

À dire d'expert, ce discours apéritif ne serait pas aussi chargé en degrés qu'on aurait pu le craindre, une forte proportion de cassis semblant avoir été incorporée au Turin.

La Révolution

Le prix du pain a encore augmenté. Il est, depuis hier, de trois francs et deux sols la double livre. Dans le royaume, le mécontentement ne cesse de croître. La foule exaspérée parle d'aller chercher à Versailles le Boulanger, la Boulangère et le Petit Mitron.

Comment tout cela finira-t-il ?

Les Fêtes du Cinquantenaire

Le gouvernement a décidé avec raison de donner le plus vif éclat aux fêtes organisées pour célébrer le cinquantième anniversaire de la prise de la Tour Eiffel par le peuple de Paris.

Voici cinquante ans, en effet, qu'en un élan victorieux nos pères se sont élancés à l'assaut de la vieille citadelle de fer et d'acier dont la cime orgueilleuse semblait un insolent défi lancé en plein ciel à l'abaissement du Français moyen...

Un micro a été fixé à la troisième plateforme de la Tour, devant lequel M. Pierre-Etienne Flandin viendra expliquer la haute portée politique de cet événement.

ODE
au savon noir

Ô savon noir !
Savon obscur,
Savon paria
Voué à
L'anonymat...
Pour toi ma lyre
Chante et s'étire
Comme celle
de Tityre
ou le flûtiau
de Waldeck-Rousseau.
Savon noir,
Je te rends hautement
Et dignement
L'hommage auquel tu as droit et qu'on te dispute si chichement sous je ne sais quel prétexte puéril et insuffisant...

Savon noir,
Savon des nuits,
qui blanchit
sans bruit,
sans éclat,
sans fracas,
Avec le seul souci
Du devoir accompli,
Tiers-État des lessives,
Prolétaire sans parfum,
Mercenaire des savons,
Poursuis ton chemin,
Ô savon noir !
Couleur de soir,
sans qui le blanc ne serait
que ce qu'il est !

Pierre Dac.

Petites Annonces

OFFRES D'EMPLOIS

On demande femme de chambre bonne musicienne capable de reconnaître coups de sonnette de créanciers.

Bon comique de concert, très drôle, est demandé dans lavoir pour faire tordre le linge.

Recherche messieurs robustes, de tempérament calme, et ayant les nerfs solides, pour garder délicieux garçonnets.

On demande urgence cuisinière sachant faire revenir mayonnaise tournée.

On demande ménage sans enfants, peu exigeant, sortant beaucoup. Écr. Mlle Louise, bonne à t. faire.

Oreiller de wagon-lit cherche couverture débrouillarde pour travail en association. Salle d'attente gare de Lyon.

DEMANDES D'EMPLOIS

Président République ayant quelques dimanches libres, inaugurerait statues, écoles ou tout autre monument. Déplacements et repas payés. Faire offres général B. qui transmettra.

Monsieur pointure 45, doigts de pieds en éventail, demande place de ventilateur dans palace, Côte d'Azur ou colonies.

AUTOS

Pianistes-Automobilistes ! faites transformer votre métronome en essuie-glace. Pose comprise : 8 sous.

DIVERS

Faux apéritif coupant net l'appétit. Recommandé aux maîtresses de maison « regardantes ».

Vous qui vivez sans parents ni amis et qui avez horreur de la solitude, prenez chaque jour le métro aux heures d'affluence. Billets aller-retour en vente dans toutes les bonnes stations, avant 9 heures.

Laissé-pour-compte des grands tailleurs de pierre : jolis moellons, pavés, gravats. Prix selon grosseur, 140, rue des Grandes-Carrières.

Lit de milieu sans travail, accepterait toute place, même dans un petit coin tranquille.

Prenant tous les jours métro à tête de ligne Porte d'Orléans, céderais place assise à partir Châtelet. Faire offres.

LOCATIONS

À louer appartement comportant trois cuisines, petite salle à manger, pas de salle de bains. Conviendrait à célibataire goinfre et peu soigné.

L'OS à MOELLE

NUMÉRO 69 – VENDREDI 1ᴱᴿ SEPTEMBRE 1939

Le 25 août, le gouvernement britannique signe un traité d'alliance avec la Pologne. Hitler, qui s'apprêtait à donner à la Wehrmacht l'ordre d'attaquer la Pologne, suspend sa décision. Le 29, il lance un ultimatum aux dirigeants polonais, qui décrètent aussitôt la mobilisation générale. Le 31, le Führer exige la cession de Dantzig et l'organisation d'un plébiscite dans le « couloir ». Le lendemain, en dépit d'appels à la paix de Franklin Roosevelt et du pape Pie XII, ses troupes envahissent le pays. « Un viol de la frontière polonaise », dit-on en France, où c'est la mobilisation générale.

Edito   De la difficulté d'attendre dans ses foyers ou Méditation sur le fascicule

par Pierre Dac

En septembre dernier, j'avais le numéro 3 sur mon fascicule ; en janvier – sans d'ailleurs prendre mon avis – on me l'a échangé pour un autre beaucoup moins joli, d'aspect bleuâtre, dans lequel il est dit que je dois attendre provisoirement dans mes foyers une convocation éventuelle autant qu'individuelle.

Ça a l'air tout simple : mais pour un citoyen respectueux des lois et des règlements militaires, c'est une véritable calamité et une complication telle que ça dépasse l'entendement de tout ce qu'on peut imaginer !

Vous me direz sans doute que rien n'est plus facile qu'attendre tranquillement dans ses foyers ; si on prend les choses à la légère, je ne dis pas, mais quand, comme moi, on les prend à cœur, ça change tout : il y a écrit, sur ce fascicule : attendra provisoirement dans ses foyers ;

donc, suivant l'esprit de la lettre et pour se conformer aux prescriptions officielles, il est nécessaire et indispensable d'avoir plusieurs foyers, puisque, je le répète, je dois attendre dans MES FOYERS, et non dans mon foyer.

Alors, depuis dix jours, je mène une vie de réprouvé : j'ai loué six appartements différents que j'ai fait hâtivement installer, tant bien que mal et de broc et de briques pour que chacun ait tout de même l'aspect d'un foyer ; et si ce n'était encore que cela, ça pourrait passer, à la rigueur ; mais n'oublions pas que sur ce sacré fascicule, il est écrit : attendra PROVISOIREMENT dans ses foyers.

Alors, n'est-ce pas, j'obéis ; je vais attendre une demi-heure dans un de mes foyers, une heure dans un autre, vingt minutes dans un troisième, etc., etc. ; je ne peux plus me reposer, ni manger, ni penser, ni rien faire de suivi et de régulier ; je maigris tellement que j'ai augmenté de deux kilos en cinq jours ; ça ne peut pas continuer comme ça !

Avez-vous pensé aux conséquences désastreuses de votre prose, ô vous qui avez rédigé le texte de ce fascicule ? Non, sans doute, et j'ose l'espérer pour la moyenne de votre intelligence ; je ne vous connais pas, je ne sais pas qui vous êtes, mais si jamais vous me tombez sous la main, je vous fasciculerai les omoplates d'une manière beaucoup plus définitive que provisoire.

Ça devient intenable : j'ai écrit une partie de cet article dans mon foyer n° 3 ; un autre morceau dans le foyer n° 5, la ponctuation dans le n° 1, et je vais aller signer dans le n° 4.

Je fais ma toilette en six épisodes ; je me savonne dans un endroit, je me rince dans un autre et je vais me sécher ailleurs ; ce n'est plus une existence ; c'est une obsession : en mon cerveau, ce leitmotiv lancinant m'obsède constamment : attendre-pro-vi-soi-re-ment dans ses foyers !!! Mais j'y attends dans mes foyers ! je ne fais que ça ! Et j'en ai assez ! Je n'en peux plus, je suis rompu, esquinté, écœuré et si ça devait continuer comme ça encore quelques jours, je préférerais me faire Chleuh, pour qu'on n'en parle plus !

Ah ! quand j'avais le fascicule 3 ! c'était le bon temps !

Courrier OSFICIEL
de notre président

PROSS, THIONVILLE. – *Pourquoi persiste-t-on à mettre des bretelles aux fusils alors qu'il serait si pratique et plus économique de leur mettre des supports-chaussettes ?*

– Ce sont là de vains ornements. Tout au plus verrais-je des colliers aux chiens et du vin blanc dans les canons… (de fusil).

MA POMME. – *Pourquoi les vélos ont-ils des timbres puisqu'ils n'ont pas besoin d'être affranchis ?*

– Évidemment… Par contre, on se demande pourquoi, aux lettres qui n'ont nul besoin d'annoncer leur arrivée, on en met un…

Drol' de s'maine — Redis-le Moelleux

Rappel immédiat

La plaisanterie recommence, ou plutôt, elle continue…

On m'a rappelé au camp de Mourmelon… Par voie d'affiche, figurez-vous. Au lieu de me téléphoner ou de m'envoyer un pneu, ce qui aurait été tout de même plus pratique et plus simple.

Je me suis donc présenté à Mourmelon dimanche soir.

Un monsieur portant une belle casquette à galon doré m'attendait à la gare.

– Me voilà ! ai-je dit. Vous m'avez rappelé ? C'est à quel sujet, s'il vous plaît ? De quoi s'agit-il ? Répondez-moi vite car je suis pressé.

Étrange histoire

Le monsieur à la belle casquette dorée m'a considéré pendant quelques secondes avec hésitation.

Puis il m'a dit :

– Allez sous ce hangar, là-bas, vous y trouverez de la paille et vous vous coucherez dedans.

– Ah ! que j'ai fait.

Et j'y suis allé. Et je me suis couché dans la paille. Comme il y avait déjà quelqu'un dedans, je n'ai pas pu y rester. Alors je suis allé dans une autre botte de paille où il n'y avait personne. Et j'ai dormi.

C'est quand même bizarre. Qui me dira ce que cela signifie ?

Rien de neuf

À part ça, il n'y a rien de bien sensationnel à lire dans les quotidiens en ce moment.

Ah ! si, on signale un accident de la circulation au coin de la rue Mouffetard et on a trouvé un chien errant dans le square Montholon.

C'est l'époque traditionnelle du serpent de mer.

On ne va pas tarder à le voir apparaître dans la mer des Sargasses.

Et si ça ne suffit pas à alimenter la presse, on ira aussi chercher le veau à cinq pattes et le monstre du loch Ness.

Ah ! c'est terrible, voyez-vous, pour nous autres journalistes, quand l'actualité est creuse à ce point.

Anxieux de l'avenir,
notre président interroge la chiromancie
au « *Pruneau démocratique* »

Au Palais de la S.D.L.

Le Président. – Mes amis, je ne puis plus vous le dissimuler plus longtemps, l'heure est grave et nous sommes une fois de plus, il faut bien le dire, à un tournant de la géographie…

Vice-Président. – De l'histoire, Président.

Président. – C'est la même chose… Oui, messieurs, ça ne va pas plus mal que si ça allait moins bien, mais ça ne va pas tout de même aussi bien que si ça allait mieux… Néanmoins, espérons que la semaine prochaine nous réserve de bonnes choses…

Van den Paraboum. – Quel dommage, Président, que nous ne puissions pas connaître à l'avance ces bonnes choses de la semaine prochaine, parce que, si elles étaient vraiment bonnes, nous pourrions, en les connaissant, nous apprêter à les recevoir dignement.

Président. – Mais, mon cher Van den Paraboum, rien n'est plus facile.

Van den Paraboum. – Oh ! vous savez, Président, je ne crois pas beaucoup à ces racontars des « Pipes de Nice ».

Président. – Des Pipes de Nice ?…

Paraboum. – Oui, vous savez bien, ces dames assises sur des tripiers et armées d'une chouette qui vous prédisent…

Président. – Ah ! les pythonisses…

Paraboum. – Oui, ça est ça, monsieur le Président…

Président. – Mais, mon cher Van den Paraboum, je ne serais pas digne d'être le Président de la S.D.L., si depuis fort longtemps je n'avais pénétré fort avant dans les arcades de la magie…

Vice-Président. – Les arcanes, monsieur le Président…

Président. – Oui, c'est ça…

Vice-Président. – Ainsi, monsieur le Président, vous êtes au courant de la magie ?…

Président. – Oh !… j'ai eu un cousin qui était représentant en lanternes magiques… Alors, vous pensez… Je connais toutes les formules susceptibles de nous entrouvrir les portes de l'avenir. Seulement, c'est tout un travail et nous ne pouvons pas faire ça ici…

Vice-Président. – Eh bien, alors, où faut-il aller, monsieur le Président ?… Dans une clairière, au creux d'un vallon, dans les montagnes ? Dans les lieux fréquentés par les esprits malins ?

Président. – Non, dans une épicerie, car moi, j'interroge l'avenir à l'aide de la formule alimentaire...

Vice-Président. – La formule alimentaire ?...

Président. – Oui, c'est une formule infaillible et qui remonte à l'époque où vivait Julien le Télescope...

Vice-Président. – Julien le Télescope !...

Président. – Oui, mes amis, Julien le Télescope, qu'on avait ainsi surnommé parce qu'il voyait très loin... Cette époque est tellement lointaine qu'on ne peut même plus la situer exactement, mais la méthode de Julien le Télescope s'est transmise d'âge en âge par télégraphie optique et est parvenue jusqu'à mes ancêtres qui, eux, me l'ont fait parvenir par lettre recommandée, je suis seul maintenant à détenir ce secret.

Vice-Président. – Et alors, monsieur le Président, pour ça, il faut aller dans une épicerie ?...

Président. – C'est indispensable... C'est par la graine et l'épice que le voile de l'avenir entrouvre ses doubles rideaux.

Vice-Président. – Eh bien, monsieur le Président, il y a tout près d'ici une excellente épicerie, à l'enseigne du « Pruneau démocratique », c'est des amis à moi là-dedans, nous serons chez nous comme chez eux...

Président. – Eh bien ! alors, allons-y, messieurs...

Un instant plus tard, à l'épicerie du « Pruneau démocratique ».

Président. – Elle est très bien cette épicerie, mon cher Vice-Président, tout à fait une épicerie conforme à l'idée que s'en faisait Julien le Télescope...

L'Épicier. – Bonjour, messieurs, qu'est-ce que ce sera ?...

Président. – Nous venons pour consulter les épices...

L'Épicier. – Monsieur Rauzena, c'est un ami, consultez tout ce que vous voudrez ; moi, je vais en profiter pour aller me soigner un peu la gorge au café d'en face, ils ont un petit collutoire, là, vous savez, avec du vieux calva... Je vous laisse la boutique...

Président. – Messieurs, du silence... Mon cher Vice-Président, voulez-vous éteindre le gaz...

Vice-Président. – Mais il n'est pas allumé, monsieur le Président...

Président. – Eh bien, allumez-le... je ne peux travailler que si on a éteint le gaz.

Vice-Président. – Voilà... c'est allumé...

Président. – Bon, alors, éteignez, maintenant. Bien... passez-moi un sac de lentilles, un sac de haricots secs... et un paquet de pois cassés...

Vice-Président. – Vous ne voulez pas de décortiqués, monsieur le Président ?...

Président. – Oh ! à aucun prix, très mauvais conducteur de l'avenir, le décortiqué...

Vice-Président. – Voilà, Président...

Président. – Bon... Ah ! j'ai oublié, il me faut une côtelette en sauce...

Vice-Président. – C'est absolument indispensable, monsieur le Président ?...

Président. – Oh ! vous pensez, Julien le Télescope a dit : la côtelette en sauce, c'est la baguette magique du thaumaturge alimentaire... Monsieur Patausabre, voulez-vous avoir l'amabilité d'aller à la charcuterie en face acheter une côtelette en sauce...

Patausabre. – Voilà, Président... j'y vais... (**Il sort.**)

Président. – Bon... voyons, étalez-moi tout ça... il faut : 285 haricots, 6 226 lentilles et 12 rangs de pois cassés...

Vice-Président. – Des rangs de combien ?...

Président. – Des rangs de huit...

Patausabre (entrant). – Monsieur le Président, il n'y avait plus de côtelette en sauce... alors, j'ai pris un pied pané... Le fils du charcutier m'a dit que ça revenait au même...

Président. – Hein... Nous allons voir... allez, étalez tout ça... Passez-moi un litre d'alcool à brûler... Tracez un cercle et versez le long de ce cercle de l'alcool à brûler et allumez-le pour faire un cercle enchanté...

Paraboum. – De faire votre connaissance...

Président. – Je vous en prie, monsieur Paraboum, ce n'est pas le moment de plaisanter... Surtout, messieurs, que personne d'entre vous ne franchisse ce cercle, je vais me mettre au centre... Ah !... il me faut une pelle à tarte à présent...

Vice-Président. – Voilà, Président... justement il y en avait une dans le bocal à cornichons...

Président. – Bon... attention, je vais prononcer la formule cabalistique grâce à laquelle les légumes secs vont nous livrer leur secret... Chut ! Silence... Lentilles crues, pruneaux cuits, lentilles cuites, pruneaux crus... pruneaux secs et pois chiches mous... à mon appel, réveillez-vous...

Vice-Président. – Alors, Président ?

Président. – Ah !... Il y a quelque chose qui ne va pas... Qu'est-ce que vous voulez, j'ai un pied pané au lieu d'une côtelette en sauce, c'est pas ça...

Vice-Président. – Si vous ajoutiez un peu de pâtes fraîches ?

Président. – Non, passez-moi un paquet de vermicelles... Ah !... le haricot blêmit...

Vice-Président. – Oui, mais le pois cassé se recolle...

Président. – Ah, l'on n'en sort pas, les esprits ne sont pas avec nous… Je ne sais pas ce qu'ils ont aujourd'hui, mais les haricots sont réfractaires…

Vice-Président. – Oh ! vous savez, Président, c'est la fin des haricots…

Président. – Oui, je ne dis pas, mais autrefois, mon cher Vice-Président, le haricot se tenait toute l'année… Eh bien ! qu'est-ce que vous faites, Riton ?…

Riton. – On interroge l'avenir, Président…

Président. – Dans quoi ?…

Riton. – Dans de la…

Président. – Dans de la quoi ?…

Riton. – Dans de la cerise à l'eau-de-vie… J'ai mon copain là, René-la-Longue-Vue… eh bien ! c'est un homme dans le genre de Julien le Télescope, mais, lui, il dit qu'il voit mieux dans la cerise à l'eau-de-vie que dans la légume sèche…

Président. – Ah !… et comment pratiquez-vous ça ?…

Riton. – Eh bien ! voilà, Président, on met les cerises dans un sac magique, on se met l'eau-de-vie dans le gosier et, un quart d'heure après on voit tout l'avenir qu'est derrière soi…

Président. – Ben, ma foi, vous savez, ça part du même principe que celui de Julien le Télescope, mais c'est plus perfectionné… Eh bien ! je vais essayer avec vous… Allez, donnez-moi un bocal.

Riton. – Faut tout avaler d'un trait, Président, sans ça on voit rien.

Président. – Entendu… **(Il boit et s'écroule.)**

Vice-Président. – Messieurs, notre président vient d'entrer en transes et en contact avec le plancher… Il ne nous reste plus qu'à le ramener chez lui et à nous tenir à son chevet jusqu'à ce que l'oracle veuille bien se manifester.

Jacques ALLAHUNE

HITLER INTIME
Une réputation imméritée

Nous n'avons pas l'outrecuidance de penser que nous apprenons une nouvelle inédite à nos lecteurs en leur disant que M. Adolf Hitler a la réputation d'être fort intransigeant. Intransigeant lors des affaires récentes d'Autriche, de Tchécoslovaquie, pour ne citer que les plus importantes, et intransigeant encore en ce qui concerne Dantzig et le « korridor ».

Oui, mais cela n'est qu'un « bruit qui court ». À vous parler franc, nous n'avons jamais cru ici à tant d'intransigeance. Notre humble avis est qu'il s'agit beaucoup plus d'un besoin morbide de paraître intransigeant, pour la galerie, que d'une intransigeance foncière.

Bien souvent, je contemple une superbe photographie placée devant moi, sur mon bureau-ministre. Surchargée d'une aimable dédicace, c'est le modèle, le Führer lui-même, qui me l'a donnée en souvenir, au cours d'une visite que je lui fis l'an passé.

Fort intéressé par la forte personnalité d'Adolf, je désirais le voir de près, et je m'étais surtout mis en tête de lui faire couper, au cas où elle eût été vraiment rebelle, la mèche qui barre son front et qui risque, en se balançant entre ses yeux, de provoquer le strabisme convergent, si fâcheux dans le visage d'un dictateur.

Mon plan échoua. Au lieu de couper la mèche inesthétique pour m'en faire cadeau, Hitler me tendit deux poils de sa moustache liés en leur milieu par une faveur rose :

– On m'en demande trop souvent, précisa-t-il, en souriant d'un seul côté – en application d'un décret de Goering sur les restrictions.

À ce propos, il n'est pas sans intérêt de noter au passage que les restrictions sont acceptées dans tout le Reich avec une admirable abnégation, même par les grands chefs, puisque le chancelier lui-même ne sourit que d'un côté à la fois ; ce demi-sourire, valable pour son interlocuteur, laisse à l'autre côté du visage un air de dignité qui en impose aux foules massées plus loin.

Mais je reviens à la photographie d'Adolf. Chaque fois que je la regardais, je pensais : est-il possible qu'un garçon aussi beau, qu'un homme dont le visage respire tant d'intelligence, qu'un être dont le regard est si doux soit vraiment intransigeant ? Ce n'est pas possible.

Fidèle à mes principes et à la méthode scientifique, je m'en fus donc dimanche à Berchtesgaden, bien décidé à demander des précisions au maître de l'Allemagne et à l'observer pendant notre entretien.

Je ne m'étais pas trompé : Hitler simule l'intransigeance. Au fond de lui-même, c'est un doux, presque un timide.

Comme nous venions de terminer cinq cents points de belote, je l'avais coincé entre une porte secrète et un escalier dérobé :

– Entre nous, Adolf, tu tiens tant que ça à la bagarre ? Ce n'est pas sérieux ! Tu te fais mal voir à Londres, à Paris, à Varsovie, à Washington… Tu verras que ça finira mal.

Alors, savez-vous ce qu'il m'a répondu ?

Il m'a dit textuellement :

– Connais-tu les histoires à Doumel ? Ces belles histoires marseillaises… Eh bien, j'en ai raconté une bien bonne à Benito. Il la connaissait, d'ailleurs, ce qui n'est pas étonnant, car il est plus que du Midi, lui. C'est celle qui se termine par : – Alors, on ne sépare pas, ici ?

« Je m'explique : quand j'ai bien frappé ma table à coups de poing et refusé toute négociation pacifique, je téléphone en douce à Benito, avant que les choses ne se gâtent.

À l'heure où nous mettons sous presse, nous ignorons si Benito a joué son rôle avec conscience. Bornons-nous à le souhaiter.

Le coin de l'érudit

L'homme qu'il nous faudrait : Thogroul-Beg

Ah ! si Thogroul-Beg vivait encore ! ça ne changerait peut-être pas la face des choses, mais ça ferait tout de même du bruit dans le bourg. C'était quelqu'un, Thogroul-Beg, de son véritable nom : Beg-Thogroul, d'où son surnom de Thogroul-Beg ; quand on pense que c'est lui qui fonda la dynastie des seldjoucides, comme ça, avec rien, simplement parce qu'il était le petit-fils de Seldjouk ! et qu'est-ce qu'il était d'abord Thogroul-Beg, hein ? Rien qu'une espèce de petit chef de tribu établi dans le nord du Khoraçan, placé sous la domination du gazuévide Mahmoud et du fils de ce dernier Mas'oud. Ce n'était pas une situation pour un homme comme lui, d'autant que ce gazuévide de Mahmoud était un individu tout ce qu'il y a de sujet à potion, étant

donné qu'il faisait de l'aérophagie musculaire.

Thogroul-Beg se révolta et conquit une partie du Kharizm et du Khoraçan, s'empara d'Hérat, de Nichapour, vainquit Mas'oud en 1039 et en rase campagne et prit le titre de sultan en même temps qu'une cuite mémorable. Il se tourna ensuite vers l'Occident, puis à nouveau vers l'Orient, puis remit ça vers l'Occident, si bien que ses guerriers, pris du tournis, tombaient à plat ventre à chaque changement de direction. Il entra tout de même dans Ispahan et épousa la fille du calife Kaïem, Seïda, qui n'avait pas son pareil pour repasser les turbans avec ses pieds.

Ah ! c'était un drôle de bougre que Thogroul-Beg ! Dommage qu'il ne soit plus là ! Enfin !

Pierre DAC.

Les Recettes de Tante Abri

Le boudin gris

Prendre un boudin blanc et un boudin noir. Mélanger intimement la chair des deux boudins au pilon. Remettre en boyau et accommoder, selon son goût.

P.-S. – On peut obtenir de fort jolies tonalités de gris en variant les doses de boudins.

Avis important

Les usagers, impétrants, assujettis et ressortissants sont informés que tout masque doit être complété dans le plus bref délai d'un compteur destiné, le cas échéant, à calculer la quantité de mètres cubes de gaz consommés, d'établir les factures y afférentes, et d'en faire opérer le recouvrement.

Modération plus que suspecte

On s'est montré quelque peu surpris, en haut lieu et même en bas, de la modération inattendue de M. Hitler qui, dans ses revendications, se borne à réclamer Dantzig, le Corridor et le reste de la Pologne sans faire la moindre allusion au Danemark, à la Suède, à la Roumanie, au Nivernais et à la Suisse.

Selon les gens bien informés, cette réserve inaccoutumée cache certainement quelque chose. C'est aussi notre avis et nous n'hésitons pas à le partager !

Pourquoi pas ?

En Allemagne l'ersatz est élevé à la hauteur d'une institution ; on fabrique des pneus avec du charbon et de l'essence avec de la sciure.

Ne pourrait-on aussi fabriquer l'eau que boit le Führer avec de l'arsenic ? D'autant plus que ce n'est pas plus mauvais qu'une autre chose qui n'est pas meilleure.

Une heureuse initiative

La Direction de l'Observatoire de Paris vient de constater, ces temps derniers, que l'annonce de l'heure par l'horloge parlante ne rimait absolument à rien. En effet, la phrase : « au quatrième top, il sera exactement telle heure » ne signifie pas grand-chose... Un « top », qu'est-ce que c'est qu'un « top ». Aussi, désormais, quatre petites taupes seront enfermées dans une cage en terre cuite munie d'un voyant devant lequel les taupes passeront de seconde en seconde, et la phrase prendra ainsi un sens exact et précis et l'on entendra désormais dire au speaker : « À la quatrième taupe, il sera exactement X heure, X minute, X seconde. »

EN CAS DE CONFLIT INTERNATIONAL

POURQUOI LE REICH NE CONSERVERAIT-IL PAS LA NEUTRALITÉ ?
Ça simplifierait tellement les choses... !

Un quart d'heure avec M. Hitler

Certains de nos confrères (et je n'ai pas dit qui) se laissent trop souvent entraîner par l'information fantaisiste ou par les fausses nouvelles.

Ainsi, que n'a-t-on pas dit sur M. Hitler ! Eh bien ! je puis affirmer que tout ce qu'on a écrit sur ce monsieur était inspiré par un irrespect total de la vérité.

Et si je le dis avec tant d'assurance, c'est que je le sais, puisque je reviens de Berchtesgaden, où le Führer m'a fait l'honneur de m'éternuer en pleine face, c'est-à-dire de me parler amicalement. C'est drôle, lorsque le Führer vous parle, il a l'air d'éternuer, mais il parle vraiment ; seulement, c'est sa moustache qui lui remonte dans le nez, alors ça le chatouille, et ça lui donne la position de l'éternueur assis, c'est drôle !

Ce n'est pas sans émotion que j'ai franchi la grille de l'admirable propriété du chancelier. Il faut reconnaître que j'ai été très bien accueilli, car j'apportais un présent au Führer, un petit pot de beurre, et comme je m'étais habillé en petit chaperon rouge, on a cru que j'arrivais de Russie et tous les S.S. m'ont salué casque bas.

Non, non, vraiment, M. Hitler n'a jamais été peint comme il est en réalité.

C'est un gros barbu avec un tout petit nez en l'air, malheureusement déparé par une verrue fleurie d'une touffe de poils. En remuant souvent la tête, la touffe de poils se déplace et ventile la pièce ; j'y ai attrapé un rhume, pas sur la verrue, mais dans la pièce.

Lorsque j'ai pénétré dans son cabinet, j'ai tout d'abord admiré dans les vitrines une admirable collection de jambons d'York, collection qui fut commencée par Charlemagne l'année où Roland inventa le linguaphone nautique.

Le cabinet de M. Hitler est décoré avec une rare originalité, et nos ensembliers qui se croient si forts feraient pas mal d'en prendre de la graine. En effet, tous les meubles sont en liège. Comme M. Hitler ne boit pas de vin, il a bien fallu qu'il utilise les bouchons, voués au chômage, et il a eu l'idée d'en faire des meubles légers et flottants. Il est d'ailleurs indispensable que les meubles flottent dans la pièce, car M. Hitler, qui a toujours trop chaud, fait couler de l'eau dans son bureau pour avoir plus froid, et on a de l'eau jusqu'au menton. Ça permet de ne pas paraître ridicule si on a un gros ventre. Tout cela, on ne le niera point, n'a jamais été dit dans un journal français.

M. Hitler, dont je n'apercevais que le nez sortant de l'eau, me dit aimablement : « Je vous en prie, buvez donc une tasse. » Et il se mit à jouer l'ouverture du *Trouvère* sur un ravissant clavecin qui flottait au milieu de la pièce. Mais, pour jouer, il disparut sous l'eau et, seules ses mains émergeaient et couraient gracieusement sur le clavier. Cela fit quelques remous et je fus forcé de disparaître à mon tour sous l'eau.

Dans cette position, je me serais beaucoup ennuyé si je ne m'étais amusé à pêcher des moules qui s'accrochaient aux flancs du clavecin.

Et je suis revenu, et me revoici, content de vous peindre l'homme tel que je l'ai vu, et tel qu'il est.

Après le luth c'est la lyre

Tristesse des hors-d'œuvre

Les hors-d'œuvre sont tristes !
....
Je ne connais
rien
de plus attristant
que des hors-d'œuvre tristes,
et en ce moment,
les hors-d'œuvre
subissent
le climat ambiant
et débilitant
résultant
de la tension internationale.
....
Quoi de plus navrant
que des hors-d'œuvre
mornes,
affalés
dans leurs raviers,
sans ressort
et sans énergie ?
quoi de plus déprimant
que des tomates exsangues,
des concombres chlorotiques,
des betteraves ataxiques
et du céleri honteux ?
....
Ainsi sont
en ce moment
les hors-d'œuvre
du monde entier :
tristes,
moroses,
gris,
poussiéreux,
sans entrain,
sans gaieté,
comme pénétrés
de la gravité
de ce qui les entoure...
....
Pauvres hors-d'œuvre
qui ne se sentent
pas dans leur assiette !
et qui semblent dire
à qui les contemple :
à quoi bon nous manger ?
à nous déguster
votre estomac sera

sans joie,
votre goût sans saveur
et votre palais éteint...
alors, laissez-nous
ruminer
notre spleen,
groupés autour
de notre chef :
le saucisson beurre
qui est maintenant
sans beurre
mais aussi sans reproche...
....
Ah ! que ça m'attriste
de voir les hors-d'œuvre

aussi tristes !
....
c'est bien triste...

Pierre Dac.

L'entretien que M. Adolf Hitler n'a pas cru devoir nous accorder s'est déroulé dans une atmosphère de courtoisie et de compréhension mutuelle et les conclusions ont été sensiblement les mêmes que si l'événement avait effectivement eu lieu.

BERLIN-MOSCOU

**La signature du pacte germano-soviétique n'a altéré en rien l'orientation politique de *L'Os à Moelle* ; comme avant, et comme si de rien n'était, elle demeure sibylline, impavide et similaire.
Tous nos confrères ne peuvent pas en dire autant.**

PETITES ANNONCES

FOURNITURES POUR BUREAUX

Corrector farceur se composant d'un liquide acide, traversant papier, table, plancher, etc. par simple application. Le flacon : 100 fr. 10.

Moule à encre pour faire des pâtés, 12 fr. pièce les 2.

Si vous voulez avoir l'air de travailler, achetez les plumes qui « grattent » du Prof. Trugludu. La petite grosse : 144 fr.

AVIS

La « Grattsuie and C° Limited » fait savoir à son aimable clientèle que, moyennant un léger supplément, elle effectue les ramonages à domicile.

ANNONCES MILITAIRES

Artilleur ayant idées de génie, cherche à permuter.

OCCASIONS

Panoplie de voleur de poules. Réduction 30 % aux réservistes.

Joli nécessaire à remonter le moral, se composant d'un tonnelet de rhum des Antilles. Résultats garantis.
Livré avec mode d'emploi : 700 fr.

Panier à bouteilles : 15 fr.
Panier à litres : 16 fr.

Revolver électrique se branchant directement sur le secteur. Livré complet av. prise de courant.
Prix.................................Fr. 800 »
Taxe d'armement 2 %............... 16 »
Soit 917 35

DEMANDES D'EMPLOIS

Gros vieux vieillard aux yeux velus, cherche emploi de croquemitaine.

ARTICLES POUR CAMPEURS

Salle à manger Louis XV, démontable, 995 fr. Groupe électrogène, moteur 1 000 CV., 18 542 fr. 15.

ARTICLES POUR IVROGNES

Vermouth-cassis en pilules, la boîte : 5 fr.

DIVERS

Montre à retardement pour personnes pas pressées, 51 fr.

Marteau à manche souple, pour planter des clous dans les endroits peu accessibles, 4 fr. 20.

Chaussettes montantes à manches courtes, 10 fr. Chaussettes basses à col tenant, 9 fr. 80.

ANNONCES POUR CANARDS

Coin coin, coin coin ? coin coin coin coin, coin coin ? coin coin coin. Donald coin, coin.

L'OS à MOELLE

NUMÉRO 70 – VENDREDI 8 SEPTEMBRE 1939

L'ultimatum de la France et de la Grande-Bretagne, qui demandaient à l'Allemagne de retirer ses troupes de Pologne avant le 3 septembre, est rejeté par Hitler. Daladier déclare alors : « La France se trouve dans une situation tragique et terrible. » Le Royaume-Uni, l'Australie, la Nouvelle-Zélande et la France déclarent alors officiellement la guerre à l'Allemagne. Le 5, les États-Unis proclament leur neutralité. Le 6, tandis que le Reich s'empare de Cracovie, les troupes françaises entament une offensive mineure vers Sarrebruck, en Sarre, avec l'espoir que cette diversion soulage la Pologne…

Edito _____ Eh ! ben, mon 'ieux _____

par Pierre DAC

Ça n'a l'air de rien, cette petite phrase, mais qu'est-ce que ça représente : « Eh ! ben, mon 'ieux ! » Quand on dit ça, on a tout dit, et l'ayant dit, voilà que je ne sais plus quoi dire ; je suis tout bête devant mon papier, ne sachant quels mots tracer, car je me rends compte que la moindre exagération, dans un sens ou dans un autre, risque de rendre un son fêlé et de manquer son but. Alors, ma foi, je vais écrire simplement comme si je pensais tout haut.

Il y a presque un an et demi que ce brave petit *Os* poursuit son petit bonhomme de chemin, sans faire de mal à qui que ce soit, sans fiel, sans méchanceté, sans parti pris politique, animé de la seule intention de faire rire ; et puis voilà que, aujourd'hui, tous mes camarades sont partis à droite et à gauche, un peu partout, c'est-à-dire dans la même direction ; toute la rédaction, à peu de chose près, est mobilisée. *L'Os* va-t-il disparaître ? Nous allons faire l'impossible pour qu'il en soit autrement ; nous allons essayer, comme nous pourrons, de continuer la tâche difficile de faire naître ne serait-ce que l'ombre d'un sourire sur les lèvres de ceux qui nous ont toujours montré leur sympathie sans préjudice des autres.

Ça ne va pas être commode ; je ne sais pas encore si nous pourrons y arriver, mais nous ferons tout ce qui est en notre pouvoir. Je sais bien que de graves censeurs diront que ce n'est pas le moment de rigoler ; c'est tout à fait notre avis et nous n'en avons nulle envie, mais je pense aussi que c'est faire œuvre utile que tenter de détourner, pendant quelques instants, l'esprit des graves préoccupations qui sont devenues la monnaie courante de tous les jours.

Ah ! monsieur Hitler, comme il est regrettable que vous n'ayez jamais fait partie de nos abonnés ; car je suis persuadé que ça aurait pu changer la face des choses ! Enfin, il est inutile de récriminer et, comme le disait si justement M. de Saint-Simon : « Plus les regrets sont superflus, plus il est superflu d'en avoir. » Et, croyez-moi, si M. de Saint-Simon a prononcé de telles paroles, c'est qu'il avait d'excellentes raisons pour le faire.

En conséquence de ce qui précède, on va tâcher d'en mettre un bon coup ; évidemment, il y aura des surprises : il se peut, par exemple, qu'une semaine le journal ait le format d'une feuille de carnet de blanchisseuse, et que, par compensation, il soit imprimé, la semaine suivante, sur du papier d'emballage ou du carton bitumé ; peu importe ; le principal, c'est qu'il paraisse ; en tout état de cause, et en dehors des collaborateurs habituels, je puis, d'ores et déjà, vous annoncer que M. Sacha Guitry continuera, comme par le passé, à ne pas écrire dans nos colonnes, étant entendu que, de notre côté, nous prenons l'engagement de ne jamais être témoins à ses mariages futurs ; d'autre part, M. von Ribbentrop a promis de nous envoyer des histoires amusantes et finement drolatiques, et M. Molotov, des recettes de cuisine. Nous ferons mieux encore, mais vous comprendrez aisément que la plus grande discrétion s'impose présentement quant à nos projets.

Voilà ; pour conclure, je ne saurai faire ni discours pompeux ni écrire de phrases définitives ; ce n'est point mon affaire ; je me contenterai donc de faire nôtre ce slogan attribué à Léonidas Labarrique : « Pendant les hostilités, le sourire est à l'extérieur. »

Courrier OSFICIEL
de notre président

CHASSEUR DE YAOURT *voudrait bien savoir quel développement il doit mettre aux pédales de son piano pour monter la gamme de* si *naturel sans essoufflement ?*

– Notre rédacteur sportif étant actuellement en vacances et notre rédacteur musical devant partir dès sa rentrée, nous vous prions de patienter un peu (montez de petites gammes en attendant). Hymne loufoque : voyez notre numéro du 2 décembre 1938.

MA POMME. – *Pourquoi les horloges ont-elles des aiguilles, alors qu'elles n'ont pas besoin de coudre ?*

– Toute une histoire, cher M. Ma Pomme… Mais vous n'allez pouvoir me suivre que si vous connaissez cette mythologie pour tous où il est question de ces Parques qui filaient la vie des hommes… De là à saisir pourquoi les horloges ont des aiguilles, il n'y a qu'un pas… J'espère que vous le ferez seul sans les béquilles de mon argumentation…

R. DUBAR, TOULON. – *Pouvez-vous me dire quelle est la durée exacte de « un instant » ?*

– De même que le fameux mètre en caoutchouc s'allonge à volonté dans l'espace, l'instant s'allonge à l'infini dans le temps. Et cette loi, monsieur, suscite toute une philosophie aussi rigoureuse qu'élastique. Aussi, pour nous bien conduire dans la vie, dans la rue et en toute circonstance, ne devons-nous pas ignorer, par exemple, que les instants d'un ministre sont plus précieux que les nôtres, attendu – l'expérience nous le prouve, hélas ! – que telle Excellence qui nous fait dire qu'Elle nous recevra dans un instant, nous rejoint généralement deux heures plus tard, alors que si Elle condescendait à nous rendre visite, nous la recevrions immédiatement. Voilà, monsieur, ce qu'au Grand Siècle, tout honnête homme savait…

Pierre DAC.

Drol' de s'maine – Redis-le Moelleux

Tout à fait entre nous

Je vais vous annoncer une nouvelle – si toutefois Mme Anastasie le permet – que vous serez bien aimables de ne répéter à personne.

Taisez-vous, méfiez-vous, les oreilles ennemies vous regardent et les yeux de l'adversaire vous écoutent.

Alors, hein ! motus et bouche cousue ! Compris ?

Donc, voici la nouvelle, assez sensationnelle d'ailleurs : Nous avons actuellement, en France, une mobilisation générale !

Oui, c'est comme j'ai le grand honneur de vous le dire.

Mais chut ! gardez ça pour vous, des fois que nos voisins d'en face s'en apercevraient !

Et à part ça !

Et à part ça, tout va bien, en somme. Les troupes sont bonnes et le moral est frais.

Mon adjudant est charmant. Comme il lit *L'Os à Moelle*, on comprendra aisément que je le tiens en la plus grande estime, que je le considère comme un grand homme, que je le respecte.

Et tout et tout.

J'ajouterai même que je n'ai jamais rencontré, au cours de ma carrière militaire, un homme plus brave et plus honorable.

Et je suis heureux de pouvoir, ici même, envers et contre tous, lui rendre le grand hommage qu'il mérite.

Surtout, qu'on ne m'accuse pas de manier la brosse à reluire et de vouloir lui cirer ses bottes.

Je le pense comme je le dis et je le dis comme je le pense.

Parole de mobilisé !

Ah ! les braves gens…

Allons bon ! voilà qu'on m'apprend que, précisément, il n'y a pas d'adjudant à ma compagnie et que je me suis donné, au fond, beaucoup de mal pour rien.

Ça ne fait rien, je ne retire pas ce que j'ai écrit. Les lignes ci-dessus, après tout, peuvent tout aussi bien s'appliquer, hiérarchiquement et respectivement, à mon colonel, mon lieutenant, mon sergent-chef et mon caporal.

Et même, pendant que j'y suis, au général Gamelin.

Ou à M. Édouard Daladier.

Et maintenant ?

Eh bien ! maintenant, amis lecteurs et chères lectrices, on fait comme vous.

On attend.

On attend quoi ? Ça, évidemment, on ne sait pas. Mais c'est un fait, on attend.

◆ *Les grandes sessions de la S.D.L.* ◆

Au Musée de la greffe
EN PASSANT PAR AILLEURS…

Le Vice-Président. – Bonjour, Monsieur le Président. Vous arrivez dans un drôle d'équipage…

Le Président. – Oui, c'est un wagon à bestiaux que j'ai acheté récemment.

Le Vice-Président. – Et ça marche à quoi ?

Le Président. – Au vouvray.

Le Vice-Président. – Au vouvray ?

Le Président. – Oui, vous avez pu remarquer que ce wagon est tiré par deux hommes à moi, qui adorent le vouvray, ce qui fait que la vitesse est proportionnée au nombre de bouteilles de vouvray que ces messieurs ingurgitent.

Riton. – Oui, on se rend compte…

Le Président. – Mais, dites-moi, mon cher Vice-Président, voilà que vous mettez maintenant vos bretelles en guise de cravate ?

Le Vice-Président. – Oui, oui, mais j'ai deux cravates à la place de mes bretelles !

Le Président. – Ah ! tout s'explique ! Qu'est-ce que c'est comme cravates ?

Le Vice-Président. – Des nœuds papillon.

Le Président. – Bon, heureusement que votre pantalon sait se tenir dans le monde, parce que si vous ne comptiez que là-dessus pour qu'il reste en place… enfin, ça vous regarde… À propos, vous vous rappelez sans doute les magnifiques propriétés qui caractérisent notre fameux appareil intersidéral ?… Vous savez que cet appareil est enfermé dans la crypte d'une pyramide que nous avons édifiée afin que les générations futures puissent se rendre compte, dans quelque huit mille années, de notre degré de civilisation. Cet appareil nous permettait de nous déplacer sur-le-champ jusque dans les contrées les plus lointaines et nous donnait également la possibilité de remonter dans les temps passés ou futurs. Cet appareil n'avait qu'un seul inconvénient : c'est qu'il ne nous permettait pas de nous déplacer à plus de quatre. Maintenant que nous avons fondé le Club des Loufoques, nous avons besoin de nous déplacer en corps constitué. Nous avons donc inventé un nouvel appareil encore plus intersidéral que l'autre, mais pouvant contenir 3 000, 4 000 ou 10 000 personnes à notre gré. Notre ami Feuillemolle vient de nous le livrer, car il en est le fabricant et nous allons vous le décrire succinctement. Huissier !

L'Huissier. – À vos ordres !

Le Président. – Mais dites donc, huissier, vous en avez une tête ! Vous avez l'air bien fatigué ! Qu'est-ce qu'il y a ?

L'Huissier. – Mande pardon… ai pris trop dépuratif.

Le Président. – Ah ! Et à quoi vous êtes-vous dépuré ?

L'Huissier. – Au beaujolais !

Le Président. – Je m'en doutais… Allez chercher l'appareil…

L'Huissier. – À vos ordres. Voilà…

Le Vice-Président. – Mais ?…

Le Président. – Mais oui, l'appareil tient dans le creux de la main… Ailes déployées, bien entendu, sans ça on serait obligé de le rechercher au microscope…

Le Vice-Président. – Et… c'est solide ?…

Le Président. – … Entièrement soudé au fromage de tête et rivé au beurre d'anchois…

Le Vice-Président. – Oh ! alors…

Le Président. – Il est d'ailleurs surmonté d'une plate-forme…

Le Vice-Président. – … En plates-côtes ?…

Le Président. – ... D'une plate-forme, dis-je, sur laquelle on peut lire en lettre capitales « DÉFENSE DE MONTER ». C'est là que prendront place tous ceux qui n'hésiteront pas à partager les risques et les dangers de notre apostolat. Grâce à cet appareil, nous allons pouvoir intensifier notre service de reportages et avant que d'aborder la discussion sur la greffe, nous allons inaugurer ledit appareil par une radio-actualité de haute importance. Nous allons nous rendre à Braisette-les-Ligots, dans la Corrèze, où se dispute actuellement le marathon des cochons.

Patausabre. – Ah ! moi, ça m'intéresse, ça, mon petit !

Le Président. – Monsieur Patausabre, ce n'est pas ce que vous croyez ! Il s'agit du record des tours de manège des cochons détenu depuis 1895 par l'Américain Mac Mic John Mac, etc., avec 2 652 tours. Notre compatriote, le vaillant compétiteur Anselme Trugludu, l'as des as des tours de cochon, tente actuellement de ramener chez nous le glorieux trophée ; nous allons donc, sur-le-champ, nous rendre à Braisette-les-Ligots (Corrèze), afin d'assister aux derniers efforts du champion. Quels sont ceux qui veulent venir avec nous ?

Tous. – Moi ! Nous !...

Le Président. – Huissier ! Prenez une pelle et enfournez-moi tous ces gens-là dans l'appareil.

L'Huissier. – Allons... Allez, vous tous... Et tassez-vous un peu !...

Le Président. – Tout le monde est prêt ?

Tous. – Oui.

Le Président. – Allons-y !

(*L'appareil vient de déposer les membres de la S. D. L. sains et saufs au cœur de l'estomac du centre de la foire de Braisette-les-Ligots (Corrèze). La fête bat son plein. On entend, d'ailleurs, la voix des différents forains sur le seuil de leur baraque. Le jeu consiste à attraper le bec de la cigogne et les anneaux sont remboursés.*)

Le Président. – Hâtons-nous ! Hâtons-nous ! À cheval ! À cheval ! Tout le monde à cheval ! Allons rire, allons au manège des chevaux vivants ! À cheval ! À cheval ! Tout le monde à cheval !

Un forain. – Le numéro 8... Le 8... gagne un paquet de biscuits. Préférez-vous une rose en papier ou un filet garni ?

Le Président. – Messieurs, comme vous vous en doutez, tout l'intérêt de ces réjouissances populaires est concentré sur le manège de cochons brevetés où le vaillant Trugludu donne son ultime effort. Approchons-nous...

Tous. – On ne peut pas s'avancer davantage... on écraserait les cochons...

Le Président. – Trugludu, messieurs, en est à son 2 640e tour ; il ne lui reste plus que trois tours pour égaler le record du célèbre Américain dont je ne vous dirai pas le nom, car j'ai déjà eu assez de mal à vous le dire tout à l'heure. Va-t-il tenir jusque-là ? Allez, vas-y, Trugludu ! Pense à ta mère !… Mes chers auditeurs, je crois que l'évocation de Mme Trugludu mère vient d'insuffler des forces nouvelles à Trugludu fils, qui en met un coup terrible. Écoutons le speaker officiel de la F.I.D.C., c'est-à-dire de la Fédération Internationale des Cochons.

Tous. – 2 650 tours !

Le Président. – Trugludu, malgré sa volonté farouche de vaincre, peine visiblement. Le cerveau aurait-il raison de la défaillance musculaire ? Oh ! il est presque arrêté… une faiblesse sans doute… Ah ! un de ses soigneurs vient au passage de lui jeter un énorme seau vide sur le crâne, tandis qu'un autre lui montre au bout d'une perche la photo de son arrière-grand-père en costume de caporal fourrier aux zouaves lors de la prise de la smalah d'Abd-el-Kader ! Réconforté par le seau et l'âme exaltée par la vision héroïque de la photo de son zouave d'arrière-grand-père, Trugludu repart de plus belle.

Tous. – 2 651 tours !

Le Président. – 2 652 tours ! Le record est égalé ! Pourra-t-il main-tenant tenir encore un tour pour battre le record ? L'instant est palpitant ! Les respirations sont arrêtées, les montres aussi ; le voilà qui repasse devant nous : le juge d'arrivée lève déjà son drapeau… plus que 2 mètres… 1 mètre 10 centimes… 1 mètre 75… ça y est ! Il est sur la ligne d'arrivée !

L'Arbitre. – 2 653 tours ! Le record du monde de tours de cochon est battu par Trugludu en 3 ans, 6 mois, 4 jours, 5 heures, 65 minutes, 30 secondes et 2 cinquièmes…

Le Président (s'adressant au vainqueur). – Au nom de la S.D.L. et en mon nom propre, je vous félicite, Trugludu…

Trugludu. – Ah !… je… ah ! je suis très content d'avoir ramené chez nous le record mondial du tour de cochon…

(*Un léger incident vient de se produire. M. Anselme Trugludu vient de tomber en s'emmêlant dans sa barbe qui lui descend jusqu'aux pieds, car il y a trois ans et demi qu'il ne s'est pas rasé.*)

Le Président. – Allons, relevez-vous, mon cher Trugludu… Et, dites-moi, ça n'a pas été trop dur ?

Trugludu. – Oh ! si, quoique j'étais bien préparé ; les deux premières années, ça a été à peu près, mais la dernière a été particulièrement difficile…

Le Président. – Et comment vous nourrissiez-vous, car, d'après le règlement, vous n'avez pas le droit d'être ravitaillé en course ?

Trugludu. – Bé ! je me nourrissais sur la bête...

Le Président. – Comment ça ?

Trugludu. – Oui, chaque jour je prélevais sur mon cochon de monture la quantité nécessaire à ma subsistance.

Le Président. – Mais, en quoi était-il, votre cochon ?

Trugludu. – En carton-pâte.

Le Président. – Ah ! Et c'est bon ?

Trugludu. – Ben, à l'huile et au vinaigre, ça peut passer... Dans les premiers temps, j'avais les bons morceaux, mais dans les dernières semaines, il ne restait plus grand-chose, et voyez, aujourd'hui, il était temps que ça finisse, j'ai mangé ce matin le dernier ressort... il est vrai qu'il était à boudin... et avec un peu de moutarde, c'est pas mauvais.

Le Président. – Eh ! dites-nous, Monsieur Trugludu, vous avez sans doute d'autres records à votre actif ?

Trugludu. – Certainement, c'est moi que je suis le recordman de l'heure du copeau.

Le Président. – Comment ?

Trugludu. – Oui, j'ai réussi à établir ce record sur établi avec 2 792 copeaux de merisier dans l'heure et dans le département du Tarn...

Le Président. – Quel appareil aviez-vous ? Un rabot ?

Trugludu. – Non, une varlope

strictement de série, catégorie deux litres et demi de cylindrée.

Le Vice-Président. – M. Trugludu doit connaître le Musée de la Greffe ?...

Trugludu. – Mais oui, au greffe... de la justice de paix...

Le Vice-Président. – Ah ! c'est juste... mais ça a changé, dans le temps c'était dans un poste d'aiguillage du côté de la gare du Nord.

Le Président. – Oui, mais il y a eu expropriation, alors depuis, c'est là...

Le Vice-Président. – Nous allons demander aux membres du Club s'ils veulent nous y accompagner. Alors, là-dedans, vous venez ?

Tous. – Non !

Le Président. – Bon, tout le monde est d'accord, partons...

(*Pour la seconde fois au cours de cette mémorable journée, l'appareil donne la mesure de ses possibilités... Il vient de se poser devant le greffe du Musée de la Greffe, c'est-à-dire – comme on s'en doutait – devant une crèmerie... Le crémier s'avance vers les arrivants...*)

Le Crémier. – Bonjour, Messieurs, vous désirez : crème fraîche, fromage de Monsieur, œufs du jour ?...

Le Président. – Non, merci, Monsieur, nous cherchons le Musée de la Greffe...

Le Crémier. – Ah ! parfaitement, Messieurs ! C'est dans l'arrière-boutique, le Conservateur vous attend...

Le Président. – Il nous attend ? Il était donc prévenu de notre arrivée ?

Le Crémier. – Non, mais... il attend toute la journée, alors que ce soit vous ou d'autres, il attend toujours quelqu'un... Mais, entrez donc, Messieurs, entrez donc... Monsieur le Conservateur !... Il y a du monde pour vous !

(Ils passent dans l'arrière-boutique où est installé le Musée de la Greffe, dont l'agencement est assez curieux. Le Conservateur, M. Dupetit-Grandjean, est confortablement installé dans un énorme saladier de crème chantilly, dans laquelle il paraît se trouver comme chez lui... et c'est d'ailleurs très normal, M. Dupetit-Grandjean étant auparavant Conservateur du Musée de Chantilly.)

Le Président. – Monsieur le Conservateur, nous venons pour le Musée de la Greffe...

Le Conservateur. – Ah ! parfaitement... Eh bien ! Messieurs, voilà. Nous avons réuni les spécimens les plus marquants résultant de la greffe animale ou horticole. Je ne vous dirai pas ce que c'est que la greffe, qui est une opération qui consiste à insérer une partie vivante d'un végétal... heu... lequel végétal, à force de végéter, finit par avoir des végétations qui nécessitent une opération... qui... heu... a pour résultat de... heu... enfin,

voulez-vous un bon camembert fait à cœur...

Le Président. – Je vous remercie, Monsieur le Conservateur, mais parlez-nous de la greffe ?

Le Conservateur. – Eh bien ! voilà... il y a quatre sortes de greffes : la greffe par approche, la greffe par rameaux, la greffe par bourgeons et la greffe herbacée...

Le Président. – Ah ! oui, oui... et qu'est-ce qui différencie ces quatre greffes l'une de l'autre ?

Le Conservateur. – Ben, c'est pas la même chose... quoi, vous comprenez... il est indispensable, pour que la greffe porte ses fruits, de faire des ligatures soit au raphia, à la laine, au fil fouet, à la salade russe, au... à la... enfin... faut que ce soit bien lié, quoi... enfin, voulez-vous un bon chabichou ; il en reste là des stocks américains... on vous fera un prix...

Le Président. – Messieurs, écoutez, Monsieur le Conservateur, je vous en prie !

Le Conservateur. – Ah ! j'oubliais... dans la greffe, il est très important d'utiliser les mastics à greffer pour faire des pansements destinés à empêcher un desséchement trop profond des tissus au voisinage de la greffe.

Le Vice-Président. – Ah ! oui... et comment se font ces mastics ?

Le Conservateur. – Eh bien ! voilà. Pour les mastics à base de résine ou d'alcool, vous étalez sur un journal d'opinion neutre, si possible, trois jaunes d'œufs battus en neige, que vous liez...

Riton. – Avec une ficelle ?

Le Président. – Ne faites pas attention aux bourdes de mon ami Riton... Parlez-nous plutôt, Monsieur le Conservateur, de votre fameuse greffe sur meubles...

Le Conservateur. – Eh bien ! vous prenez une armoire en ronce de noyer, par exemple, vous incisez un des panneaux et vous introduisez dans l'entaille un bout de suspension ou de buffet Henri-II, selon votre goût. Vous ligaturez avec une bande de linoléum femelle et vous attendez patiemment le résultat de cette conjonction.

Le Président. – Et pour les plantes ?

Le Conservateur. – C'est pareil, mais avec d'autres éléments ; c'est ainsi que le croisement de la lèchefrite avec le concombre adulte donne généralement un ocarina frisé particulièrement apprécié des joueurs de cornemuse.

Le Président. – Merci beaucoup, Monsieur le Conservateur, mais, en vous regardant bien, est-ce que vous n'avez pas fait un essai de greffe sur vous-même ?

Le Conservateur. – Si fait, Messieurs, je me suis fait greffer une oreille à la place du nez et le nez à la place de l'oreille.

Le Président. – Et ça ne vous gêne pas ?

Le Conservateur. – Oh ! ben, c'est-à-dire que j'écoute avec les narines et je me mouche avec la trompe d'Eustache... mais on s'y fait, c'est une affaire d'habitude...

Le Président. – Alors, si je comprends bien, en ce moment, vous écoutez les fromages ?

Le Conservateur. – Oui... même que je les écoule à l'occasion... Voulez-vous un peu de râpé... j'en ai du tout frais... qui remonte à la campagne de Crimée... Et puis, pas cher... au prix où est le camembert !

Le Président. – Non, merci, ça me suffit comme ça... et en vous examinant de plus près, je serai porté à croire qu'en fait de Conservateur vous n'êtes qu'un vulgaire crémier qui cherche à faire son beurre...

VAN DEN PARABOUM.

FAITS-divers

En application de la doctrine hitlérienne, à partir de dorénavant, les déclarations de guerre ne seront signifiées qu'au moment de la signature de la paix.

Un bataillon de chasseurs à pied ayant entendu dire que la chasse était fermée, s'apprêtait à rentrer dans ses foyers.

Après une verte semonce, tout est rentré dans l'ordre.

Une erreur de tactique

Les informations météorologiques
au service de la défense passive

Par ordre supérieur, il a été décidé qu'il ne serait plus publié de prédictions météorologiques, et ceci pour des raisons de défense nationale.

Erreur, grave erreur.

En effet, que craint-on :

Que l'ennemi tienne compte des informations naïvement fournies pour l'organisation de ses raids aériens ?

Alors ? Eh bien ! il n'y a qu'à publier des fausses prévisions et, telles qu'elles découragent toute intention de vols nocturnes.

Nous sommes vraiment surpris qu'on n'y ait pas pensé en haut lieu.

Pour décourager les raids de l'aviation ennemie, voici, pour la semaine qui vient, nos fausses prévisions météorologiques :

État général : franchement mauvais.

Vitesse du vent : 350 kilomètres par seconde et par homme.

Visibilité : nulle.

Plafond : en mauvais état et au ras du sol.

Temps : régions nord, sud, est, ouest, centre, nord-est, nord-ouest : pluies diluviennes, orages, neige, verglas, éclairs de chaleur, sirocco, simoun, tramontane ; brise marine, trombes et typhons d'eau de Seltz.

Région parisienne : la même chose, mais en beaucoup plus moche.

Littoral : nuages de sauterelles et de bacon.

Une heure dix avec...

Bossuet

Un journal sans interview, c'est un peu comme une palette sans lentilles... Nous avons donc décidé de publier des interviews, mais pas des interviews ordinaires. Car, ne l'oublions pas, il y a interviews et interviews, comme disait le marchand de fraises qui vendait du tilleul en guise de jumelles à prismes.

Nous ne voulons, en aucune manière, marcher sur les brisées de nos confrères, qui ont chaque jour l'occasion d'interviewer les personnalités contemporaines les plus en vue.

Nous avons donc décidé d'interviewer des personnages célèbres, que vous connaissez seulement de réputation puisqu'ils ont disparu depuis déjà un bon bout de temps.

Grâce à la science de nos ingénieurs, nous avons pu installer dans nos bureaux un appareil qui nous permet de matérialiser de manière totale et absolue les gloires du passé. Voici d'ailleurs les principales caractéristiques de cet appareil : à vrai dire, ce n'est pas précisément un appareil, mais c'est tout de même un appareil... Il affecte la forme d'un trapèze hélicoïdal, tronçonné au pas de vis universel. Le cadre est lumineux ou obscur, suivant qu'il est allumé ou éteint. Signalons au passage qu'il fonctionne sur tous courants, sauf l'alternatif, le continu et le triphasé. En un mot comme en huit, cet appareil est tellement délicat que c'est à peine si nous osons y toucher nous-même.

Mais nous y touchons tout de même, et la preuve, c'est que mercredi dernier, par son truchement et par son intermédiaire, nous avons pu matérialiser M. Bossuet, l'évêque bien connu, qui a bien voulu nous accorder, en exclusivité, un entretien au bar de notre bureau.

Dès qu'il fut matérialisé, M. Jacques-Bénigne Bossuet, l'Aigle de Meaux, nous salua avec un *ave* ; un *ave* d'ailleurs plein de douceur et d'onction.

Il voulut bien se prêter avec une extrême bonne grâce à nos questions :

– Nous sommes heureux de saluer en son... enfin... le plus fort...

– Vous avez raison : l'oraison du plus fort est toujours la meilleure.

– Elle est bien bonne. Mais vous paraissez très gai, monsieur Bossuet ?

– Moi, je suis le roi des farceurs.

– Pourtant, si nos souvenirs sont exacts, vous faisiez bien, de votre temps, dans l'oraison funèbre ?

– Bien sûr, pour me tempérer...

– Vous tempérer ?

– Eh oui... J'étais tellement gai que je passais mon temps à rigoler ; alors, vous comprenez que, dans mon métier, je me serais fait remarquer. J'ai eu l'idée de faire de l'oraison.

– Et vous avez réussi !

– Ah ! pour ça, je n'ai pas à me plaindre, et mes clients non plus, car j'ai toujours bien fait les choses...

– Et en ce moment, ça va ?

– Non, pas trop. Vous savez, c'est la morte-saison...

– Et alors ?

– Alors, je me livre à quelques travaux à côté. Je fais des épitaphes. Si vous voulez, je vais vous en réciter quelques-unes.

À UN BORGNE

Ci-gît monsieur de Montorgueil
Qui, pour y voir, n'avait qu'un œil.

N'y voyait déjà pas beaucoup…
Maintenant, n'y voit plus du tout !

À UN MENUISIER FATIGUÉ

Quand il te fallait travailler
Dans le bois, à ton atelier,
Tu voulais toujours en partir…
Mais à présent, c'est bien changé…
On ne peut plus t'en faire sortir…

À UN MISANTHROPE

Jadis, du temps de ton vivant,
Tu fuyais les bals et les fêtes,
Tu n'aimais pas les tête-à-tête…
Eh ben, maint'nant, te v'là content.

À UNE VÉGÉTARIENNE

Ici repose Dame Go,
Qui vivait en végétarienne.
La pauvre n'a vraiment pas de veine,
Sur sa tombe il y a : ci-gît Go.

– Bravo, monsieur Bossuet !
– Mais avant de vous quitter, monsieur, et pour vos amis et connaissances, voulez-vous me permettre de vous laisser mon catalogue de prix courants, dont voici quelques extraits :

PRIX COURANTS D'ORAISONS FUNÈBRES

Derniers tarifs (65 % de majoration).

Oraison riche : article solide, somptueusement décoré de fleurs de réthorique les plus rares, avec éloge du défunt et des héritiers. Livré à domicile : 683 francs.

Oraison vengeresse : à l'usage des héritiers frustrés ou mécontents, comprenant un éreintement systématique du disparu, en même temps que l'apologie du désintéressement desdits héritiers. Article de confiance. Livré en cave : 482 fr. 75.

Oraison amusante : avec anecdotes gauloises, couplets grivois, bons mots, calembours, farces et attrapes : 72 fr.

La même, avec projections lumineuses et tours de cartes : 86 francs.

Oraison pour sourds-muets : tout en gestes, pantomime et mimique, avec mouvements rythmiques et télégraphie optique : 18 francs.

Oraison spéciale pour gens du milieu : entièrement écrite en argot, avec orchestre musette, comprenant : accordéon, harmonium, trompettes de cavalerie et lessiveuse en *la* bémol : 250 francs.

Et enfin :

Oraison standard : pouvant servir dans toutes les circonstances : mariages, baptêmes, service militaire, banquets, réunions électorales et crises ministérielles : 12 sous.

Ces oraisons sont payables à tempérament, soit : un tiers à la commande, un tiers à la livraison, et le reste en douze, quinze ou dix-huit mensualités.

C'est sur ces ultimes précisions que se termina notre entretien avec M. Bossuet.

Malheureusement, par suite d'une panne de notre appareil encore pas très au point, nous ne pûmes redématérialiser M. Bossuet, qui profita de l'occasion pour aller faire un petit tour sur les grands boulevards.

Si, par hasard, vous rencontrez un aigle violet sur le toit d'une maison, c'est sûrement M. Bossuet. Nous vous serions alors très obligé de lui dire que l'appareil étant réparé, nous nous tenons à sa disposition pour lui faire réintégrer son séjour champs-élyséen.

Jacques ALLAHUNE.

PICHEGRU a dit :

Les populations civiles, riveraines, limitrophes et périphériques sont invitées à se remémorer, au moins pendant dix minutes par vingt-quatre heures, les paroles suivantes attribuées au général Pichegru :

« Il est extrêmement rare qu'un projectile explose en dehors du moment précis où il éclate. »

Retour à la terre

M. Edouard Herriot, président de la Chambre, a quitté la capitale pour se retirer à Lyon.

On ignore les motifs de cette détermination. Le plus plausible est que, découragé par la persistance du chômage qui sévit à Paris dans la profession parlementaire, M. Édouard Herriot aurait décidé de s'établir à son compte dans sa ville natale.

PARISIENS

Ne vous laissez pas prendre au dépourvu !

Retenez vos places à l'avance dans les abris !

Location ouverte de 9 heures à 11 heures dans les bons débits de coaltar fumé.

Nous serions particulièrement reconnaissant à tout quidam désireux de se défaire d'un piano mécanique de bien vouloir ne pas nous en informer.

Ça ne nous intéresse en aucune manière.

Après le luth... c'est la lyre

Stratèges, à vos chambres

Ah ! Ah !
vieilles connaissances
qu'on croyait à jamais
disparues

et que la fantaisie
macabre
d'un voyou
gammé

réveille,
on va vous revoir,
chers vieux idiots...
. . . .
à nouveau
vous allez
livrer
de décisifs combats
à grands coups
de pyrogène
et d'allumettes
suédoises
lesquelles,
du fait
de leur nationalité,
conserveront
au moins
la neutralité !...
. . . .
stratèges en chambre,
stratèges de café,
vous allez vous
couvrir de gloire,
sans toutefois
oublier
de boire,
car la stratégie
donne soif
et n'est nullement
incompatible
avec la limonade...
. . . .
vous allez
aussi
comme dans la dernière
donner
des
conseils

à ceux qui combattent...
vous leur direz :
à votre place,
je ferais comme ceci
ou cela,
mais de toute manière
toujours autrement ;
et vous aurez de ces
belles sentences
définitives
telles que :
« on ne fait pas d'omelette
sans casser d'œufs »,
vous réjouissant,
en votre for intérieur,
de ne pas être de ces œufs
dont on fait les omelettes !
. . . .
Et puis, votre devoir
accompli,
après avoir réglé
sinon les consommations,
du moins
le sort
de l'ennemi,
vous rentrerez
chez vous,
filer vos mornes
nuits,
loin du bruit
et du danger...
. . . .
Enfin, il faut bien
qu'il y ait des imbéciles,
ne serait-ce
que pour déplorer
leur existence !

Pierre Dac.

177

En raison de l'état de siège

La Fédération Nationale des Établissements de bains-douches informe son aimable et fidèle clientèle que, à dater du 6 septembre, aucun autre bain ne pourra être donné en dehors des bains de siège.

AVIS
ASSEZ IMPORTANT

Toute personne ou tout individu détenteur d'une montgolfière, même usagée, est tenu d'en faire la déclaration, immédiate et sans délai au commissariat de son quartier.

AVIS IMPORTANT
ON RECHERCHE

Recherchons, mort ou vif,
Le dénommé Adolf,
Taille 1 m. 47,
Cheveux bruns avec mèche sur le front.
Signe particulier :
Tend toujours la main, comme pour voir s'il pleut.
Signe spécial, le seul le rapprochant un peu d'un être humain :
moustaches à la Charlot.
Énorme récompense.

Comment prévoir le temps quand l'O. N. M. se tait

Rien de plus facile, jusqu'ici, que de répondre à cette question. Il suffisait à tout un chacun de consulter son journal habituel. Celui-ci annonçait-il une journée ensoleillée, vous pouviez prendre à tout hasard votre parapluie. Prévoyait-il, au contraire, des averses, vous saisissiez d'une main assurée l'arrosoir de service pour aller humecter quelque peu les salades du jardin.

L'interdiction récemment faite à la presse de publier des informations météorologiques a malheureusement changé tout cela.

Pour savoir ce que seront les températures à venir, le citoyen français ne doit plus compter que sur ses propres moyens.

Nous croyons donc être utiles à ceux de nos lecteurs qu'intéresse la question en leur dévoilant le petit truc ci-après :

Procurez-vous tout d'abord les trois indispensables objets suivants : un bocal, une grenouille et une échelle.

Échelle, bien entendu, à l'échelle du bocal et aussi de la grenouille.

Introduisez ensuite échelle et grenouille dans le bocal, puis mettez-vous en observation.

Voyez-vous la grenouille monter à l'échelle, il fera beau.

Est-ce, au contraire, l'échelle qui monte à la grenouille, alors vous pouvez vous attendre aux pires perturbations météorologiques.

C'est simple, mais il fallait y penser !

Il faut penser à tout
De la manière de répondre aux espions

Voici quelques conseils qui sont, on s'en rendra compte, de la plus haute importance, en un temps où l'espionnage prend des proportions dangereuses et inusitées.

Si un espion vous demande, par exemple : « À quel régiment appartenez-vous ? », répondez sans hésiter, mais à voix basse : « Douze francs le quintal. »

Si l'espion connaît son métier et le chiffre du code secret, il saura immédiatement à quoi s'en tenir.

De même, s'il cherche à connaître l'emplacement de votre unité, répondez-lui : « En 140 de large mercerisé », et ainsi de suite.

Mais – et nous nous excusons d'insister là-dessus – nous rappelons qu'il est formellement interdit, sous peine des sanctions les plus graves, de communiquer ces renseignements à tous autres espions qu'aux espions officiels, dûment mandatés et accrédités et porteurs de la carte d'espion, modèle 4176 RL 8, délivrée, au recto par le Ministère de l'Agriculture, et au verso par l'ingénieur des Poids et Mesures.

PETITES ANNONCES

AVIS ET CORRESPONDANCES

Monsieur obèse recherche personnes ayant embonpoint afin de se créer compagnie de défense poussive.

Jeune femme, élégante cherche pour mariage homme bien, riche, travaillant dans bas de soie, ayant réduction sur fards, chaussures, lingerie fine, etc.

OCCASIONS

Champ magnétique bien situé, 2 pôles. À vendre pas très cher.

Machine a écrir, fésant aixplausion dé q'un fai une fote d'ortograffe. Prit : 2 500 fr.

Ayez l'air d'un vrai Poilu en fumant la pipe du Prof. Trugludu, la seule s'adaptant sous le masque.

DÉFENSE PASSIVE

On demande personnes maniant bien le lance-pierres pour extinction complète et subite des lumières non camouflées.

DEMANDES D'EMPLOIS

Jeune homme très scrupuleux, cherche place chez monsieur sans scrupules, mais riche, pour échange.

VILLÉGIATURES

Passez vos vacances paisibles au Tibet, séjour agréable dans la paix et la tranquillité, le séjour à forfait : 19 776 fr. 55.

L'OS à MOELLE

NUMÉRO 81 – VENDREDI 24 NOVEMBRE 1939

La Grande-Bretagne reconnaît l'annexion de l'Albanie par l'Italie. À Prague, des étudiants tentent une insurrection aussitôt étouffée par les SS. Plus d'une centaine de ces jeunes sont fusillés à titre d'exemple par la Gestapo. Pendant ce temps, en France, la « drôle de guerre » se poursuit au quotidien, avec ses petits tracas. On se préoccupe essentiellement de l'intendance, du règlement, de l'uniforme, de la bonne connaissance des abréviations en vigueur, des distractions et permissions. On ne pense pas à l'avenir. Ou plus exactement, on préfère ne pas y penser...

Edito

Mon premier reportage aux armées

par Pierre DAC

Il y a quelque temps, j'avais invité les armées à venir chez moi ; quoique sensible à ma proposition, le Haut Commandement me fit cependant comprendre que, pour l'instant et pour des raisons de convenances personnelles, la chose était difficilement réalisable et que, peut-être, il était souhaitable que l'opération s'effectuât en sens inverse. Je me rendis sur-le-champ à ces raisons aussi valables que péremptoires et, en compagnie de Lucienne Boyer, Gisèle Casadesus, Denis d'Inès et une compagnie d'illusionnistes, je m'acheminai donc vers les armées. De concert et en groupe, nous allâmes donc chanter et jouer en divers endroits portant tous le nom de « quelque part ».

Je ne vous décrirai pas par le menu – le menu militari, bien entendu – ce que furent ces représentations ; pour en recréer le climat et l'atmosphère, il me faudrait écrire avec mon cœur ; comme il n'est pas très commode de transformer cet organe en stylographe, je préfère m'abstenir.

Tout ce que je peux vous dire c'est que nous avons joué devant des salles telles que j'en souhaite aux plus grands artistes du monde, car je ne pense pas qu'il puisse en exister de plus belles. Je n'insisterai pas : la langue française pourtant si riche ne contenant pas les mots suffisants pour traduire mes sentiments. Ni le mode lyrique ni le mode héroïque ne seraient de saison. On s'est retrouvé, le contact s'est établi et tout le reste n'a été qu'un miracle de simple amitié fraternelle.

Cependant, je ne pouvais pas revenir comme ça ; j'ai donc eu quelques entretiens fructueux avec les copains qui ont bien voulu me faire leurs confidences et me confier leurs desiderata.

– C'est bien vrai ? m'ont-ils demandé.

– Quoi donc ? que j'ai interrogé.

– Ben, voyons ? qu'ils m'ont refait. C'est bien vrai que Sacha Guitry a offert une ambulance à l'armée ?

– Bien sûr, que j'ai répondu.

Alors, j'ai assisté à un spectacle extraordinaire : toute une division à genoux devant les médecins-majors, suppliant ceux-ci de l'évacuer pour lui permettre d'aller passer quelques jours dans la fameuse ambulance ! « Et, dites bien au Maître, me recommanda un lieutenant de chasseurs commandant un groupe franc, que nous Lui sommes profondément reconnaissants, que nous ne savons comment Lui témoigner notre gratitude, comment Le remercier de Son geste digne de l'Antique, car tout ce que nous avons fait, tout ce que nous pourrons faire dans l'avenir, n'est que de la bière à basse pression comparé à Sa magnanime conduite ; dites-Lui encore que si Lui et Sa dame ont besoin de quoi que ce soit, tel que : chaussettes de laine, chaussettes à clous, sacs de couchage, sacs en papier, passe-montagnes, passe-lacets, conserves de coups de matraque, etc., nous demanderons à nos familles d'emprunter de l'argent pour qu'ils puissent se l'acheter. »

Ému jusqu'aux gencives, je promis de faire la commission ; c'est chose accomplie, et ce sera la fierté de ma vie d'avoir été chargé d'une si noble mission.

Avant de nous séparer, je posai encore une timide question : « Est-ce que le ravitaillement est normal ? – Oui », répondirent-ils. Enhardi, je me risquai alors à demander : « Lorsque vous êtes dans les cantonnements, avez-vous de la sciure ? » Mes camarades baissèrent la tête et dans leurs yeux passa comme le reflet d'un fugitif regret, cependant qu'ils gardaient un silence gêné et lourd de reproches.

– Allons, voyons, insistai-je, confiez-vous à moi.

Alors un jeune brigadier-chef, prenant la parole au nom de ses camarades, murmura d'une voix éteinte : « Non, nous n'avons pas de sciure. »

Ainsi donc, malgré les différentes campagnes menées énergiquement par moi pour la répartition de la sciure aux armées, malgré les promesses formelles qui me furent prodiguées en haut lieu, rien n'a encore été fait ! C'est une chose inouïe, inconcevable, incompréhensible !

Que fait l'Intendance ? Pourquoi cette inertie systématique ? Où veut-on en venir ? Que nous cache-t-on ? Ah ! Messieurs, prenez garde ! L'armée a besoin de sciure ! Elle en réclame ! Elle en exige ! Elle sait que la sciure est un élément vital qui lui est indispensable, ainsi que je l'ai démontré dans un récent article. Puisqu'il faut enfoncer encore davantage le clou dans la sciure, j'emploierai tous les moyens en mon pouvoir pour y arriver jusqu'à ce que le résultat final couronne mes efforts. Vous tous, mes camarades, avec qui je viens de passer de si belles heures, comptez sur moi ; je mènerai le bon combat, et si d'ici peu je n'obtiens pas pleine et entière satisfaction, je fais le serment solennel, non seulement de me faire Chleuh, mais encore d'entrer en qualité de chef d'îlot dans une manufacture de soufflés aux plates côtes.

Et maintenant, au travail. Vive la sciure, une, imputrescible et indéfectible !

Courrier OSFICIEL
de notre président

PROFESSEUR LOCH-HARD (GRAND PRIX NOBEL DE NAGE). – *Préparant depuis vingt ans mon agrégation de prothèse dentaire, je suis arrêté au moment où je touche au but par un accident terrible.*

Pendant que je travaille le soir, mon poste a tellement de parasites qu'il m'est impossible de m'entendre penser...

Que dois-je faire... L'entourer de saucisses ? Peindre dessus une croix rouge ou bien le camoufler avec des salades ?

– Procurez-vous, mon cher maître, chez le quincaillier du coin, quelques bonnes batteries contre avions, prenez quelques servants à votre solde et deux ou trois pilotes de chasse (avec leurs appareils) en subsistance, et poursuivez vos austères travaux en paix.

Pierre DAC.

Drol' de s'maine — Redis-le Moelleux

Le trac des tracts

Les Parisiens ont connu de nouvelles alertes, ces jours derniers, pour la plus grande joie des chefs d'îlot qui – il faut bien le dire – commençaient à se faire des cheveux…

Les avions ennemis, bien sûr, n'ont lancé que des tracts, mais il paraît qu'un homme a été blessé quand même, un aviateur allemand ayant oublié de déficeler son paquet de tracts avant de le larguer.

Et dame, comme ça pèse au moins un kilo, ça n'est tout de même pas drôle de le recevoir sur le coin de la figure.

Parisiens, comme le préconisait jadis notre ami Toutoule dans un dessin de Pruvost, ne sortez jamais sans emporter – outre le masque à gaz – votre corbeille à papier.

Elle remplacera avantageusement votre chapeau mou et sera plus utile.

Bombardement en nature

Les Allemands, eux, ont plus de chance que nous. On annonce, en effet, que la Royal Air Force, au cours d'un raid récent, a lâché des ballonnets auxquels était suspendu un sac de café.

Ceci, pour faire comprendre à nos voisins d'en face que, s'ils voulaient se débarrasser de leurs gouvernants, ils pourraient avoir autant de sacs de café semblables qu'ils en désireraient.

Drôle de guerre, tout de même !

À quand les torpilles en chocolat, les obus à la vanille et les shrapnells en crème fouettée ?

Vous verrez que les établissements Damoy et Félix Potin iront bientôt s'installer au Creusot.

Après la guerre des nerfs, voici celle de l'estomac !

Le criminel de Munich

L'attentat de la semaine dernière a provoqué en Allemagne une vive activité de la Gestapo.

Et, dans le but de faciliter les recherches, les Allemands communiquent le signalement du « criminel de Munich ». Nos journaux l'ont reproduit, mais, chose curieuse, il ne correspond nullement à celui que nous pensions.

En effet, il n'y est point question de la fameuse mèche et de la petite moustache à la Charlot.

Ces deux signes particuliers, pourtant, nous paraissent essentiels.

Imitation difficile

La radio anglaise a fait une expérience originale. Elle a essayé d'imiter la voix d'Hitler. Eh bien ! on a pu constater qu'il fallait au moins trois personnes pour hurler aussi fort que le Führer.

Nous autres, à L'Os à Moelle, nous avons tenté une seconde expérience. On s'est efforcé d'imiter le maréchal Goering. Il a fallu exactement six personnes de corpulence moyenne et 1 546 uniformes.

Quant à ce qui est d'imiter Goebbels, nous avons dû y renoncer. En effet, nous n'avons pas trouvé assez d'ânes dans le quartier.

Il en manquait au moins une bonne douzaine !

Self-control

Que pensez-vous de ce député anglais qui, pour vérifier le fonctionnement de la poste aux armées, s'est fait expédier au front par colis postal ?

Personnellement, je trouve ça très original et de *first* bourre, comme dit notre président Pierre Dac lorsqu'il essaye de parler anglais.

Mais quel courage !

C'est un peu comme si un général se faisait cuire dans une roulante pour se rendre compte de la saveur du rata.

Quant à moi, j'ai bien envie de me faire expédier à Paris en télégramme avec réponse payée.

Histoire de voir si le service fonctionne bien.

Prix Nobel

Ce sont deux Allemands qui ont reçu le Prix Nobel de Chimie.

On ignore encore si le Prix Nobel de la Paix sera décerné à Adolf Hitler ou à Staline.

Au sujet des abréviations

L'Os à Moelle, dont le désir constant est de tenir ses lecteurs au courant de toutes les choses qui méritent d'être connues, a fait un gros effort, ces temps derniers, pour la vulgarisation des abréviations militaires et assimilées.

L'abréviation est utile, voire indispensable, et son emploi, à notre avis, est encore par trop restreint. On abrège un mot, un titre, pourquoi donc, alors, n'abrégerait-on pas des phrases entières ? Que de temps de gagné, que d'économies de papier. Veuillez, d'ailleurs, à titre d'exemple, vous reporter au petit conte suivant :

L. P. F. J.
C'E.U.C.E.   S.P.R.N.L.D.J.U.S.U.J.,   E.R.U.V.M.Q.L.D. :   « V.M.V.,
J.T.D.T.C.Q.T.V. » E.Y.V. M.L.V.M.N.L.D.P.D'A., C.I.N'A.P.D.M.
M. :
M.-V.D.V.M.Q.T.D.L.R…

Et voici le texte intégral :

LA PETITE FILLE JOLIE

C'était une charmante enfant. Ses parents ruinés ne lui donnaient jamais un sou. Un jour, elle rencontra un vieux monsieur qui lui dit : « Viens me voir, je te donnerai tout ce que tu voudras. » Elle y vint. Mais le vieux monsieur ne lui donna pas d'argent, car il n'avait pas de monnaie.

Moralité :
Méfiez-vous des vieux messieurs qui traînent dans les rues.

Avouez que c'est tout de même mieux en abréviations.

Est-il possible de se chauffer sans charbon et sans le concours d'appareils fonctionnant à l'électricité, au gaz, au bois ou tous autres succédanés ?

Nous pouvons affirmer catégoriquement que oui, et en particulier dans la période comprise entre le 1er juin et le 15 septembre de chaque année, même bissextile.

Pour les autres mois, nous ne saurions mieux vous conseiller que de vous adresser à votre bougnat habituel, qui vous donnera tous renseignements complémentaires dont vous pourriez avoir besoin, le cas échéant.

Après le luth, c'est la lyre

Le sandwich invisible

À Denis d'Inès,
en toute amitié.

En ces temps
troublés
Où l'espionnage
est élevé
au biberon
et à la hauteur
d'une institution,
le sandwich
invisible
n'est-il pas
d'une incontestable
utilité ?

. . . .

Mais,
demanderont
les gens curieux
avides
de précision,
qu'est-ce que c'est
que le sandwich
invisible ?

. . . .

C'est bien simple :
le sandwich invisible,
c'est un sandwich
au rosbif,
sans rosbif
et sans pain.

. . . .

Est-il possible
de rêver
nourriture
plus synthétique ?
je ne le pense pas.

. . . .

Mais pourquoi,
interrogeront peut-être
les personnes
soucieuses
d'objectivité mathématique,
pourquoi
parler ainsi
d'une chose
qui équivaut à rien ?

. . . .

Mon Dieu,
pour rien
et, par les temps qui courent,

parler de rien
c'est déjà quelque chose !...

Pierre DAC.

Une étrange anomalie

Pourquoi censure-t-on uniquement les articles de journaux et jamais les articles de bureau ?

Mais oui, nous le demandons comme ça à M. Giraudoux, et nous serions bien curieux de savoir ce qu'il en pense.

Car, enfin, en toutes choses, il est préférable de s'attaquer plutôt à la cause qu'à l'effet. Or, si l'on censurait les articles de bureau, il est infiniment probable que les journalistes se trouveraient bientôt placés dans l'impossibilité d'écrire leurs articles, du fait de la suppression totale ou en partie de leur matériel.

Ainsi, de la sorte, et somme toute, le mal serait étouffé dans la racine de l'œuf, ou dans l'œuf de la racine, et peut-être même dans les deux à la fois.

Un peu de logique

Qu'est-ce qui s'use le plus vite dans une chaussure ?

C'est la semelle.

Pourquoi la semelle s'use-t-elle plus rapidement que le reste ?

Parce que la semelle se trouve placée à l'extérieur de la chaussure, ce qui la met en contact permanent avec le sol, d'où usure et frais de ressemelage y afférents.

En conséquence, le jour où les fabricants comprendront qu'il suffit de mettre la semelle à l'intérieur de la chaussure pour la protéger efficacement, une ère d'économie s'ouvrira pour les usagers, dont nul ne saurait contester l'importance, hormis ceux qui la contestent.

AVIS IMPORTANT

Nous avertissons gentiment, mais fermement nos lecteurs, que nous ne répondons qu'aux lettres qui nous sont adressées.

Une belle action

Dimanche dernier, 22 octobre, le maréchal des logis Fernand Nazeau, du ...e régiment d'artillerie, a, au péril de sa vie, arrêté un attelage de chevaux de frise emballés.

Aux dernières nouvelles, on précise que cet attelage était emballé dans du papier goudronné, ce qui ne diminue en rien l'acte de courage du maréchal des logis susnommé, qui, à titre de récompense, a été gratifié par son chef de corps de quinze jours d'arrêts de rigueur avec demande d'augmentation.

Nos sincères félicitations.

Félix Topin

Spécialités pour Colis aux Soldats

Pois au lard. – La boîte. . . . . 100 sous
Lard au poids. – Le kilo . . . . 5 fr.
Pâté de campagne. – La livre . . . . 3 fr.
Pâté de maisons (selon l'importance
de l'agglomération) 1 000 000
Pâté de maisons de campagne. 100 000
Museau de bœuf. . . . . .10 sous
Bec de lièvre . . . . .2 sous
Pieds de mouton. . . . . .4 sous
    –   **d'alouette** . . . . 1 sou
    –   **de biche** . . . . .100 sous
Ris de veau. – La livre. . . . . 3 fr.
    – **d'Indochine.** – Le paquet. . . . . 3 fr.
Beurre d'anchois. – Le quart. . . . . 3 fr.
    –   **de vache.** – Le quart . . . . 2 fr.
Confitures de fraises (ordinaires). – Le pot . . . . 3 fr.
    – – –   **(de veau).** – Le pot. . . . . 4 fr.
Biscuits de Reims. – Le paquet . . . . 4 fr.
    – –   **Sèvres.** – La pièce. . . . . .4 000 fr.
Fèves des marais. – La livre. . . . . 2 fr.
    –   **d'Épiphanie** (baigneur ou petit cochon) . . . . . . .2 sous
Lentilles triées (cailloux livrés à part). . . . . 2 fr.
    –   **concaves** . . . . 3 fr.
    –   **convexes** . . . . 4 fr.
Haricots secs. – La livre. . . . . 2 fr.
    –   **demi-secs.** – La livre. . . . . 3 fr.
    –   **extra-dry** (goût américain) . . . . 100 fr.
Thé de Chine. – Le paquet. . . . . 5 fr.
    –   **Ceylan.** – Le paquet . . . . 6 fr.
    –   **d'oreiller.** – Les deux . . . . 10 fr.
Marc de Bourgogne. – Le litre . . . . 30 fr.
    –   **café.** – Le kilo . . . . 1 fr.
Café de marque. – Le kilo . . . . 30 fr.
Marc de marque. – Le litre. . . . . 60 fr.
Fromage bleu d'Auvergne. – La livre . . . . 5 fr.
    –   **blanc du Poitou** . . . . 6 fr.
    –   **rouge de Hollande** . . . . 7 fr.

**Notre sel maison pour propos, bons mots
et mots d'esprit : « CÉLÈBRE-OS »**

Attention... Attention... Attention !!!

MÉFIEZ-VOUS DES CHIENS ESPIONS

Si invraisemblable que cela puisse paraître, il y a des chiens espions qui sont d'autant plus redoutables que nul ne songe à s'en méfier.

Leur activité est particulièrement signalée dans la région parisienne ; ils ne sortent généralement que quelques instants avant la tombée de la nuit, à l'heure trouble, entre cheval et loup. Certains d'entre eux, pour se mieux dissimuler, portent des lunettes à verres fumés ; d'autres, au lieu d'avoir la queue en trompette, la portent en hélicon ou en harpe chromatique.

Mais ce qui les distingue de manière significative des autres chiens, c'est leur façon spéciale d'aboyer ; en effet, quand ils ont quelque chose à signaler, ils ne font pas : ouah ! ouah ! ouah ! Ils font : haou ! haou ! haou !

INUTILE...

DE CHERCHER À LIRE QUELQUE CHOSE À CET ENDROIT DE NOTRE JOURNAL, IL N'Y A RIEN D'ÉCRIT.

MOTIF DE PUNITION

QUATRE JOURS DE CONSIGNE AU SOLDAT X du ...ᵉ RÉGIMENT D'INFANTERIE.

MOTIF : A FAIT PIQUER À SES BRODEQUINS, AU LIEU DE CLOUS RÉGLEMENTAIRES, DES CLOUS DE GIROFLE, SOUS LE PRÉTEXTE QU'IL AVAIT DES OIGNONS AUX PIEDS.

La malle arrière est-elle une conséquence de la malaria ?

Cette question nous est posée par différents lecteurs et notamment par l'honorable Archibald Eric William Boulentranche, de l'Université de La Courneuve, dans le Courneuvshire.

Nous sommes heureux de pouvoir répondre à cette question de la façon la plus positive et la plus satisfaisante en déclarant que nous ne voyons absolument aucun inconvénient à ce qu'il en soit ainsi, et que même dans le cas contraire, rien ne s'opposerait à ce qu'il en soit autrement.

PETITES ANNONCES

DIVERS

Pour les enfants de 2 à 96 ans, voici les tarifs du marchand de sable : 8 heures du soir, le sac : 1 franc.
9 heures, les deux sacs : 3 francs.
11 heures, les huit sacs : 9 francs.
À partir de minuit, 12 francs par sac, fessée non comprise.

Coffre-fort narguant les gros méchants voleurs : 2 900 francs. Coffre-faible, se laissant faire facilement : 300 francs. Modèle chétif, pour voyou débutant : 75 francs.

Noir de fumée se projette dans les caves à l'aide d'un diabolique courant d'air. Très rigolo, le sac : 2 francs.

Punching-Bull, représentant Hitler, livré avec sandows et crochets de suspension. Excellent pour les nerfs : 3 francs.

Pochettes-surprise *Os à Moelle*, contenant un billet de mille. Vente en gros seulement. Le paquet de 1 000 : 2 000 francs.

Stock important. Plats porcelaine allant au feu : la douzaine : 143 fr. 50. Plats allant au feu, mais n'en revenant pas, la grosse : douze sous.

Pour faire vous-même vos cigarettes, employez notre papier carbone spécial. Bonne combustion.

Nouveauté ! Allumettes garanties ignifugées pour stratèges de cafés nerveux et irritables. Sécurité absolue au cours des opérations militaires.

PERDUS ET TROUVÉS

Trouvé dans les environs de la place Gabriello un danois anglais, ne répondant à aucun nom. Dents énormes. Prière à son propriétaire de venir avec son prénom, un sucre ou un revolver. Très urgent.

AVIS – CORRESPONDANCES

M. Dupont, Paris, à Mme Dupont, Tours. Comment ! une fourrure en mouton doré ou en renard argenté ! Mais tu as des visons – des visions veux-je dire – ma pauvre amie. Par ces temps de vie chère, il faudra te contenter de lapin chromé, tout simplement.

Vu la hausse des tabacs, cheminée résolue à ne plus fumer réclame d'urgence ramoneur consciencieux.

DEMANDES D'EMPLOIS

Excellente lingère reprisant à la perfection fait savoir qu'elle s'emploierait volontiers à la reprise des affaires.

Baleine neutre fuyant l'insécurité des mers cherche emploi de jet d'eau dans palace ou chez particulier possédant vaste bassin.

Horloge avançant à la besogne ferait heures supplémentaires.

Courant d'air pressé cherche porte ouverte pour aller plus vite.

Abandonnée par son propriétaire depuis l'augmentation du scaferlati, pipe en terre cherche place dans nursery pour confection de bulles de savon.

OFFRES D'EMPLOIS

Rue déserte cause mobilisation, demande figurants pour faire le public et créer animation.

ANNONCES MILITAIRES

Ayant son camion réquisitionné, chauffeur civil céderait à chauffeur militaire un lot important d'injures et gros mots indispensables pour bonne conduite.

L'injure .... 0 fr. 10
Le flot.................................... 10 fr.

Photographe serait acheteur de plusieurs litres de vin de l'intendance pour traitement plaques photographiques.

Soldats ! Adoptez nos talons tournants en caoutchouc pour exécution impeccable des demi-tours.

L'OS à MOELLE

NUMÉRO 88 – VENDREDI 12 JANVIER 1940

L'hiver est particulièrement froid et le climat politique n'est pas au réchauffement. Mobilisés le 1ᵉʳ janvier, les Anglais de 20 à 27 ans rejoignent le front en même temps qu'un contingent de troupes canadiennes. De leur côté, les troupes chypriotes arrivent en France. Elles ont pour mission de renforcer le corps expéditionnaire britannique. Le manque de personnel dans les transports de ces soldats est tel que, pour la première fois, des femmes assurent le pilotage. Chamberlain tente, par des discours optimistes, de remonter le moral de la population. Comme Daladier, en France. Peine perdue...

Edito   Le brouillard, pierre angulaire
de l'Entente Cordiale

par Pierre DAC

On a tout dit sur l'amitié fraternelle qui unit maintenant la France et l'Angleterre. On me dira donc que, puisque tout a été dit sur ce noble et réconfortant sujet, il n'y a plus rien à dire.

Ce raisonnement, s'il était formulé, serait en vérité un peu simpliste, car même lorsqu'il n'y a absolument plus rien à dire sur un sujet, il reste tout de même quelque chose à dire, ne serait-ce que pour expliquer que tout ce qui serait dit deviendrait superflu désormais.

Donc, comme j'ai encore quelque chose à dire, le plus logique est que je le dise sans ambages, sans préjudice de derechef.

Depuis le début des hostilités, la France et l'Angleterre ne forment plus qu'une seule et même nation, unies par le même idéal et poursuivant les mêmes buts ; quand vous demandez à un chauffeur de taxi de vous conduire à Piccadilly et qu'il vous amène boulevard Haussmann, c'est qu'il estime que c'est identique ; des deux côtés du Channel, chacun fait un effort de compréhension mutuelle et il n'est pas plus rare de voir un Anglais tremper des pommes de terre frites dans son thé, qu'un Français délayer une tranche de pudding dans un mandarin-cassis.

Mais depuis quelques jours il y a un élément nouveau qui en dit long sur l'identité de vues des deux nations et leur totale interpénétration.

Jusqu'à ces temps derniers, l'Angleterre semblait avoir le privilège exclusif du brouillard. Chaque année, les gazettes nous relataient avec un grand luxe de détails les effets et conséquences du « fog » en Grande-Bretagne. Nous aussi, chaque hiver, nous avions du brouillard, mais qu'était-ce à côté de celui qui sévissait chez nos amis britanniques ? Il n'en est plus rien. L'hiver de 1939-1940 a nivelé la brume ou plus exactement l'a également et judicieusement répartie.

Tous ces jours derniers, la campagne et les villes de France se sont estompées derrière un rideau opaque et brumeux en tous points semblable à celui que l'atmosphère tire à chaque saison froide sur Londres et les autres centres du Royaume-Uni.

Ce brouillard égalitaire, chers amis lecteurs, est plus que n'importe quoi la preuve évidente de l'union de nos deux pays. Et surtout qu'on n'aille pas s'imaginer que ce phénomène atmosphérique est un simple effet du hasard. Il est incontestablement la conséquence logique de l'effort de ceux qui, de chaque côté de la Manche, travaillent sans arrêt à la fusion totale de nos deux climats pour n'en former plus qu'un seul.

Le brouillard de 1940 est, comme je l'ai inscrit en tête de cet article, la pierre angulaire de l'Entente Cordiale : deux nations sous un seul brouillard, voilà ce qu'ont obtenu en peu de temps les hommes d'État responsables de la conduite de la guerre. Et c'est un beau résultat ; sans crainte d'employer une formule neuve et hardie, on peut dire que ce brouillard cimente définitivement nos deux forces tranquilles ; à l'abri de son voile discret, la France et l'Angleterre peuvent sans crainte préparer un avenir heureux.

Vive le brouillard allié ! Vive la brume salvatrice, grandiose et régénératrice !

Drol' de s'maine — Redis-le Moelleux

Chasse interdite

Sir Neville Chamberlain a adressé au président du « Club du Saumon et de la Truite des Midlands » un télégramme par lequel il lui annonce qu'il n'espère pas avoir beaucoup le temps, en 1940, d'aller à la pêche au saumon.

M'inspirant à mon tour de cet illustre exemple, j'adresse mes meilleurs vœux au « Club des Pêcheurs de Harengs saurs et de Roll-Mops », ainsi qu'à l'« Amicale des Chasseurs de casquettes et des Rabatteurs de chapeaux mous », en les avertissant que mes occupations militaires actuelles ne me permettront sans doute pas de pêcher le hareng saur avec eux, pas plus que le roll-mops. Quant à la chasse aux casquettes et aux chapeaux mous, mieux vaut ne pas en parler.

Pas des trucs à faire !

Un jeune compositeur tchèque, Jaromir Vejvoda, avait écrit en 1934 une romance sentimentale intitulée : *Pitié d'amour*. Or, deux Américains l'ont transformée en une joyeuse chanson à boire, la *Polka d'un baril de bière*, qui est devenue le *Tipperary* des troupes canadiennes et australiennes.

Et Jaromir Vejvoda n'est pas satisfait de cette métamorphose qu'il estime des plus sacrilèges. Entre nous, il a un peu raison, car enfin, je me mets à sa place. J'ai écrit un jour une romance sentimentale qui s'appelle *Quand les fleurs se fanent*. Eh bien ! je vous assure que si on la transformait en une chanson de marche intitulée : *Quand les topinambours mijotent dans la mélasse* ou *Si les navets dansaient dans le compotier*, je ne serais pas content, oh ! mais là, pas du tout…

C'est un peu comme si *Parlez-moi d'amour* devenait *Chatouillez-moi la plante des pieds* ou *le Temps des cerises… la Saison des poireaux à la vinaigrette* !

Restrictions sportives

En raison des circonstances de plus en plus actuelles et de la pénurie des joueurs, du fait de la mobilisation, la ligue de rugby à treize fait savoir que, durant toutes les hostilités, elle portera le nom de ligue de rugby à quatre.

D'autre part, l'Association du jeu des quatre coins a décidé de ne pratiquer, jusqu'à nouvel ordre, que le jeu des deux coins.

Bravo ! Il faut savoir se restreindre !

Et c'est pourquoi notre ami Pierre Dac a promis de jouer tout seul à saute-mouton tant que l'armistice n'aura pas été signé.

Tout peut servir

Il est question de se servir du Vésuve pour alimenter une vaste centrale électrique.

Projet génial, mais il faut espérer qu'on ne s'en tiendra pas là.

Qu'attend-on pour transformer l'Aiguille du Midi en une vaste machine à coudre, le gouffre de Padirac en un immense bureau de perception, le Cirque de Gavarnie en une gigantesque lessiveuse et la Tour Eiffel en une garniture de cheminée pour 50 000 ménages ?

La campagne contre le gaspillage est ouverte

On appose un peu partout – en ce moment et à l'heure actuelle – des affiches ainsi conçues :

UN ENNEMI EST À L'INTÉRIEUR

C'est le gaspillage

IL FAUT L'ABATTRE !

Évidemment, pour un beau slogan, c'est un beau slogan ! Seulement, de nombreux lecteurs nous ont écrit pour nous demander quelques renseignements complémentaires :

– Comment abattre le gaspillage ? Au fusil de chasse ? À la hallebarde ? Au coup-de-poing américain ? Avec une matraque ? Au pistolet ?

Eh bien ! non, chers lecteurs angoissés, point n'est besoin, pour abattre le gaspillage, d'utiliser des armes à feu et encore moins des armes blanches. Il suffit de ne pas gaspiller. Tout est là.

Alors, voici, à ce propos, quelques conseils judicieux :

– Ne gaspillez pas le café, si vous en avez en stock et soyez-en plus économe encore si vous n'en avez plus du tout. Le meilleur moyen de ne pas gaspiller le café est de boire de la camomille. Et pour ne pas gaspiller la camomille, boire du tilleul ou du jus de tomate.

– Ne gaspillez pas les calembours. Deux calembours par jour de semaine et trois par dimanche ou jour férié nous semblent une moyenne raisonnable.

– Ne gaspillez pas la sciure inutilement, usez-en à bon escient. Il serait intolérable, par exemple, de mettre de la sciure dans le potage, dans le ruban de votre chapeau mou, sous la doublure de votre trenchcoat ou sur le rouleau de pâte à polycopier. Ne pas en mettre non plus dans le filet à papillons, dans le bocal aux poissons rouges et sur vos serviettes-éponges. Ça ne servirait à rien et ça nuirait considérablement à la défense nationale.

– Ne gaspillez pas vos caleçons courts en les superposant sur vos caleçons longs et ne gaspillez pas vos caleçons longs en les transformant en caleçons courts ou même en ceintures de flanelle.

– Ne gaspillez pas vos soirées en écoutant Radio-Stuttgart.

– Ne gaspillez pas vos billets de cent francs. Essayez plutôt de les faire passer pour des billets de mille.

– Enfin, si vous avez des locomotives, ne les gaspillez pas en les faisant circuler haut le pied. Il est bien préférable de les faire fonctionner haut la main, c'est-à-dire avec un train de voyageurs ou un convoi de marchandises.

Récupération des vieux papiers

L'Os à Moelle informe ses lecteurs qu'il achète au poids tous papiers, même usagés, crasseux, en mauvais état, provenant de la Banque de France.

AVIS IMPORTANT

Toute personne, civile ou militaire, désireuse d'être mal renseignée sur tel ou tel sujet l'intéressant particulièrement, peut s'adresser en toute confiance à nos services spécialisés.

Il lui sera répondu courtoisement, mais à tort et à travers, de manière à embrouiller les choses les plus simples et à rendre inintelligible la solution des problèmes les plus ordinaires.

Qu'attend-on pour fonder un centre d'accueil réservé aux chevaux permissionnaires ?

On a bien fait d'accorder aux chevaux mobilisés des permissions de détente ; mais nul, à part nous, n'a encore songé à créer un centre dans lequel ils pourraient être accueillis, renseignés, réconfortés à l'aide d'avoine chaude et de sandwiches au picotin.

Bien des dames patronesses qui brûlent du noble désir de servir et de se distinguer trouveraient là l'emploi de leurs multiples qualités de cœur et de dévouement et donneraient ainsi aux sceptiques un bel exemple de désintéressement librement consenti.

Automobilistes !

Remplacez vos chapeaux de roues par des casquettes ; ça fera plus sport et moins prétentieux.

Pour le renforcement des cadres

AVIS

Les sous-officiers désireux de participer au concours pour l'obtention du brevet de chef de rayon, doivent adresser dans le plus bref délai et par voie hiérarchique leur demande à M. le Général Commandant les Magasins de Nouveautés, qui statuera en dernier ressort.

Les demandes doivent être établies sur madapolam, format réglementaire, avec empiècement et entre-deux « ad hoc », modèle déposé.

On nous écrit :

Nous recevons d'une brave vache laitière le petit mot suivant :

« Mon cher *Os*, à l'occasion du Nouvel An, je te présente mes meilleurs veaux. »

CE QUE SERA 1940

L'année 1940 sera – il faut en prendre son parti – une année nettement bissextile.

Nous n'avions pas osé annoncer cette nouvelle plus tôt par crainte d'alarmer le pays ; aujourd'hui, nos scrupules tombent : nous avons la certitude que nos ennemis seront logés à la même enseigne, leur calendrier étant la réplique du nôtre, en allemand bien entendu. Il faut toujours que ces gens-là copient ce que nous faisons !

L'an 40 sera, comme ses devanciers, composé de douze mois et divisé, pour des besoins qui n'échappent pas à tout le monde, hélas, en quatre trimestres. L'ordre des saisons sera ce qu'il a toujours été, et ça ne nous rajeunit pas.

Heureusement, le calendrier reste grégorien.

Nous avons pu nous en assurer par nous-mêmes, lorsque le facteur est venu nous présenter ses vœux de bonne année et nous faire cadeau du calendrier officiel édité par les Pe-Te-Te.

Laissons-lui la parole :

– Les années bissextiles, c'est très amusant, comme ça, à première vue ; mais il ne faut pas en abuser. En temps de paix que l'on se permette ces fantaisies, je n'y vois pas d'inconvénient. Aujourd'hui, s'amuser avec tant de puérilité me paraît indigne d'un homme digne d'être digne du digne nom de Français.

« Trop de gens oublient que le calendrier grégorien place le 29 février le 366ᵉ jour, jour supplémentaire qui n'a que faire à cette date, étant donné que le 29 février est le 60ᵉ jour de l'année. Première anomalie ! Mais lourde de conséquences !

« Car est-il vraiment indiqué d'ajouter à un mois triste et froid comme février vingt-quatre heures qui pourraient être si utiles en juillet ou en août, surtout pour l'agriculture et pour la récolte des sciures d'été !

« Au surplus, la dénomination des mois n'est pas non plus exempte de reproches.

« Si nous divisons l'année en deux parties, suivant les bonnes et les mauvaises saisons, nous constatons qu'il y a, à peu près, six mois bons ou passables : avril, mai, juin, juillet, août, septembre, et six mois franchement mauvais : octobre, novembre, décembre, janvier, février, mars. Or, par une criminelle gageure, on a évité de placer dans les périodes froides ou pluvieuses les noms de mois qui réchauffent le cœur. Je n'en veux pour preuve que le fait d'avoir imaginé en fin d'année ce mot

DÉCEMBRE qui évoque les rigueurs du pôle, quand il était si facile de l'appeler AOÛT, mois de la canicule !

« De même qu'il suffit d'exposer un thermomètre à la chaleur d'un poêle pour faire monter la température, de même il suffisait, surtout quand le prix de l'anthracite augmente, de passer la nuit de Noël le 24 août !

« Personne n'a pensé à cela.

« Pas plus qu'à appeler bien simplement le brûlant août : décembre, pour qu'un peu de fraîcheur tempère les rayons brûlants du soleil quand nous irons nous allonger sur les plages de l'Estérel.

Que pourrions-nous ajouter à ces déclarations ?

Rien, si ce n'est que nous avons donné 50 francs d'étrennes au facteur. Il ne les a pas volés !

Après le luth, c'est la lyre

La complainte des pois cassés

Plaignons, plaignons
les pauvres pois
cassés,
que nul n'a jamais
songé
à soigner
ou mieux
à réconforter !...
....
La Révolution
française
a proclamé
les droits de l'homme
et du citoyen,
mais elle n'a
promulgué
aucune charte
destinée
à supprimer
l'inégalité
des classes
des pois !

....
Pauvres pois cassés !
Depuis le temps
qu'on les casse,
ils subissent leur sort
avec courage
et résignation,
sans l'ombre
d'une révolte,
comme marqués
par la fracture originelle
qui les a décortiqués !
....
Ainsi ils vont,
abandonnés
de leurs frères,
de ceux qui sont trop verts
et de ceux qui ont
trop la cosse
pour leur porter secours,
sans parler
des pois chiches

que leur sordide
avarice
protège
de tout généreux
élan…
....
Pauvres,

pauvres
pois cassés,
pour qui il y aura
toujours,
deux pois
et deux mesures…

Pierre DAC.

POUR FAIRE UNE BONNE GALETTE DES ROIS

Pour six personnes. – *Prenez deux louches à thé et demie de farine, 5 œufs durs, 1 paquet de beurre, 1 verre d'eau, 1 verre de lampe, 2 cuillerées à panade de sel fin. Mettez la farine en tas ; faites une fontaine au milieu et incorporez-y une bougie si vous désirez qu'elle soit lumineuse. Déposez-y quelques morceaux de beurre, de saindoux ou de cristaux ; versez un broc d'eau dessus ou à côté, suivant votre préférence. Pétrissez le tout ; faites-en une pâte ; transformez-la en boule. Couvrez d'un linge, laissez reposer vingt minutes. Farinez une planche, posez dessus la pâte, étalez-la au rouleau fariné ; faites-en une abaisse de 1 m. 40 d'épaisseur. Disposez de place en place des petits morceaux de beurre ramolli ou atteint de sénilité précoce. Pliez en quatre, puis en soixante-six ; couvrez d'un linge ; donnez un coup de fer et laissez reposer encore vingt minutes, autant que possible sur un lit de milieu. Recommencez l'opération autant de fois que vous désirez de feuilletage, pas moins de six ou sept fois, mais pas plus de deux cent cinquante-huit fois.*

Le dernier feuilletage terminé, étalez-la en un rond de 15 centimètres de côté. Dorez à l'œuf ou à la peinture au couteau ; faites des losanges dessus à l'aide d'une fourchette ou des huit à l'aide d'une bicyclette.

Laissez cuire à four à chaux, une demi-heure ou trois quarts d'heure, jusqu'au lendemain matin.

ATTENTION !

Samedi 13 janvier
À 15 h 30 de relevée
Dans le grand hall d'exposition de la soute à haricots demi-secs de *L'Os à Moelle* :
VENTE AUX ENCHÈRES
de
1 livre de café
en grains et en paquet ;
emballage luxe genre cellophane enrobée dans un ravissant papier de journal ;
ficelle d'origine.
Mise à prix : 895 fr. 87
L'adjudication sera accordée au plus offrant.
Se faire inscrire dans tous les bons

postes de police ou de T. S. F.
La vente sera effectuée sous le contrôle
de Mᵉ Lair-Derien, commissaire chiqueur,
accrédité près le vélodrome du Parc-des-Princes.

L'œuvre des vieux moulins à café

Il est inhumain, pour ne pas dire cruel, d'abandonner sur la voie publique les moulins à café jugés inutilisables, comme beaucoup de ménagères en ont pris depuis quelque temps la détestable habitude.

Les personnes désirant se défaire d'un de ces instruments sont priées de les adresser à l'*Œuvre des Vieux Moulins à Café*, 43, rue de Dunkerque, à Paris, qui se chargera de les faire transformer en orgues de Barbarie, moules à cigarettes, caisses enregistreuses ou n'importe.

Ménagères, ne vous laissez pas tromper !

Goûtez le charbon avant de vous en servir !

On goûte bien une soupe ou une sauce ; pourquoi ne pas goûter le charbon ; c'est par sa saveur qu'on peut se faire une idée de sa qualité véritable.

S'il a un goût de teinture d'iode, c'est que votre bougnat vous a donné des oursins au lieu de têtes de moineaux.

Si sa saveur est alcaline, c'est qu'on vous a livré de l'eau gazeuse enrobée dans de la brique creuse passée au vernis noir.

Si ça a un goût de charbon, c'est que c'est du charbon.

Si ce n'est pas du charbon et que ça a le goût de charbon, c'est qu'il y a quelque chose d'anormal.

En ce cas, alertez au plus vite nos services compétents qui se rendront sur place pour procéder à l'analyse grammaticale du produit suspect.

Bedits gonseils aux enrhubés du cerbeau

Bous êtes enrhubés, le vront boite, les dempes badent, les oreilles bourdodent.

Boici guelgue chose qui bous dégagera les darides.

Brendre, ou brébarer, de la disade des gate geabeaux en procédant ainsi :

Bettre au bied du lit gate geabeaux hauts de forbe ou belon, buis s'embarer dans la cuiside de gate boudeilles (ude par geabeau).

Se goucher, et boire les boudeilles ; gand vous arribez à boire gatre-vingt-zeize geabeaux au bied du lit, le rhube il est guit.

Et bous aussi.

Le Bon Docdeur JULES.

PETITES ANNONCES

OFFRES D'EMPLOIS

Bon radio est demandé pour neutraliser tous parasites de troncs, tirelires, bas de laine, cagnottes, etc.

On demande de suite pour grosse maison bon comptable, très au courant derniers décrets fiscaux. Aspirine fournie par la maison. Truck and Co.

Donnerais travail à domicile à jardinier expérimenté possédant matériel.

DEMANDES D'EMPLOIS

Gardien de la paix, doté nouvelle tenue Défense passive, demande emploi bonhomme de neige pour heures de loisirs.

OCCASIONS

Solde. Vœux de Nouvel An, légèrement défraîchis, mais encore présentables. Pouvant resservir pour 14 Juillet, Pâques ou Trinité. Prix suivant grosseur.

ANNONCES MILITAIRES

Pour nos soldats au repos : Fusil genre réglementaire tirant des balles de tennis. Très amusant.

La boîte de 4 fusils avec balles et filet garni, 123 fr. 95.

Pour nos soldats au repos : Superbe canapé Louis XV, tapisserie ou satin au choix, entièrement démontable et tenant dans la musette.

Prix selon grosseur du bonhomme.

Motifs de punition pour sergent embarrassé. Les 100, 2 fr. Les 200, 4 fr. Les 8 000 160 fr.

Motifs de punition pour faire rire les chefs d'unité. La grosse de 12 douzaines, 10 fr. 95.

DIVERS

Clous de chaussure au ferrocérium, permettant de voir où l'on met les pieds la nuit. La livre, 32 fr. 60. Les mêmes, au soufre et phosphore, s'allumant et projetant une obscure clarté, la livre, 32 fr. 10. Clous ordinaires, pour glisser et tomber, 32 fr. 10. Etc., etc., 32 fr. 10.

Sifflet de chef d'abri en ut majeur et majestueux, livré avec ut de rechange, et partition complète. À embouchure ordinaire, 12 sous. À embouchure pour gros champion souffleur, 17 sous.

Soulier droit de chef d'îlot, s'adaptant le long du caniveau, permet de contourner facilement les immeubles à surveiller, 32 fr. 10. Soulier gauche à la demande, 30 fr. 15.

Machine à calculer les 15 %, facilitant les recherches et évitant les calculs fastidieux. Bien employée, permet de carotter quelques bricoles. La machine en ordre de marche, 18 591 fr. 76.

Fil à retordre, pour donner gracieusement aux percepteurs, souscripteurs publics, etc., etc. Le rouleau épais, 12 sous.

Maître baigneur de petite taille sans emploi, accepterait de se dissimuler dans galette des Rois pendant tout le mois de janvier.

Côtelettes sur mesure, d'après assiettes ou plats, pour gros mangeurs. Deux essayages. À partir de 4 fr.

Dispositif pour avoir l'heure, mécanisme faisant remuer avec régularité deux aiguilles sur un cadran numéroté de 1 à 12. Modèle se ligaturant au poignet, 27 fr. 85. Article de poche, avec chaîne de sûreté, 44 fr.

Machine à déployer la gorge pour rire à gorge déployée, 7 fr. 20. Sac de poudre à canon pour éclater de rire, les 400 grammes, 5 fr. 15.

À l'occasion des fêtes écoulées, la maison Félix Botin donne à tout acheteur de 5 000 fr. de moutarde un superbe sac ayant contenu du café.

Simple colis, création J. Daboy. Bœuf aux zaricots, en tonneaux, 142 fr. 10. Haricots au bœuf, dans un plus gros tonneau, 143 fr. 75. Bœufs aux bœufs, la bassine, 144 fr. 05. Fayots aux haricots, la balle, 142 fr. 30. Très grand choix à nos rayons de bœuf mode aux lentilles, sur simple commande.

Machine à vapeur pour faire des frites, 12 790 fr. Vapeur de rechange, le nuage, 10 sous.

Discours sérieux, faisant rire, le mètre écrit, 2 fr. 10. Discours drôle ne faisant pas rire, l'aune, 1 fr. 85. Les deux pour envelopper colis, paquets, etc., 0 fr. 10.

Boules de gomme pour la gorge, le sac, 1 fr. Les mêmes, pour effacer, 4 fr. 20.

Machine à user de l'électricité, 2 987 fr. 95. Tous courants.

Pilules Peintes pour personnes pâles. La boîte de 15 000. Tous coloris. Le petit flacon moyen, 14 fr. 95. Le gros flacon joufflu, 18 fr. 10.

L'OS à MOELLE

NUMÉRO 91 — VENDREDI 2 FÉVRIER 1940

Tandis que sur le front, il n'y a « rien à signaler », Daladier prononce à la radio, le 29 janvier, un discours enthousiaste. Il affirme que l'Allemagne espère faire chuter la France en exploitant ses faiblesses à l'arrière, qui seront compensées. Il ne précise pas quand. À Manchester, Churchill s'inquiète d'une production d'armement trop lente à son goût. Se demandant pourquoi la Grande-Bretagne n'est pas bombardée, il parle d'un « simulacre de guerre ». Au Palais des Sports de Berlin, où il célèbre le 7ᵉ anniversaire du régime, Hitler ridiculise les propos de Daladier et Churchill.

Edito
Comment reconnaître l'état de guerre ?

par Pierre Dac

Je pense que voilà un article qui arrive à son heure ; d'ailleurs, depuis quelque temps, rien qu'à la manière dont me regardaient certains décalamineurs de passe-montagne, je sentais que le moment était proche où je me trouverais dans l'obligation de l'écrire ; en quelque sorte j'étais en état permanent d'incubation, ce qui ne m'empêchait nullement d'être également en état permanent tout court ; car, c'est bien là un des principaux bienfaits de la démocratie qui donne à tout citoyen le droit d'être, où et quand il veut, en état permanent.

La conséquence de tout ce qui est causé par tout ça est donc le présent article que j'intitule sans l'ombre d'une hésitation : « Comment reconnaître l'état de guerre ? » Ou, plus exactement : « De quelle manière peut-on se rendre compte qu'on est en guerre ? »

Évidemment, et à première vue cette question semble parfaitement hors de propos et risque simplement de faire hausser, sinon le cours des rentes, tout au moins les épaules ; mais si l'on a suffisamment de conscience et d'esprit critique pour se livrer à un examen approfondi de la chose, on se rend très rapidement compte qu'elle est loin d'être dénuée de sens commun.

Les gens simplistes diront, en toute sincérité d'ailleurs, qu'on se rend lumineusement compte de l'état de guerre quand des millions d'hommes sont sous les armes et que le seul fait d'échanger des projectiles variés avec l'ennemi suffit largement à édifier le plus borné.

Quoique respectueux de cet argument, auquel, au demeurant, je ne conteste pas une certaine valeur, je me permettrai néanmoins de le révoquer en doute et de le taxer d'insuffisance notoire.

On peut parfaitement se battre et ne pas être en guerre ; ça s'est vu ; je ne me rappelle pas où, mais ça s'est vu ; peut-être par des gens qui ne voyaient pas très clair, mais ça c'est une autre histoire, comme seul avait le droit de dire Rudyard Kipling, unique et exclusif dépositaire de cette phrase célèbre.

Remarquez que je n'ai pas la prétention d'affirmer que nous ne sommes pas en guerre ; mais j'affirme – et j'insiste là-dessus – que la preuve scientifique du climat d'hostilités n'a pas été faite. Que diable ! nous aussi nous avons des chimistes distingués, dévoués au bien public et aux intérêts de l'humanité ! Pourquoi ne leur demande-t-on pas la preuve irréfutable de l'état de guerre ?

Des siècles d'expérience ont démontré que lorsque la tête de moineau, sous l'action de la teinture de tournesol, prend l'aspect d'une gueule de loup ou d'un bec de cane, c'est que la guerre existe à l'état nettement positif. Cette réaction n'a jamais manqué son coup, sauf une fois cependant, mais parce qu'on avait remplacé la teinture de tournesol par de la soupe aux morilles.

Or, il n'apparaît pas que les pouvoirs publics se soient préoccupés de faire établir par des savants l'évidence de l'état de guerre ; c'est pour le moins regrettable, car pareille expérience fermerait définitivement la bouche aux sceptiques encore trop nombreux qui persistent à s'imaginer que la guerre n'est pas commencée, ce qui les incite à s'occuper uniquement de leurs petites affaires avec un égoïsme touchant, sonnant et trébuchant.

Un morceau de tête de moineau, un peu de teinture de tournesol, et voilà tout en ordre jusqu'à la victoire ! Monsieur le Président du Conseil, je suis à votre entière disposition pour mettre les choses au point. Je suis libre tous les jours de 16 à 18 heures, de 17 à 19 heures, mais jamais entre 15 h 55 et 20 heures moins trente.

Courrier OSFICIEL
de notre président

VOGUE PAR LE MONDE. – *Je me permets de dire que vous vous êtes mis le doigt de pied gauche dans l'œil droit et inversement.*

Washington se trouve sur la rivière Potomac qui, depuis cette ville, s'élargit en un vaste estuaire, la baie de Cheasapeake. De Washington à l'intérieur des terres, la rivière se rétrécit beaucoup. Mais pour l'instant, sans m'étendre sur la géographie de ce pays, j'en reviens au port de Washington. C'est, en effet, un port, en même temps qu'un arsenal (le Navy Yard) américain. La base maritime se trouve à l'entrée de l'estuaire à Norfolk. Certes, les cuirassés ou les gros croiseurs ne remonteront pas jusqu'à la capitale, l'espace pour eux étant restreint pour la manœuvre, mais les bâtiments de moyen tonnage pourront y entrer facilement.

– Votre lettre est un peu longuette, mon cher marin de censeur, aussi me crois-je autorisé à vous censurer moi-même et à ne citer qu'un passage de votre épître au cours de laquelle vous me confondez... À l'instar de quelques autres, j'ignore un tantinet la géographie (et mille choses encore). Je vous en donne donc acte en reconnaissant que vous la savez fichtre mieux que moi... (ce qui ne fait pas beaucoup !). Il est vrai que durant vos longues croisières vous n'avez rien d'autre à faire que de la lire – la géographie ! En représailles, je me propose, un de ces prochains soirs, de lire tous ouvrages navals à portée de ma main et de vous poser, à mon tour, quelques... colles (de marin...).

Pierre DAC.

Drol' de s'maine – Redis-le Moelleux

La chasse aux corps gras

Il paraît que les Allemands, manquant de « corps gras », font actuellement la rafle de ces produits.

À la place du maréchal Goering, on ne serait pas tranquille et on éviterait de sortir seul le soir dans les rues de Berlin. En effet, d'ici qu'il soit pris dans une rafle aux corps gras, il n'y a pas loin...

Il est vrai qu'en se dissimulant derrière ses décorations, comme il a l'habitude de le faire, il risque tout de même de passer inaperçu.

Les petits métiers

Il paraît aussi que, de l'autre côté du Rhin, ça ne va pas très fort au point de vue moral. Les gens sont inquiets, découragés. Et *Paris-Soir* nous fait savoir qu'on est en train de créer là-bas une équipe de « raccommodeurs de moral », chargés de réconforter les citoyens qui broient du noir.

Sans doute, ces nouveaux artisans déambuleront-ils dans les rues en criant, après un petit air de trompette :

– Voilà le raccommodeur de moral et le rafistoleur de cerveaux fêlés !

Ceux qui auront besoin de leurs services n'auront qu'à les appeler par la fenêtre.

Gageons qu'ils ne chômeront guère.

Suggérons au Dr Goebbels quelques petits métiers nouveaux pour sa propagande :

Chatouilleurs de plante des pieds,

Serreurs de ceinture,

Marchands de bobards ambulants.

Une sinécure

Les rédacteurs du communiqué officiel, entre nous, ne sont pas des gens très occupés. Leur boulot est vite fait et ils ne travaillent sûrement pas huit heures par jour. Si on les paye à la ligne, ils ne doivent pas gagner grand-chose.

En somme, c'est toujours le même leitmotiv, leitmotiv haut le pied en quelque sorte :

« Rien à signaler. »

Mais pourquoi, afin d'en rendre la lecture moins monotone, n'apportent-ils pas, chaque fois, une variante nouvelle à leur texte biquotidien ?

Exemples :

– Il ne s'est rien passé.

– Ça ne change pas.

– Ça continue.

– Ça dure.

– C'est kif-kif.

– Les jours se suivent et se ressemblent.

– Rien de neuf à l'Est.

– Avez-vous lu celui d'hier ? Alors, relisez-le.

– Du pareil au même.

– Du même au pareil.

Et ainsi de suite.

Au fond, voyez-vous, je ne voudrais pas dire de mal de ces braves gens, mais les rédacteurs du communiqué officiel manquent un peu d'imagination.

Un produit mystérieux

J'ai lu dans un journal qu'un homme adulte sédentaire a besoin de 35 calories par jour et par kilo, 40 calories s'il fournit un travail moyen et 50 s'il fournit un travail intensif.

Inutile de vous dire que, personnellement, il me faut une ration journalière de 50 calories par kilo – soit, étant donné que je pèse 60 kilos environ, 3 000 calories.

Seulement, voilà... Où peut-on acheter des calories et combien cela coûte-t-il ?

Mon quincaillier m'a affirmé qu'il n'en vendait pas et mon rempailleur de chaises non plus.

Alors, je suis très inquiet... Ceux de mes lecteurs qui auraient chez eux un stock de calories, même de calories d'occasion, sont priés de me faire des offres de toute urgence. Je paye comptant.

Façon de parler

On déclare à Doorn que les informations *alarmantes* parues à l'étranger sur l'état de santé de l'ex-Kaiser sont dénuées de tout fondement.

Tant pis !

Mais, en ce qui me concerne, je ne considérais pas du tout qu'il s'agissait en l'occurrence d'informations alarmantes.

Bien au contraire...

C'est un peu comme si l'on m'apprenait qu'Adolf Hitler est dans un état inquiétant.

Je puis vous assurer que cela ne m'inquiéterait pas du tout.

Oh ! mais là, pas du tout !

Expérience ratée

Un Espagnol aurait trouvé le moyen de faire de l'essence en utilisant 75 % d'eau, 20 % de jus de plantes et 5 % d'un produit inconnu.

J'ai l'impression que c'est là un sinistre bobard, car j'ai tenté l'expérience.

J'ai rempli mon briquet avec de l'eau, du jus de tomate et un produit que je ne connais pas du tout puisque j'ai fermé les yeux en le mettant ; eh bien ! ça n'a rien donné.

J'ai même dû acheter d'urgence un autre briquet. Aussi, hein, on me permettra de rester sceptique...

L'OS À MOELLE VA LANCER
lui aussi
des tracts sur l'Allemagne et la Russie

On sait que les avions finlandais lancent journellement des tracts dans les lignes russes et l'on connaît la teneur de ces documents par lesquels le Gouvernement d'Helsinki offre aux soldats ennemis : 100 roubles pour un revolver, 150 roubles pour un fusil, 1 500 pour un tank, 10 000 pour une mitrailleuse, etc., etc. Et pour un avion en bon état : 10 000 dollars avec un voyage gratuit à l'étranger pour le pilote qui l'aura amené.

La direction de notre journal, après réunion du grand conseil d'administration, du petit conseil de rédaction et du moyen conseil de mise en pages, a décidé de distribuer à son tour, par voie aérienne, des tracts ossamoellesques aux populations hitlériennes et staliniennes.

Voici, d'ailleurs, le modèle de notre tract N° 187 bis, AS/R x Y/Z, GDB., destiné à l'armée d'U.R.S.S. :

SOLDASKOFS ! CONSTITUEZ-VOUS PRISONNOSKOFS. *L'OSSAMOELLOSKOF* VOUS OFFRE GENEREUSEMENSKY :

Pour une huche à pain (Ucha-Pinski), 18 fr. 95.

Pour un avion en bon état .... 828 fr. 10

(En outre, le pilote qui l'aura amené aura droit à un voyage gratuit à la Garenne-Bezons, un pot de moutarde et un strapontin au théâtre de l'Odéonskof.)

Pour un kilo de caviar .... 112 fr. 25
Pour un colonel soviétique. ....3 fr. 30
Pour un général soviétique. .... 6 sous
Pour une pelote à épingles.................................. 15 fr.
Pour un sac de sciure.................................. 458 fr. 45
Pour une demi-douzaine de moujiks..................... 21 fr. 15
Pour une douzaine de hallebardes ....8 fr. 25

Notre tract N° 876 ter, GZ/XVF RDSDTDTDGHUIDSQ 709-RJ7, destiné à l'armée allemande :

SOLDATS DU IIIe REICH, VENEZ À NOUS, VOICI CE QUE NOUS PAYONS :

Pour un Zeppelin en bon état .... 17 fr.
Pour un Zeppelin en mauvais état ....0 fr. 55
Pour la moustache à Hitler.................................6 fr. 25
Pour Hitler au grand complet ....15 millions
(Avec, au surplus, un voyage gratuit à Brive-la-Gaillarde, 1 kilo de beurre, 1/2 livre de café, un passe-montagne et 2 saucisses de Toulouse.)
Pour les décorations du maréchal Goering.................. 3 sous
Pour un parachute en bon état .... 5 fr.
Pour le même, avec parachutiste ....5 fr. 25
Pour un fortin de la ligne Siegfried ....1 fr. 30
Enfin, nous avons mis à l'étude un modèle de tract en blanc que nous ferons lancer sur les îles désertes de la mer Blanche.

Et les vaches ?

On n'ignore pas que la Société Nationale des Chemins de Fer Français a décidé de réduire dans de notables proportions le nombre des trains appelés à circuler sur notre réseau ferroviaire.

L'Union Syndicale des Vaches laitières et des Veaux non sevrés a aussitôt chargé la Société Protectrice des Animaux de protester avec la toute dernière énergie contre cette mesure, dont l'effet principal serait de raréfier de façon inacceptable une des seules distractions jusqu'ici offertes à la partie la plus intéressante de notre cheptel national.

Du temps devant soi

Le décret prolongeant jusqu'à minuit l'heure de fermeture des restaurants a été accueilli avec une vive satisfaction par tout ce que le pays compte de fins gastronomes.

Grâce à la réglementation nouvelle, on ne sera plus obligé d'avaler précipitamment ses cent grammes de viande, comme le faisaient jusqu'ici tant de gens pressés par l'heure. A défaut d'autre chose, on aura tout au moins du temps devant soi !

La grippe

Le ministère de la Santé Publique vient de publier un décret-loi précisant la nouvelle réglementation de la grippe. Dorénavant, les cas de grippe ne devront plus être répartis dans la population de façon empirique, mais bien à tour de rôle et par roulement, autant que possible à billes, sans jamais atteindre un pourcentage suscep-tible de compromettre le bon fonctionnement des services.

Les citoyens, tant civils que militaires, qui se verraient pris en grippe par leur adjudant, devront en faire immédiatement la déclaration à qui de droit et dans les formes requises.

Les pieds gelés

On sait qu'un savant français, professeur à la Faculté de Médecine, vient de découvrir le pourquoi des pieds gelés. Cette affection, que l'on attribuait jusqu'ici au froid, est en réalité due à la qualité du pain ingéré par le patient.

Les personnes ayant les pieds gelés devront donc se rendre non pas chez le pharmacien, comme ça se faisait autrefois, mais chez le boulanger, lequel se trouvera dans l'obligation de les leur passer au four sans augmentation de prix.

Un cœur à la crème cesse de tourner

Un malheur n'arrive jamais seul.

Peut-être serait-il trop tard pour épiloguer encore sur l'arrêt subit du cœur de poulet que le docteur Alexis Carrel conservait précieusement dans une bouteille à l'Institut Rockefeller de New York, et qui battait artificiellement depuis vingt-sept ans, si une information du même genre, et non moins sensationnelle, ne parvenait à l'instant même à notre connaissance.

Un autre cœur s'est arrêté. Le cœur à la crème que l'épicier du coin conservait dans sa glacière depuis vingt-sept jours a cessé de tourner.

L'émotion du monde savant est indescriptible.

Nos recettes de beauté

Pour avoir une belle jambe

À Madame F...,
14, rue Z... prolongée,
à Y... (département de X...).

Vous me demandez, Madame, si je puis vous indiquer une recette simple et pratique pour avoir une belle jambe.

À la lueur de récents événements, voici le procédé que vous pouvez essayer :

Il vous suffit d'être attaquée sans avertissement par des agresseurs qui vous seront très supérieurs en force, en nombre et en absence de scrupules. Vous vous défendrez vaillamment, en dépit de l'acharnement de vos adversaires.

Vous observerez alors les phénomènes suivants :

1° La réprobation sera générale ;

2° L'indignation sera unanime ;

3° La conscience universelle sera soulevée ;

4° L'opinion mondiale flétrira vos agresseurs ;

5° Vous recevrez de partout des marques de sympathie ;

6° Les encouragements ne vous manqueront pas ;

7° Vous ferez l'admiration de l'univers.

Et tout cela réuni, ça vous fera une belle jambe.

Veuillez agréer, Madame, l'assurance de mes sentiments d'émotion mondiale, unanime et universelle.

Les conseils de guerre pratiques de *L'Os*

Le café est rare.

Par contre, les coquillettes aux œufs abondent.

Remplacez donc le café par des coquillettes aux œufs.

Vous nous direz peut-être que les coquillettes aux œufs et le café n'ont absolument aucun rapport entre eux.

C'est tout à fait notre avis, mais en période d'hostilités, il ne faut pas s'arrêter à de pareilles questions de détail : du moment qu'il y a trop de coquillettes aux œufs et pas assez de café, le devoir des citoyens est de se servir de l'excédent des unes pour combler le déficit de l'autre.

HITLER A-T-IL
une arme secrète ?

Pour intimider les Alliés, Hitler a fait annoncer que l'Allemagne possède une arme secrète et formidable.

Le service d'espionnage de L'Os *n'a pas attendu pour s'informer. Dès que la nouvelle a paru, quelques collaborateurs parachutistes se sont rendus sur place quelque part en Hitlérie. Leurs recherches ont été couronnées de succès.*

L'arme en question n'est pas ce que l'on pense. Elle n'est pas non plus ce que l'on a pu dire.

Vue de face, on a l'illusion de la voir de profil. De profil, elle donne plutôt l'impression qu'elle est placée de face.

Elle est massive, entièrement en acier chromé, montée sur billes et fort bien camouflée.

Chaque Allemand la charge chaque matin par la culasse en vue de la faire fonctionner à plein rendement quand le Führer commandera « feu ! ».

À vrai dire, elle a déjà été utilisée, mais sans trop de fracas, sur le front occidental.

Mais, direz-vous, cette arme, à quoi se charge-t-elle ? Quel explosif nouveau vont-ils employer et quels projectiles allons-nous recevoir ?

C'est à ces questions que nous sommes en mesure de répondre aujourd'hui.

L'arme n'est pas nouvelle :

C'est un gros calibre de bluff et une énorme charge de sauvagerie.

Quelle différence y a-t-il entre un mauvais coup de bâton et un bon coup de bâton ?

Le lecteur qui nous aura donné la meilleure solution sera gentiment mais fermement prié de venir chercher, par ses propres moyens, le lot qu'il aura ainsi gagné, c'est-à-dire, au choix, un des coups de bâton indiqués plus haut.

Après le luth, c'est la lyre

Philosophie du verglas

Rien n'est plus
philosophe
que le verglas…

....

Il est vrai
que depuis
la formation
de l'atmosphère
il en a tant vu !

....

et tant entendu !
que d'injures

les humains
ne lui ont-ils
pas prodiguées !
de quels
sarcasmes
ne l'ont-ils
pas abreuvé ?
sans compter
les tonnes de sel
déversées
sur lui
pour le faire partir,

alors qu'un morceau
de sucre
lui aurait
tant fait plaisir !
. . . .
En a-t-il
fait trembler
des gens,
humbles ou haut placés,
simples ou orgueilleux
qui avaient tous
le même air fin

lorsque leurs quatre fers
étaient en l'air !
. . . .
Alors,
n'est-ce pas
rien, maintenant,
ne peut troubler
la sérénité
du verglas,
puisque sur son dos verni
tout glisse…

Pierre DAC.

Les Recettes du Cuistot
Le poulet mille pattes

Prendre (ou acheter si l'on a des scrupules) une belle noix de veau (la noix ordinaire aussi bien que la noix de coco étant impropres à ce genre de préparation) ; faire mijoter, puis découper en morceaux et – c'est là toute l'astuce de ce plat remarquablement économique et surprenant – garnir d'os de poulet soigneusement mis de côté lors de précédentes ripailles.

Ainsi vous pourrez donc servir à vos invités ébahis une volaille à trois ailes, quatre cuisses, douze pilons, etc. Ce plat, d'un effet certain, obtiendra un plus vif succès encore si vous avez soin de glisser un bel os à moelle dans le croupion de l'animal.

Règlement et jugulaire n'excluent pas courtoisie

Plusieurs permissionnaires ont envoyé, deux ou trois jours avant l'expiration de leur permission de détente, le télégramme suivant adressé à leur chef de corps :

« Prière dire si présence indispensable à la compagnie, *stop* en cas contraire ne rejoindrai que dans quinze jours trois semaines ou un ou deux mois suivant possibilités *stop* tendresses. »

Aucune réponse n'a été faite ; avec les permissionnaires, nous nous en étonnons longuement, estimant à juste titre que l'état militaire n'est pas incompatible avec la civilité.

Ministère des Poids et Haltères
L'ORGANISATION DES SPORTS AUX ARMÉES

MM. les généraux de brigade et de division désireux de faire partie d'une équipe de football en vue de leur participation effective aux éliminatoires de la finale et demie de la Coupe intersections sont respectueusement priés de se faire inscrire, dans des délais qui seront d'autant plus courts qu'ils seront davantage rapprochés, au bureau de l'officier de bouche, ou à défaut au bureau de l'officier de nez.

PETITES ANNONCES

AVIS ET CORRESPONDANCES

Eugénie, envoie d'urgence un litre d'eau de Cologne. J'ai reçu ton colis d'œufs du mois de septembre. – Alfred.

Pitou. Viens chez moi d'urgence avec ton chalumeau oxhydrique. Ai perdu mon trousseau de clefs. – Jojo.

Prière au plombier demandé il y a huit jours pour réparer le tuyau d'eau de la salle de bains de venir aujourd'hui. Attacher la barque à la barre d'appui du 3e étage. – Lavolaille.

L'Agence Hovas informe MM. les directeurs de quotidiens et périodiques qu'elle se charge à forfait de la rédaction de tous les blancs imposés par la censure.

ANNONCES MILITAIRES

Caporal d'ordinaire portant aussi bien l'habit que l'uniforme, permuterait avec gérant grand restaurant de Paris.

Bandes molletières velours de soie, couleur crème, frangées rose et bleu, avec grosse rose à l'attache du genou. En trois coloris, ton sur ton : crème, violet et rouge. La paire de trois : 37 fr. 90.

Ceinturon laqué, rose et jaune, incrustations de bobêchons métalliques mordorés. Le joyeux ceinturon : 22 fr. 80.

Un joli Militaire joufflu. Casque fantaisie, avec garniture, franges, bouillonnés et rubans tuyautés. Existe en tous coloris : réséda, guimauve, jaune cerise, etc., 97 fr. 75.

Veste épaules bouffantes, liseré de dentelle aux poignets. Garnie d'incrustations au point bourdon. Collet en métal guilloché, boutons nacrés, épaulettes taffetas goménolé. Sur mesure 380 fr. Fin prêt à porter, 345 fr.

Pantalon assorti, couleur myosotis, mince au genou, large à la taille, avec guipure dégradée rose et jaune. Décorations de chapelure verte et bleue, fil à fil. Les deux jambes cousues ensemble, 592 fr. 90.

Militaires, ayez les carreaux des fenêtres de vos chambrées impeccablement transparents, en employant les produits « le Petit Vitrier ». Livrés en écrin, contenant : un maillet en buis élastique, une fronde en velours de soie et 60 feuilles de papier pour recouvrir les carreaux essuyés avec nos produits, pour éviter qu'ils ne salissent. En outre, notre colis contient en prime 50 ventouses, 220 cataplasmes et un litre de bon sirop d'Armagnac.

ÉCHANGES

Échangerais tente canadienne bon état contre oncle d'Amérique, même usagé.

DIVERS

Céderais divers lots de bouteilles en bois, imitation parfaite de bouteilles de bordeaux, bourgogne, champagne, pour meubler honorablement votre cave en cas d'alerte.

Bas de laine à niveau constant. Permet aux civils aussi bien qu'aux militaires de réaliser des économies et de dépenser à volonté. Cadeau à tout acheteur : superbe photo de M. Paul Reynaud en uniforme de grand argentier.

La célèbre voyante Biglotrou fait savoir qu'elle dispose d'environ deux tonnes et demie de marc de café qui, bien bouilli, peut encore donner l'illusion du café.

Avaler de travers devient un plaisir, grâce à notre appareil le « In the back » qui, par un simple ressort, vous tapote légèrement dans le dos. L'appareil en ordre de marche, 227 fr. 75. Le même en forme de pied de table et fonctionnant à la main, 1 fr.

Clou de soulier de l'armée, actuellement planté dans roue d'automobile, et violemment étourdi par la rotation, cherche petite place tranquille sous sabot breton.

Charbons. Faites des économies en employant les boulets Berlot, en acier forgé, propres, sans odeurs, et garantis à l'usage. Le sac de 500 kilos, 68 fr. 90.

Dispositif pour écrire à la main, se compose d'un bâtonnet creux pouvant se remplir de liquides colorés, s'écoulant par l'entremise d'un morceau de métal taillé en pointe, adoucie à son extrémité, laquelle reposant légèrement sur un papier peut tracer des mots en n'importe quelle langue, suivant l'individu. Modèle à réservoir, 16 fr. 95. En prime, un flacon de liquide pour écrire. Coloris au choix.

OFFRES D'EMPLOIS

On demande à bons finisseurs, le moyen de finir le mois. Stratèges, magiciens ou alchimistes demandés. Fakirs et rigolos s'abstenir. Très sérieux et urgent. Écrire Ladèche.

Achèterais ou prendrais gérance d'un Café (avec stocks de préférence). Faire offre à l'agence Mo.k.

L'OS à MOELLE

NUMÉRO 93 – VENDREDI 16 FÉVRIER 1940

On parle, en France, de nouvelles restrictions imminentes sur les denrées alimentaires et l'alcool. Les besoins en ferraille se font également sentir. Afin de répondre aux besoins de la guerre, le gouvernement annonce la création de centres d'achats. La crise s'étend. Au Vatican, on décrète le rationnement des denrées alimentaires et de l'essence. Quant à Hitler, il signe un accord commercial avec l'Union soviétique et contourne l'embargo britannique. Les Russes livreront au Reich du pétrole, des céréales et des matières premières, en échange d'un armement moderne et de produits manufacturés.

Edito —— Mélancolie du charbon ——————

par Pierre DAC

Qu'on le veuille ou non, c'est un fait : le charbon, actuellement, est triste ; le charbon a le spleen, ce qui, au demeurant, ne l'empêche nullement d'avoir aussi du poussier, l'incompatibilité ne jouant pas entre l'élément sentimental et l'élément minéral.

Eh ! quoi, me direz-vous, vous avez déjà vu du charbon gai, vous ? Mais oui, mes bons amis, j'en ai vu, et du très drôle encore, qui faisait la joie du foyer dans lequel on l'installait pour exécuter sa besogne, et qui pétillait, qui chantait même dans l'âtre ! Ah ! c'était le bon temps, comme disait Rudyard Kipling, car j'aime à croire que le grand écrivain anglais ne disait pas seulement : « Ceci est une autre histoire », mais aussi : « C'était le bon temps. » D'ailleurs, je crois savoir que s'il n'avait pas écrit l'admirable *Livre de la jungle*, il aurait certainement publié une étude très poussée sur le charbon et la gaudriole comparés.

Donc, pour en revenir à notre charbon, il faut se rendre à l'évidence : il y a quelque chose qui ne va pas dans ce coin-là. Et, croyez-moi, ça n'est pas bon ; quand le charbon a le bourdon, c'est désastreux pour la carburation du pays.

Je ne suis pas le seul à avoir remarqué ce phénomène, mais je suis cependant le seul à en signaler le péril. Est-ce la guerre qui affecte ainsi le charbon d'une manière spéciale ? C'est possible, d'autant plus que ça le rangerait sans conteste dans la catégorie des affectés spéciaux. Quoi qu'il en soit et quelle qu'en soit la cause, le moral du charbon est au plus bas ; il manque de flamme ; il brûle – parce que, tout de même, il convient de ne pas dépasser certaines limites – mais il s'essouffle rapidement et s'éteint dès qu'on ne le surveille pas.

En bref, le charbon s'étiole et dépérit. Or, c'est grave, très grave, et j'aimerais voir les pouvoirs publics s'emparer de la question et envisager les mesures propres à opérer un redressement rapide et radical.

Je pense que la meilleure manière de traiter le problème est de l'envisager sous son angle purement psychologique ; car n'allez pas vous imaginer que le charbon, matière apparemment inerte, manque d'âme et de sensibilité ; j'ai déjà démontré l'existence de l'âme chez les bandes molletières ; il n'y a donc aucune raison pour qu'il n'en soit pas de même pour le charbon ; il est donc infiniment probable que le spleen dont est présentement atteint le charbon est la résultante directe du bouleversement provoqué par les dures mais nécessaires pénitences imposées par les besoins de la Défense nationale ; en conclusion, le charbon s'ennuie.

Le mal est loin d'être sans remède ; la première des choses est de mettre un frein brutal et immédiat à la politique du racisme charbonnier ; car il y a un racisme du charbon ; trop de cloisons étanches en séparent les diverses catégories ; par exemple, l'anthracite, se considérant comme d'extraction aristocratique, fait cavalier seul et ne consentirait jamais à se mésallier avec du tout-venant, jugé comme trop plébéien. Il faut que ce scandale cesse ; il faut opérer des croisements et des mélanges salutaires.

Il est indispensable qu'on voie bientôt dans le même creuset l'anthracite et le tout-venant fraternellement unis au milieu d'un envol symbolique de têtes de moineau, parmi les gailletins et les boulets, cependant que, dressé sur ses ligots, le coke se sente plus que jamais gaulois.

C'est à cette seule condition que nous pouvons espérer voir à bref délai le charbon français reprendre sa dignité dans la force et le travail. Dans les temps difficiles que nous vivons, il nous faut de la bonne houille ; « houille que vaille et vaille que houille », comme disait par-dessus le marché Rudyard Kipling.

J'ose croire que M. le Ministre de la Justice va s'occuper de tout ça, toutes affaires cessantes ; c'est de son ressort ; puisqu'il est garde des sceaux, il est assez naturel qu'il s'intéresse à ce qu'on met dedans ; ou alors, il est inutile de réunir le Parlement en comité secret.

Drol' de s'maine – Redis-le Moelleux

Cartes sur table

Le Conseil Général de la Seine a émis un vœu tendant à l'établissement de cartes pour le sucre, le café, l'huile, les pâtes et le savon.

Le Conseil Général de la Seine est bien gentil et tous les amateurs de cartes, en noir et en couleurs, se joignent à nous pour lui exprimer ici notre gratitude indélébile et notre reconnaissance indéfectible.

Mais ça n'est pas suffisant. Il est d'autres denrées tout aussi précieuses que le sucre, le savon, le café, l'huile et les pâtes.

L'Os à Moelle réclame également – et dans le plus bref délai – l'établissement des cartes de sciure, des cartes de pâte à polycopier, des cartes de papier d'Arménie, de lacets de chaussure, de roudoudou et enfin des cartes de billets de banque.

Sans oublier des cartes d'allumettes et des cartes de cartes des opérations pour nos bons amis : les stratèges du Café du Commerce !

Amusons-nous !

J'ai lu dans un grand quotidien du soir, que je ne nommerai pas car il n'a pas besoin de publicité, une petite annonce ainsi conçue :

« *Pour faire rire nos soldats*, articles de grimace, farces diverses, surprises et attrapes en tout genre. Catalogue : 2 francs. »

Bravo ! on a raison de vouloir faire rire les soldats. Ça part d'un bon sentiment. Mais pourquoi faire rire les soldats seulement ? Et les sous-officiers ? Et les officiers ? Ben quoi ! n'ont-ils pas le droit de rigoler eux aussi ?

Il y avait une lacune à combler. La S. D. L. l'a fait. Elle tient à la disposition de Messieurs les Sous-Officiers et de Messieurs les Officiers des farces-attrapes en tout genre, mais du meilleur goût, qui leur permettront d'être épatants à la popote, au cercle et en société.

C'est ainsi que nous avons un article très amusant pour lieutenants-colonels : un képi-claque se transformant à volonté en soulève-plat ou en pistolet à eau de mélisse.

Nous vendons aussi – à un prix dérisoire – du poil à gratter spécialement réservé aux capitaines d'habillement, des trompettes nasales pour généraux de brigade et des fausses moustaches d'adjudants-chefs s'adaptant parfaitement par-dessus les sourcils des colonels d'artillerie. L'effet obtenu est aussi certain qu'irrésistible !

Nouveautés médicales

On vient d'inventer une nouvelle grippe. Après la grippe tout court, nous avons connu, il y a vingt ans, la grippe espagnole, puis, plus récemment, la grippe-éclair.

Eh bien ! nous avons maintenant la grippe streptococcique. C'est comme on a l'honneur de vous le dire.

Mais ce n'est pas fini…

Nous apprenons, de source sûre et certaine, que les médecins sont sur le point de nous offrir, à bref délai, plusieurs autres sortes de grippes :

La grippe à fermeture éclair ;

La grippe automatique ;

La grippe à traction avant ;

La grippe nasale ;

La grippe départementale ;

La grippe limitrophe ;

Et enfin la grippe monoprix, qui sera, comme son nom l'indique, à la portée de toutes les bourses.

NON…, NON ! je ne suis pas un cheval !

Il paraît que tout être humain, après sa mort, revient sur terre dans la peau d'un animal, ou vice versa, chaque animal se réincarne sous une forme humaine ; j'ai cherché à savoir, sans résultat d'ailleurs, si avant ma naissance je n'étais pas le fruit d'un bel étalon et d'une fougueuse jument. Après réflexion, je me suis dit : « Moi, doux comme un agneau, fidèle comme un chien, n'ayant aucun goût pour les courses et préférant une viande grillée à une botte de foin, non, non, je ne suis pas un cheval, je présume que la nature, en me faisant cette gueule spéciale, s'est mis le doigt dans l'œil (si je peux m'exprimer ainsi) ; lorsqu'à 7 ans, j'ai perdu mes dents de lait comme tout enfant qui se respecte et que mes gencives s'ornèrent de ces « quenottes », je ne prévoyais pas à ce moment-là que plus tard, à l'âge adulte, ce râtelier ferait parler de lui ; c'est d'ailleurs pour ça que j'y tiens, que je le soigne, que je lui dois de la reconnaissance. Remarquez que j'aurais pu en souffrir si j'avais été un de ces hommes pour qui la beauté joue un grand rôle dans l'existence ; j'aurais été alors, comme on dit à Marseille, « un gros malheureux », mais l'habitude étant une seconde nature, ma première nature est devenue une habitude.

À dix-huit ans, je mesurais 1 m 59 ; j'avais la tête en moins (enfin, je l'avais, mais elle était plus basse), et l'on croyait dans ma famille que je ne grandirais jamais, puis brusquement, sans maladie et sans rien dire à personne, mon corps s'est allongé et mon visage qui n'est pas contrariant a fait comme lui, d'où ce rapprochement chevalin. Malgré ça, malgré tout, non, non, non, je ne suis pas un cheval. Croyez-moi, de se connaître, c'est beaucoup mieux que de connaître les autres. Si chaque individu pouvait s'étudier à fond sans s'occuper si un tel ressemble à un animal (si noble soit-il), il finirait par remarquer ses défauts – et qui n'en a pas ? Lorsque je me suis vu pour la première fois dans un film, j'ai compris pourquoi le public riait à mon entrée en scène et j'ai perdu le peu d'illusions qui me restait. Regardez-vous dans une glace de face et chaque jour vous commencerez à vous trouver un peu mieux. Mais si vous vous voyez marcher, courir, en long, en large et en travers, oh ! la... la... Je n'insiste pas.

Voilà, c'est tout heureux d'avoir pu vous intéresser (du moins je l'espère) quelques instants, et je signe.

FERNANDEL,
Écurie de L'Os à Moelle.
Propriétaire : Pierre DAC.

Après le luth, c'est la lyre

Pétition pour une chanson de salle de bains

On a fait
de tout temps
des chansons
de tout genre,
et de tout acabit :
chansons à boire
et à manger,
chansons de marche
pour avancer
sur la route,
chansons de marches
d'escaliers
pour aider
à monter
les étages,
chansons d'amour,
chansons patriotiques
dont souvent
l'héroïsme
de bazar

est tellement
indigent
qu'il est ressortissant
du bureau de bienfaisance,
chansons grivoises,
réalistes,
comiques, etc., etc.
....
Et puis,
célèbres
entre les plus célèbres,
les chansons de
salle de garde,
dont le plus anodin
des couplets
suffirait
à faire rougir
un tisonnier...
....

Mais
il n'y a
pas de chansons
de salle de bains...
Pourquoi ?
Il y aurait,
pourtant,
des strophes charmantes
à écrire
sur le chauffe-bain,
la baignoire
et l'essuie-mains,
sur la buée
qui ternit les glaces
mais qui,
le cas échéant,
peut servir
de buée de sauvetage !...
. . . .
On pourrait
mettre
un refrain
dans le genre
de celui-ci :
« Vive la main de toilette
et le peignoir éponge,

le savon n'est qu'un songe
qui s'émousse en moussant. »
. . . .
Hélas !
il n'y a
pas
de chansons
de salle de bains !
. . . .
Peut-être,
après la guerre,
en écrira-t-on ?
Il y aura
tant de choses
à laver
et il fera si bon
de se tremper
dans un bain d'oubli,
qu'il se peut
qu'un poète
accorde sa lyre
au diapason
de l'eau qui coule !...

Pierre Dac.

Après les cartes de charbon, de café, de viande, etc.,
IL FAUT INSTITUER LA « CARTE DE RIEN »

Les cartes de restrictions sont à l'ordre du jour.

Il n'est pas un journal sérieux qui ne leur consacre au moins un article. Nous n'avons pas cru devoir faire moins que nos confrères.

C'est pourquoi, justement soucieux de porter à la connaissance de nos lecteurs une opinion vraiment autorisée, nous avons réussi à interviewer sur ce sujet une sorte de spécialiste de la question des cartes, puisqu'il s'agit, ni plus ni moins, de Mme de Tabouy, cartomancienne.

Mme de Tabouy nous a reçu dans son élégant cabinet de travail de style Charles Morice.

Dès le premier contact, les dons de divination de Mme de Tabouy ont fait merveille.

Il lui a suffi, en effet, de jeter un simple coup d'œil sur la carte de visite que nous lui présentâmes pour deviner, sans erreur, nos nom, prénom, adresse et qualité.

Souriant de la stupéfaction dans laquelle nous plongeait tant de perspicacité, Mme de Tabouy prit place derrière une table et nous invita, d'un geste, à nous asseoir en face d'elle.

– Cartes ? demanda-t-elle.

– Cartes de restrictions ! précisâmes-nous.

– Je ne travaille généralement qu'avec les cartes d'état-major ; c'est plus distingué, répliqua sèchement Mme de Tabouy. À la rigueur, parfois, je consulte les tarots ; mais je n'ai pas l'habitude de faire les cartes de restrictions.

Déjà elle se levait, vexée, décidée à couper court à l'entretien ; mais elle avait compté sans notre ténacité de journaliste.

Nous continuâmes :

– Il ne s'agit pas d'en faire. Nous en aurons toujours assez comme ça. Il s'agit de confier à nos lecteurs ce que vous pensez de l'institution éventuelle en France de pareilles cartes.

– Vous me prenez au dépourvu, minauda Mme de Tabouy. Si vous me demandiez ce que fera exactement Adolf Hitler, demain, à 7 h 47, alors qu'il sera seul, enfermé dans son cabinet de travail de Berchtesgaden, et quel signe secret il tracera sur le troisième feuillet du dossier ultra-confidentiel enfermé à droite de la troisième planchette de son coffre-fort particulier, je vous répondrais sans attendre. Ce genre de vision est ma spécialité et paraît très apprécié de ma clientèle.

– Les cartes de restrictions ont aussi leur intérêt pour le public. Toute la presse en a parlé et on ne compte plus les articles de journaux qui...

– J'ai un avis sur tout... Puisque vous y tenez, laissez-moi me concentrer et entrer en transe, je vous répondrai.

Mme de Tabouy se tut et demeura immobile. Tout à coup, elle passa une main égarée sur son front moite et parla d'une voix blanche :

– Je vois... Je vois des cartes multicolores... Carte de charbon, carte de café, carte de viande... Tiens ! En voilà une que je ne reconnais pas... C'est la carte de rien.

– Quoi ?

– Eh ! oui ! La carte de rien. Ça vous étonne ?

– Dame ! J'admets à la rigueur la nécessité de l'établissement de cartes de charbon, café, viande, etc., destinées à permettre aux gens de se procurer les produits qui leur manquent ; mais à quoi peut servir une carte de rien ?

– Aux autres.

– Quels autres ?

– Elle sert aux autres. Vous avez parlé des gens qui avaient besoin de quelque chose ; mais il y a ceux qui ne manquent de rien. Ils représentent une minorité, sans doute, mais ce n'est pas une raison pour les priver de carte. L'égalité est une des bases fondamentales de notre régime politique. Elle doit être la pierre angulaire de notre régime alimentaire. S'il est reconnu indispensable que tout le monde soit mis en carte, ceux qui n'ont besoin de rien doivent subir la loi commune.

– J'en conviens, pourtant...

– D'un modèle identique à celui des autres cartes, la carte de rien comportera un nombre de cases déterminé. Au jour voulu, son détenteur se présentera chez un commerçant désigné (un commerçant qui ne vendra rien), lequel, après avoir oblitéré à l'aide d'un timbre à date la case correspondante, ne donnera rien en échange à l'intéressé.

– Celui-ci s'en ira donc sans rien emporter.

– Naturellement, puisqu'il n'aura besoin de rien. C'est logique.

La consultation était terminée.

Nous prîmes congé de Mme de Tabouy, non sans déposer négligemment dans la sébille placée près de la sortie une liasse de billets de banque composée de deux coupures de cinq francs rassemblées par une épingle.

RÉCUPÉRER
les vieilles ferrailles
pour la défense nationale

C'est bien...

mais récupérer les vieux peignoirs, les vieux plastrons, les vieux cache-cols, et les vieilles casquettes *serait mieux...*

car, avec toutes ces choses molles, on pourrait fabriquer des mitrailleuses souples et des canons pliants, ce qui faciliterait grandement la tâche des unités mobiles.

Rien ne peut servir à tout, mais tout peut très bien ne servir à rien.

Qu'on se le dise !

Nos bons conseils

Beaucoup de personnes sont obligées de prendre leurs repas au restaurant, et beaucoup d'entre elles n'aiment pas le gras-double. Si, par bonheur, elles aiment le gras tout court, voici un excellent moyen : elles n'ont qu'à commander une demi-portion.

Les circonstances actuelles exigent que l'on fasse la publicité à l'envers

On a pu lire dans les quotidiens des placards de publicité ainsi rédigés :

LIMITEZ VOS VOYAGES

Évitez les déplacements de fin de semaine qui ne sont pas indispensables.

La S.N.C.F.

Ainsi, les Compagnies de chemin de fer qui engageaient, jadis, le public « à partir P.L.M. », « à se rendre aux Sports d'Hiver », etc., etc., recommandent maintenant aux voyageurs de ne pas se déplacer.

C'est donc bien, comme nous le disons plus haut, de la publicité à l'envers.

Bientôt, nous entendrons à la radio des communiqués de ce genre :

« Mes chers auditeurs, l'émission que vous venez d'entendre ne vous a pas été offerte par les Cafés du Brésil. Ne buvez plus de café. On n'en trouve plus dans toutes les bonnes maisons d'alimentation. »

Ou encore :

« Le meilleur savon est le savon Labidrule, le seul qui n'empâte pas l'épiderme et qui ne provoque pas d'eczéma. Chez votre marchand habituel, ne demandez pas de savon, mais spécifiez bien que le savon dont vous ne voulez pas est le **Savon Labidrule** ! »

Sur les murs de Paris, on collera des affiches ainsi conçues :

« N'achetez pas l'**Huile Machin**, c'est une huile merveilleuse, mais on s'en passe très bien, surtout quand on en manque. »

« **Les Nouilles Toutoule** sont les seules nouilles qui ne fatiguent pas l'estomac, principalement quand on n'en mange pas. Alors, consommez autre chose, mais rappelez-vous que les **Nouilles Toutoule** sont de première qualité. »

Quant à nous, nous ferons désormais notre publicité de la façon suivante :

« **Ne lisez plus *L'Os à Moelle*, mais achetez-le tout de même chaque vendredi.** »

Une tranche supplémentaire de la Loterie Nationale

Le 20 février prochain sera tirée une tranche supplémentaire et clandestine de la Loterie Nationale.

Cette tranche portera le titre de « Tranche de melon » ; elle sera tirée à bout portant et au fusil Gras.

L'intérêt de ce tirage spécial réside dans le fait qu'il ne sera procédé à aucune émission de billets ; il n'y aura, par conséquent, ni gagnants ni perdants ; ce qui n'a aucune espèce d'importance, puisqu'il n'y aura pas de lots non plus.

LE PRÉSIDENT SE RÉUNIT EN COMITÉ SECRET

Le Président Pierre Dac, qui avait une question à se poser, vient de se réunir en comité secret : on se souvient qu'il a toujours été opposé à cette procédure, et c'est sans doute ce qui l'a décidé à y recourir. De la sorte, on ne pourra pas l'accuser d'être l'esclave de ses préjugés.

Jamais comité secret ne fut aussi secret que ce comité secret : le Président s'est enfermé dans sa cave, dont il avait fait, au préalable, enlever les murs ; ceux-ci ont, comme on sait, des oreilles dont il fallait se méfier. Pour se soustraire à toute influence extérieure, il s'est introduit dans l'oreille droite une boule de cire contre les bruits, et dans l'oreille gauche une fausse boule de fausse cire contre les faux bruits.

Puis, soucieux de n'être pas entendu par les indiscrets, il s'est cadenassé les mandibules au moyen d'un verrou de sûreté et s'est coincé le nez avec une pince à linge, pour le cas où il se serait mis à parler du nez.

Tout risque de fuite ainsi écarté, Pierre Dac s'est introduit dans une potiche en terre non poreuse, dont il ramena sur lui le couvercle orné de cette inscription : « Taisez-vous, méfiez-vous ! les oreilles amies vous écoutent. » Il calfata intérieurement la moindre prise d'air avec de l'étoupe, du coaltar et du chewing-gum plastique. Tout était paré : la séance secrète pouvait commencer.

Voici les interpellations que s'adressa le Président et les réponses pertinentes qu'il ne se fit point attendre :

– Et alors ?
– Alors quoi ?
– Alors… tout.
– Ah ! alors tout ?
– Oui, alors tout. Et alors ?
– Alors… rien.
– Rien ?
– Rien.
– Bon.

(Est-il besoin de souligner, dans ce dialogue, cette *imperatoria brevitas* que l'on croyait disparue depuis Jules César ? Sans doute, Pierre Dac n'est pas Imperator, mais, comme il le dit modestement : « Ça viendra. »)

Là-dessus, il ne restait plus qu'à lever la séance et le couvercle de la potiche. Le Président décalfata son calfatage, débouchonna son bouchonnage, se dépoticha de la potiche, déverrouilla son verrou et dépinça sa pince à linge. Puis, après avoir pris une bonne respiration, il se répandit par la ville aux cris mille fois répétés de : « Mais chut ! Mais chut ! »

Enfin, à l'heure de l'apéritif, il assembla quelques amis, et, d'une voix mâle (la seule d'ailleurs qu'il possède), il déclara :

– Et maintenant, je vais tout vous raconter.

Ce qu'il fit.

PETITES ANNONCES

DEMANDES D'EMPLOIS

Aiguille des Alpes lasse de la vie sédentaire cherche emploi chez couturière exécutant gros travaux.

Jeune homme flemmard et paresseux, cherche bonne place de fainéant, même avec de gros appointements. G. Lacosse.

Urgent. Cherche place de Président Conseil d'administration, garçon de bureau ou n'importe dans affaire vraiment stable. D' Kapfweill, Reichsbank.

Tampon buvard sensible et craignant le tangage, cherche place dans bureau capitaine de navire spécialisé dans le roulis. Écrire Feuillets roses, à L'Os.

Grille d'arbre, inactive depuis unité française, demande emploi shrapnel dans obus rectifié et garanti éclatant. Pressée. Obus fascicule bleu s'abstenir. Écrire Lafonte à L'Os.

SOLDES

Tabliers de cuisine 15 fr. 95 pièce. De cheminée 3 fr. 95 les six.

Serviettes toile éponge 49 fr. 95 les six. En peau de porc et maroquin de 90 à 250 fr.

Grand choix de chemises pour dames, messieurs, bureaux et études. À la pièce ou à la douzaine.

Serviettes nid-d'abeilles 19 fr. 95 les six ; avec miel 29 fr. 95.

DIVERS

Je ne vends pas, je donne « tuyau », à médecins chirurgiens et Sociétés d'Ambulances privées. Câble d'ascenseur exténué, à expiration de contrat. Après examen à vue de nez ne tiendra pas le coup plus de huit jours. À bout, mais spirituel, ne lâchera pas sans charge complète. Écrire pour rendez-vous à Méssidor-la-Cisaille à L'Os qui transmettra.

Usager de la C. P. D. E. paierait très cher, combinaisons discrètes capables arrêter compteur sans interrompre la consommation. Écrire sous env. blindées à L. B. à L'Os-B.

Pochettes-Surprise Os à Moelle garnies de vide absolu. (Procédé pneumatique Gratiney.) Effet de surprise garanti.

Trous de serrures phosphorescents pour noctambules, 5 fr. pièce. Les mêmes, mais aimantés pour poivrots rentrant tard, 100 sous pièce.

Tables et guéridons sans pieds pour enlever à vos invités l'envie de transformer vos réceptions mondaines en séances de spiritisme.

Les 12 mensonges d'Hitler, le paquet 0 fr. 60 ; l'assortiment de 150 mensonges Hitler-Staline, la hotte 0 fr. 30.

Au petit tailleur futé. Son complet une seule taille, en caoutchouc souple, s'étire, s'allonge, prend la forme de n'importe quel individu. Supprime tout essayage, 295 fr.

Peigne pour moustaches de dictateur 0 fr. 65 ; le même, à la mélino-dynamite 2 fr. 50 ; Médailles de maréchal, le kilo 5 fr. 80 ; Discours pour chef de propagande, le tas 1 fr. 10.

Écrivez vite et bien, même sans savoir, avec une bonne sténo-dactylo connaissant bien le français.

Écrivez vite et n'importe comment, avec une bonne sténo-dactylo connaissant mal le français.

AVIS ET CORRESPONDANCES

Portefeuille las d'être à plat demande pour liaison durable, liasse bancaire fidèle et aimant la vie d'intérieur.

Jeune chien recherche queue perdue, après bousculade avec la hachette de cuisine. Bonne récompense à qui recollera.

Parasite moderne abandonnerait volontiers son domicile actuel dans barbe inculte pour se loger dans appareil de T.S.F. Écrire Toto, poil 546, Menton.

Madame, mademoiselle, monsieur, si vous aimez vraiment les oiseaux, achetez sans hésiter nos cages sans barreaux. Élevages Haucric et Hallagru.

Demande de logement. Petit oiseau sentimental cherche abri dans cage thoracique près cœur sensible.

ÉCHANGES

Échangerions contre puits de pétrole mines au choix : mines de crayon, mines de rien, mines renfrognées, etc. Écrire : Mines Hutry (électriques).

L'OS à MOELLE

NUMÉRO 97 – VENDREDI 15 MARS 1940

Summer Welles, sous-secrétaire d'État américain et envoyé spécial en Europe de Roosevelt, le président des États-Unis, tente depuis deux semaines de provoquer des négociations de paix entre les Alliés et l'Allemagne. Il s'est ainsi rendu dans les capitales européennes pour rencontrer les responsables politiques. À l'exception de Mussolini, qui se tient prudemment hors du conflit, il n'a pas croisé la moindre oreille favorable à sa médiation. Il a toutefois prévenu Hitler que la moindre extension du conflit par le Reich entraînerait aussitôt une réaction énergique et déterminée des États-Unis.

Edito
La patrouille de l'humour
Journal de route de la première tournée du Théâtre aux Armées dans la ligne Maginot

par Pierre DAC

Du 2 au 11 mars inclus, j'ai eu l'honneur de faire partie de la première tournée qui a opéré dans les ouvrages fortifiés et les camps de la ligne Maginot.

Permettez-moi de vous présenter l'équipe :

Directeur de la tournée : Georges Melchior, président fondateur du Théâtre des Anciens Combattants, créateur de ce groupe du Théâtre aux Armées destiné à l'avant.

Josselin, le meilleur des copains, dont l'esprit de camaraderie n'a d'égal que son irrésistible talent de fantaisiste.

Valiès, le charmeur de la troupe, dont les inflexions vocales sont capables d'attendrir un canon de 37.

229

Bob Serge, accompagnateur et soliste, jouant d'une main de l'accordéon, de l'autre du piano, et du bugle de la troisième.

Et votre serviteur, dont il est superflu de rappeler les qualités lyriques et dramatiques.

Nantie des ordres de mission nécessaires et idoines à l'impétrance de la chose, la tournée a pris le départ le samedi 2 mars, au matin.

Voici donc quelques extraits du journal de route :

2 mars. – 5 heures. – Rassemblement des éléments de la troupe sur le champ de courses de Longchamp ; tour de pistes d'honneur et d'entraînement.

5 h. 25. – Mouvements respiratoires.

5 h. 30. – Départ pour la gare de l'Est.

6 heures. – Arrivée à la gare de Lyon.

6 h. 15. – Bagarre avec les employés qui ne veulent pas nous indiquer le train pour une grande ville lorraine.

6 h. 20. – Nous leur retirons notre clientèle et les avertissons sévèrement que nous allons à la gare de l'Est.

De 6 h. 20 à 7 h. 50. – Festival de serviettes nid-d'abeilles et de mains de toilette.

13 h. 15. – Arrivée à destination, qui, entre parenthèses, est une fort jolie ville entièrement prise dans la masse et dont l'aspect est symptomatiquement urbain.

15 heures. – Première séance dans un ouvrage fortifié ; mercuriale à Josselin qui demande au commandant d'équipage si son ouvrage est fortifié au quinquina.

17 heures et 21 heures. – Deuxième et troisième séances dans d'autres ouvrages. Bob Serge se coince l'omoplate gauche dans la pédale sourde de son piano à bretelles et Valiès met son linge à sécher sur ses cordes vocales.

3 mars. – 11 h. 45. – Déjeuner menu militari, bien entendu. Départ à 13 h. 15 ; 14 h. 30, 17 h. 30 et 21 heures, nouvelles séances dans d'autres ouvrages ; tours de chant à 50, 60 et 80 mètres sous terre. Je me fais durement remettre à ma place par un capitaine du génie à qui je demandais si les blocs pouvaient le cas échéant être transformés en blocs-notes.

4 mars. – Même programme et mêmes horaires que ci-dessus ; la séance du soir a lieu au foyer d'un groupe de reconnaissance, cantonné quelque part sur le front, à proximité d'un petit bois, lequel se trouve à

deux doigts d'un chemin d'intérêt local et à 6 % et à trois orteils de l'orée d'un ruisseau dont l'eau a été bétonnée.

Les tours de chant, cette fois, sont accompagnés au canon, sur une mesure de 105. Valiès en conçoit quelque amertume en raison de la difficulté des artilleurs à observer le rythme « hot ». Notre ami Melchior, que j'ai surnommé « le bon roi mage du Théâtre aux Armées », veut absolument nous emmener pour donner une séance dans la ligne Siegfried. On téléphone à ces messieurs d'en face qui répondent qu'ils vont en référer au docteur Goebbels.

24 heures. – Numéro de sommeil profond comme une casemate par toute la troupe.

5 mars. – Continuation et renouvellement des cérémonies ci-dessus. Visite des ouvrages ; on a toutes les peines du monde à empêcher Josselin de se laver les dents avec un chargeur de fusil-mitrailleur. Initiation aux calculs des angles de tir ; assimilation parfaite. Voici ce que nous avons compris : étant donné la configuration topographique du terrain, l'angle de tir est calculé de manière à ce que les feux, en se croisant, réalisent une courbe suffisante pour que les arrivées se fassent non avant le départ, mais après, compte tenu de la dérive et de l'influence des jours sans alcool sur la ventilation des tourelles et de la position des pare-chocs destinés à minimiser les coups d'embrasure.

6 mars. – Séance à l'ouvrage A 21. Émotion profonde. Atmosphère fraternelle. Cet ouvrage est placé sous le signe de *L'Os à Moelle.* Un os, de gabarit impressionnant, est suspendu au plafond de la popote ; j'y appose ma signature à côté de celles de tous les membres de l'équipage ; remise solennelle d'insignes. Accolade du commandant. Pose de la première pierre du monument à l'amitié inaltérable.

7, 8, 9, 10 et 11 mars. – Continuation et fin de la première tournée dans la ligne.

CONCLUSION. – Nous emportons un souvenir tel que, s'il pouvait être monnayé, il nous rendrait, mes camarades et moi, multimilliardaires.

Chers, très chers camarades des ouvrages qui nous avez reçus avec tant de gentillesse, nous vous adressons à tous l'expression de notre profonde reconnaissance. Nous allons mettre tout en œuvre pour revenir bien vite, et ainsi, plus tard, lorsque nous fouillerons dans nos souvenirs, nous y trouverons les plus belles pages d'un livre dont les lignes auront été écrites avec les plus purs d'entre les plus purs sentiments.

Drol' de s'maine — Redis-le Moelleux

Les restrictions

Les journaux ont publié le calendrier des restrictions. Ils ont bien fait car, entre nous, c'est assez compliqué et on a du mal à s'y reconnaître.

Mais ce n'est pas suffisant. Les membres de la S.D.L., qui ne vivent pas de la même façon que les autres citoyens – puisqu'ils sont loufoques –, sont astreints à d'autres restrictions particulières dont voici le calendrier :

LUNDI. – Pas de gomme à claquer.

MARDI. – Pas de sciure. Pas d'eau de mélisse ni de boudin à ressort. Pas de décalcomanie, de mégalomanie, de lagophtalmie et d'euphorie.

MERCREDI. – Pas de papier d'Arménie.

JEUDI. – Pas de chatterton ni de limonade purgative.

VENDREDI. – Pas de bigorneaux ni de fermetures Éclair.

SAMEDI. – Pas de ceintures de flanelle.

DIMANCHE. – Aucune restriction.

TOUTE LA SEMAINE. – Deux plats seulement, dont un plat creux et un plat long.

L'humoriste Goebbels

Le Dr Goebbels se met à faire de l'esprit. Pour les besoins de sa propagande, il vient de faire imprimer un journal intitulé *Paris-Noir*, qui est une grossière imitation de notre confrère *Paris-Soir*. Et les avions allemands lancent des exemplaires de *Paris-Noir* en guise de tracts…

Suggérons-lui pour ses prochains pastiches de journaux français quelques titres de circonstance : le *Journal des Ébats*, le *Bedit Barisien*, le *Chournal*, le *Mâtin*, le *Petit Noir* et enfin la *Hausse à Moelle*.

Quel joyeux luron que ce Dr Goebbels, tout de même !

Échange de bons procédés

La feuille officielle de l'armée allemande annonce que le haut commandement a levé l'interdiction faite aux soldats de chanter le chant de combat : « Victorieux, nous voulons battre la France ! »

À titre de représailles, le haut commandement français autorise nos soldats à chanter : « Les godillots sont lourds dans le sac. »

Et il l'autorise d'autant plus volontiers que cette chanson n'a jamais été interdite.

Visites officielles

M. Summer Welles, au cours de son passage à Paris, a rendu visite à MM. Daladier, Jeanneney, Herriot, Blum, Chautemps et Bonnet.

Signalons, d'autre part, que notre ami Fernand Rauzena a rendu visite, au cours de la même journée, à MM. Van den Paraboum, Jacques Allahune, Adhémar de la Cancoillotte, Riton-les-Mains-Jointes ainsi qu'à M. le Bistrot du coin.

Tous ces déplacements ont causé, paraît-il, une grosse impression à Berlin.

N'OUBLIEZ PAS DE LIRE CECI :

PRÉCISIONS ET EXPLICATIONS
relatives aux trois jours consécutifs sans viande

Le calendrier des restrictions va être révisé comme suit :

3 JOURS CONSÉCUTIFS SANS VIANDES DE BOUCHERIE.
Sont dénommées telles : les viandes de bœuf, veau, mouton, chèvre, velours de laine, sparadrap et cover-coat (à l'exception des agneaux de lait, des chevaux de lait et des chevreaux de crème fraîche d'un poids inférieur à deux tonnes de viande nette), fraîches, réfrigérées, congelées, salées, sucrées, poivrées, assaisonnées, préparées, en conserve, en vrac ou en tubes.
(Durant ces trois jours, les boucheries seront fermées, y compris celles qui demeureront ouvertes.)

2 JOURS CONSÉCUTIFS INCLUS DANS LES JOURS PRÉCÉDENTS SANS VIANDES DE CHARCUTERIE.
Sont désignées comme viandes de charcuterie, les viandes de porc fraîches, réfrigérées, salées, préparées en bidons de cinq litres ou conservées dans l'alcool.
(Ces deux jours, les charcuteries seront démolies.)

1 JOUR PAR SEMAINE CHOISI PARMI CEUX CI-DESSUS SANS VIANDES DE BOUCHERIE HIPPOPHAGIQUE, NI TRIPERIE.
Comme viandes de boucherie hippophagique, il faut entendre, les viandes de mulet, de rouget, de congre debout ou assis, de cheval sur pied ou sur le dos, sans distinction de poids, d'âge ou de situation.
Comme triperie : les abats et gravats de toutes sortes, naturels ou surnaturels.
LES RESTAURANTS observeront ces restrictions, y compris les quincailleries et teintureries qui donnent à boire et à manger.

Dans la voie des économies
L'Os donne l'exemple !

Par suite des nouveaux mots d'ordre concernant les mesures d'économie, nous avons pris au cours de cette semaine une décision très importante sous son apparente insignifiance.

Peut-être même est-ce le début d'une véritable révolution dans le journalisme ; la plus grande depuis l'apparition de la *Gazette* à un liard de Théophraste Renaudot, en passant par la *Presse* à un sou d'Émile de Girardin et par *L'Ami* à quinze centimes de Coty.

Nous craignions d'ailleurs de rencontrer trop de difficultés après l'interdiction de vente des boissons alcooliques dans les cafés, trois fois par semaine, pour assurer sans défaillance notre mise en pages. D'autre part, la longueur de nos rubriques et leur extrême diversité n'auraient pas manqué à la longue de crever nos feuilles de papier.

Il a donc été entendu, d'accord avec MM. Paul Reynaud et Dautry, que nous abandonnerions provisoirement notre si intéressante abondance des matières, pour ne la reprendre qu'à la fin des hostilités.

Agir autrement eût été déraisonnable. Notre mérite est de l'avoir compris.

C'est le principal dans les circonstances présentes.

Et comme l'a dit si bien le grand philosophe Descartes, qui ne croyait pas si bien dire : « S'il est vrai que le principal, c'est l'essentiel, n'oubliez jamais que l'essentiel, c'est le principal ! »

À propos de l'incorporation à partir du 10 avril des réformés et exemptés reconnus aptes au service

le ministère de la Défense Nationale communique :

« Ne seront pas compris dans le contingent les hommes déjà incorporés précédemment ; en conséquence, tous les récupérés actuellement sous les drapeaux ne pourront pas être appelés une seconde fois, à l'exception de quelques cas d'espèce qui feront l'objet d'un examen spécial et d'une enquête supplémentaire. »

PRESTIGE ET ÉLÉGANCE
Vers une nouvelle tenue militaire vraiment idoine
Il faut habiller les soldats en civils

Toute la presse a consacré des articles enthousiastes au chic incontestable de notre nouvelle tenue militaire.

Désormais, l'armée française est, sans aucun doute, l'armée la plus élégante du monde.

Seuls quelques esprits rétrogrades, confits dans une poussiéreuse routine, ont critiqué la coupe des pantalons de golf et des chemises bouffantes destinés à nos soldats, trouvant à ces accessoires vestimentaires un caractère trop peu martial.

Ces protestataires regrettent assurément le temps des uniformes soutachés, des cuirasses surdorées et des plumets démesurés.

Ce temps-là est révolu.

Certes, en temps de paix, les soldats guêtrés de peau, vêtus de broderies et coiffés de poils, impressionnent tendrement les bonnes d'enfants et contribuent dans une certaine mesure à l'esthétique des jardins publics.

Ces mêmes hommes ne sauraient, en temps de guerre, se contenter d'assumer un rôle uniquement sentimental et décoratif.

La stratégie moderne exige la suppression du panache trop voyant et la dissimulation complète du soldat.

C'est à cette nécessité que répond en partie le nouvel uniforme kaki.

Cet uniforme, de teinte discrète mais de coupe encore trop réglementaire, doit recevoir d'importantes modifications si l'on tient à ce qu'il atteigne pleinement le but désiré.

Une personne-particulièrement-bien-renseignée nous assure que c'est là, d'ailleurs, l'intention des autorités et que les calots, les bérets, les képis et les casques seront bientôt remplacés par des chapeaux melons, les tuniques par des vestons, les capotes par des pardessus, les cravates « chasseur » par des régates, les godillots cloutés par des escarpins vernis et les chaussettes russes par des chaussettes à baguettes.

Les sous-officiers auraient droit au port de la pochette brodée, du pantalon charleston à bande et du panama.

Seuls les officiers supérieurs pourraient arborer le feutre taupé mauve tendre et le trench-coat lilial.

C'est alors, seulement, qu'on obtiendra la dissimulation totale du soldat.

Il deviendra impossible, en effet, à l'observateur ennemi le plus subtil de distinguer à un kilomètre de distance un militaire ainsi accoutré d'un simple civil.

Pour que l'illusion soit complète, peut-être conviendrait-il également de remplacer par de solides parapluies les fusils, évidemment utiles aux troupes en campagne pour enfoncer les clous ou broyer du café, mais extrêmement dangereux à manier et susceptibles de provoquer des accidents de personnes.

Poissons d'avril

Cette année comme les précédentes, la fin de mars va nous ramener le Premier avril, avec son complément indispensable : le Poisson d'avril.

Le Poisson d'avril, comme son camarade de promotion, l'Œuf de Pâques, est généralement fait avec du chocolat extra-superfin. Or, la vente des chocolats de luxe vient d'être interdite par décret.

Est-ce à dire que les Français devront renoncer à échanger ces charmants petits cadeaux qui entretiennent l'amitié des confiseurs ? Non ! Ne reculant devant aucun effort pour être agréable aux personnes, *L'Os à Moelle* tient à la disposition de ses fidèles lecteurs un modèle exclusif d'*Œuf de Pâques en bois peint*. Imitation parfaite de la nature. Peut resservir plusieurs années, consécutives ou non. Le demander à nos bureaux. Prix modérés.

Attention à la rougeole verte !

Les services du ministère de l'Hygiène attirent l'attention du public sur l'évolution actuelle des affections grippales qui ont nettement tendance à se transformer en rougeole verte.

La rougeole verte est à forme épidémique ; elle est contagieuse quand elle se communique d'individu à individu ou d'idoine à impétrant.

Les symptômes avant-coureurs de la rougeole sont caractéristiques et se décèlent généralement vers la fin de la maladie.

Dès les premières manifestations, le malade atteint de la rougeole verte voit ses extrémités devenir beiges et son thorax bleu acajou ; les dents enflent et les genoux émettent une abondante sudation ; la peau du cou a tendance à se décoller et la pomme d'Adam à prendre l'aspect d'un métronome.

À de rares exceptions près, la rougeole verte ne provoque pas de température, mais presque toujours une assez forte poussée de fièvre.

Les soins à donner sont extrêmement simples ; à savoir :

a) Tenir le malade en plein courant d'air.

b) Faire des enveloppements avec un pardessus (raglan de préférence).

c) Six fois par vingt-quatre heures, lui administrer une cuillerée d'eau distillée dans 1 litre 1/2 de vin rouge.

d) Soir et matin, mettre dans chaque narine gros comme la pointe d'un alpenstock de la pommade suivante :

Kaolin 10 gr.
Ferrocérium 1 tube.
Crème de marrons 1 pot.
Extrait opothérapique 1 livre.
Extrait de naissance 2 feuilles.
e) Prévenir la famille.
f) C'est tout.

Après le luth, c'est la lyre

À mon très cher ami
Gilbert Cesbron,
lieutenant aux armées.

Je voudrais…

Je voudrais
travailler
dans un
magasin
de rêve
où l'on
ne vendrait
que des choses
imaginaires
et je voudrais
surtout
occuper
l'emploi
de chef
de rayons
de lune…
. . . .
Ainsi
je proposerais
aux chalands
éventuels
des rais
lunaires
en chromé
et en argent,
en or pour les
plus délicats,
ou en nickel
pour les
moins argentés…
. . . .
J'envelopperais
les achats
dans des
paquets
de toile
de brume
ou
de voile
de nuit…
La journée
finie
je mettrais
soigneusement
mon éventaire
en ordre
et rangerais
mes rais de lune
par groupes

de six
ou de dix
suivant leur grandeur
ou leur éclat,
et à chaque
angle de mon comptoir,
je placerais
une étoile
en guise de feu

de position.
. . . .
Ah ! que j'aimerais
être chef
de rayons
de lune
Dans un magasin
de rêve…

Pierre DAC.

LES VRAIES CONDITIONS DE PAIX D'ADOLF HITLER
Assez de bobards…

La publication, après la visite de M. Summer Welles au Führer, des conditions de paix formulées par le chancelier Hitler, nous avait légitimement intrigués à L'Os.

Notre carte de visite portant mention de rédacteur à L'Os à Moelle, on nous ouvre toutes les portes là-bas, inutile de le dire. « Organe des loufoques » plaît beaucoup à Adolf, qui a vraiment la tournure d'esprit qu'on attend aussi bien des collaborateurs de notre organe que de ses lecteurs.

Nous l'avons donc trouvé presque au saut du lit, alors qu'il faisait sa toilette avec une pierre ponce et un tampon de paille de fer.

– Rien de mieux, cher ami, dit-il en découvrant largement ses 42 dents longues et pointues. Pas besoin de savon avec ça. D'ailleurs, le savon est plus utile pour faire cuire les œufs sur le plat… Mais laissons ces détails sans importance. Quel bon vent vous amène ?

– Mon cher Adolf, j'ai lu dans nos journaux vos conditions de paix.

En entendant ces mots, prononcés avec la gravité que vous pouvez imaginer, le Führer s'esclaffa. Sa bouche s'ouvrit si grande que sa lèvre supérieure lui cacha le visage jusqu'aux sourcils.

– Elle est bien bonne ! Vous avez lu les communiqués de Goebbels, cette demi-portion ! Mais il est cinglé ce type-là ! Si vous croyez tout ce qu'il raconte, vous n'avez pas fini d'en croire et d'en baver !

– Alors, mon bon Dodophe, ces fameuses conditions ne seraient pas les vôtres ?

– Pas du tout… Les miennes sont raisonnables, Dieu merci ! Je crois pourtant avoir fait mes preuves pour qu'on ne me croie pas capable d'imaginer de pareilles sornettes.

– *Sornettes, peut-être, mais sornettes d'alarme !...*

Le front plissé par un pénible travail cérébral, Hitler étudiait en silence ce trait d'esprit, puis, désespérant d'en saisir le sens, il poursuivit :

– *En vérité, la paix ne dépend pas de moi. Parce que, moi, je suis décidé à donner satisfaction à tous ceux qui seront disposés à ne pas me contrarier. Qu'on me laisse la Pologne, la Tchécoslovaquie, l'Autriche et... le reste. Surtout le reste... Quant à ce qui suivra, je le veux : la Suède, la Norvège, le Danemark...*

– *Jusqu'ici, vous n'êtes pas exigeant, en somme !*

– *Non. Et puis je pense que la Suisse doit entrer dans mon vital espace avant la Roumanie, la Bulgarie, la Yougoslavie et la Grèce...*

– *Il me semble que vous oubliez l'Angleterre ?...*

– *Attendez ! Ça viendra par la suite. En attendant, l'Italie et l'Espagne.*

– *Si je comprends bien, l'étude des frontières européennes sera grandement facilitée, grâce à vous.*

– *D'autant plus que je ne laisserai pas la France à son cruel isolement, surtout en considération de ses admirables vins, beurres, et de toutes ses spécialités gastronomiques, si rares ici.*

– *Mon cher Führer, je vous remercie de cette remarquable mise au point. Je suis rassuré. Mais il me semble que vous avez oublié les Républiques d'Andorre et de San Marin ?*

– *Non pas ! Elles resteront indépendantes.* J'insiste sur ce point. *J'ai une grosse responsabilité devant l'Histoire. Il ne faut pas que ma mémoire soit ternie par l'abus de la force. Je ne veux pas qu'on m'accuse de rester seul maître du destin de l'Europe.*

Une fois de plus, on a exagéré les prétentions d'Hitler. Espérons que cette interview suffira à calmer les appréhensions de nos compatriotes !

Restrictions

En plus des restrictions imposées, et que chacun connaît, L'Os à Moelle *propose une nouvelle suite de restrictions dont l'intérêt évident se passe de commentaires et dont voici une liste très succincte :*

I. – Un jour sans chaises dans les cafés, estaminets, bistrots, restaurants, etc. On est prié d'amener ses chaises.

II. – Un jour sans plaques d'égout.

III. – Un jour sans retards à la S. T. C. R. P.

IV. – Un jour sans soulier gauche.

V. – Un jour sans cheveux.

VI. – Un jour sans café au lait.

VII. – Et enfin, pour terminer, une semaine sans lundi.

Le Général commandant le secteur de M... rappelle

I. Qu'il est formellement interdit aux officiers, sous-officiers et soldats de sous-louer les chambres de tir des ouvrages et d'en faire la location au mois, d'y ajouter une salle de bains ou un cabinet de toilette et de séparer les mitrailleuses jumelées sous le fallacieux prétexte d'habituer celles-ci à prendre individuellement leurs responsabilités.

II. La même chose que le paragraphe ci-dessus.

III. Se reporter au paragraphe IV.

IV. Se référer aux instructions du paragraphe II.

À propos du recensement

C'est le 3 avril prochain qu'aura lieu le recensement des citoyens et citoyennes pour l'attribution des cartes de ceci et de cela qui nous ont été récemment promises.

Aux termes du décret explicatif, chacun des ayants droit devra être recensé « dans la commune où il aura passé la nuit du 2 au 3 avril ».

Ce qui nous incite à poser à qui de droit la question suivante : « Un homme – ou à la rigueur une femme – ayant passé en chemin de fer ladite nuit recevra-t-il autant de cartes qu'il aura traversé de communes ? »

PETITES ANNONCES

OFFRES D'EMPLOIS

Bibliophile anglais cherche comme secrétaire, géomètre très au courant des volumes. Appointements seraient réglés en livres.

Queue de billard retraitée, cherche emploi cheville dans tonnellerie sérieuse.

Sirène, libre tous les jours sauf jeudi, cherche emploi de loup-garou dans famille nombreuse.

Médium extra-souple et très ficelle cherche place de courroie de transmission (de pensée).

Jeune homme musclé, répondant au sobriquet de Zizi, cherche place de vendeur, chez marchand de poids et haltères.

ANNONCES MILITAIRES

Articles pour aviateurs : feux de bengale, toutes couleurs, permettant aux pilotes de reconnaissance de retrouver leur chemin pendant les vols de nuit. La boîte de 343, 18 fr. 70. Dispositif de jour consistant en jolis sacs de farine. Les 120 sacs, 22 fr. 35.

Chapeaux d'aviateurs avec dérivomètre et empennage en plumes d'autruche. Le cent, 100 fr.

Diables à ressort se fixant de chaque côté du fuselage et sortant de leur cachette à l'aide d'un bouton ingénieux pour faire peur aux adversaires. Article effrayant, 12 fr. 30 ; Très effrayant, 14 fr. 70. Le même, mais encore plus effrayant, 15 fr. 90. Modèle horrible, faisant peur à tout le monde, 42 fr. 37.

Militaires ! Pour réparer tous accrocs et consolider boutons, utilisez notre élégante petite machine à coudre de poche tout en acier poli, composée d'une tige avec pointe aiguë, avec perforation à l'autre extrémité. Livrée en ordre de marche avec matériel (bobines de fil blanc et noir). Vente en gros exclusivement. Le paquet de 100 machines, 3 fr. 95.

Dispositif à faire des loopings, consiste en un assortiment varié de produits naturels tels que essence de calvados, extraits de fine champagne, cognac survolté, etc., etc. Le panier garni : 48 fr. 10. Dispositif identique pour piqués, tonneaux, vrilles à plat, vol sur le dos, glissades sur l'aile, etc., etc., le bon gros panier fourré : 102 fr. 05.

Militaires soyez modernes, ne saluez plus comme nos grands-pères. Adoptez notre main en contreplaqué découpé, se fixant à la visière du képi et permettant ainsi de garder les mains dans les poches sans crainte de représailles. Deux couleurs : rose tendre ou rougeaude. La pièce : 3 fr. ; gantée : 35 fr.

Pilote de reconnaissance, demande comptable et aide-comptable, pour contrôler les tours d'hélice. Personnes comptant même vite sur leurs doigts s'abstenir.

Couteau automatique Os à Moelle effectuant seul la corvée de patates. Permet de vaquer à ses occupations personnelles. Le couteau : 100 sous. L'homme de main indispensable au fonctionnement de l'appareil : 15 sous par jour.

DIVERS

Dans grand café, en province, portemanteau surchargé demande d'urgence pour association pan de mur possédant clous solides.

Valet d'atout, sérieux et sympathique, demande Roi et Dame, pour exploiter tierce et belote. Urgent. S'adresser main gauche du joueur de droite à la table du milieu, Café de Paris.

Poêle d'occasion tirant toujours bien pourrait encore servir à arracher celui que certains ont dans la main.

Sauce Os à Moelle pour rallonger le court-bouillon. Le flacon permettant de rallonger d'un mètre : 4 fr. 95.

Lampe orange nouveau modèle D. P. Consommation avantageuse. Extra-douce, pièce 2 fr. 95. Sanguine 3 fr. 95.

Eclairez-vous à bon compte et a giorno grâce à nos articles réputés : swing, force 36 chandelles, uppercut, force double, gnon modèle courant pour éclairage modéré.

Vous qui n'êtes pas très sûr de votre orthographe, procurez-vous notre stylo breveté Os à Moelle faisant automatiquement des pâtés aux endroits embarrassants.

Ayez toujours quelques lampes Pigeon dans vos abris, en cas d'alerte vous passerez agréablement votre temps à jouer à pigeon-vole.

Articles pour forains. À céder stock jugulaires de képis réformés, pouvant aisément se transformer en poil d'éléphant porte-bonheur.

« Chez Plumeau ». Soldes de moulins à café. Actuellement en stock 987 524 moulins à café à des prix ahurissants. Vente à la pièce ou au kilo. À tout acheteur d'un lot de moulins à café, il est remis en prime un plan détaillé et concis des maisons où l'on vendait du café.

Chambertin fruité et chahuteur cherche gosier en pente rapide pour jouer à glisser. Alpins de préférence.

Cochers motorisés ! Complétez votre équipement avec notre fouet mécanique. Prêt-à-porter, 122 fr. Le même pour mayonnaise, 2 fr. 95.

L'OS à MOELLE

NUMÉRO 102 – VENDREDI 19 AVRIL 1940

*Si les soldats français volent, dès le 10 avril, au secours des Norvé-
giens, c'est, dit Paul Reynaud, « pour couper la route permanente du
fer suédois vers l'Allemagne ». Tandis que les nazis progressent vers
Oslo, les armées française et britannique multiplient les débarque-
ments en divers points stratégiques. Les assauts pour libérer Trond-
heim et Narvik se révèlent d'abord impossibles. À partir du 16, les
Britanniques occupent les îles Féroé, puis Andalsnes, Molde, et Nam-
sos. En France, où l'on connaît mal la carte de la Norvège, on s'interroge sur la réalité des avancées de nos troupes.*

Edito

Compte rendu secret
ou
secret compte rendu

par Pierre Dac

C'est à dessein que je mets un sous-titre au titre ci-dessus, malgré son
apparente identité avec celui-ci. C'est pour que chacun se rende bien
compte que le compte rendu secret dont je vais faire ci-après le rendu
compte est véritablement secret et n'a été établi qu'après mûre
réflexion et considérations subséquentes.

En fin de semaine dernière, alors qu'avec mes camarades je termi-
nais le cycle de la deuxième tournée du Théâtre aux Armées dans la
ligne Maginot et territoires périphériques y afférents, je demandai à
l'un des officiers d'état-major nous accompagnant : « Est-ce que je peux
faire le compte rendu détaillé de tout ce que j'ai vu et livrer au public
mes impressions personnelles et mes considérations tactiques et stratégiques ?

– La question ne se pose pas, me répondit courtoisement l'officier.

– C'est bien pour ça que je vous la pose, rétorquai-je fièrement.

– À tout bien considérer, reprit l'officier, vous pouvez hardiment raconter tout ce que je voudrez, mais en prenant évidemment soin de ne donner aucune indication de lieu, de date, etc., en un mot tout ce qui pourrait être utilisé contre nous par les agents ennemis. »

Je vais donc vous narrer, nanti des autorisations officielles indispensables, les péripéties dont auxquelles j'ai été le témoin participant et astucieusement bénévole.

Tout d'abord, j'ai vu une chose extrêmement intéressante ; ça s'est passé à l'endroit exact où ça a eu lieu ; les personnes qui sont tant soit peu familiarisées avec le service en campagne situeront facilement le point que je ne puis désigner plus clairement.

Il était approximativement dix minutes passées après l'heure qui fait suite à la demi-heure précédant immédiatement le quart d'heure suivant ; le temps était comme ça, mais la température était plutôt autrement, sans excès, cependant.

C'est alors que j'aperçus une section d'infanterie commandée par un chef qui avait un grade correspondant au nombre de galons cousus sur ses manches ; à côté, une compagnie de pionniers, commandée également par un chef, qui, lui, portait ses galons sur le manche de sa pioche.

C'était le moment ou jamais d'obtenir des renseignements intéressants. M'approchant de la section d'infanterie, j'avisai un gradé qui portait un officier sur son dos : « Logiquement, me dis-je, ça doit être un sous-officier. » Mon raisonnement se révéla exact et justifié.

« Et alors ? que je lui dis.

– Alors, voilà, me répondit-il.

– Bien sûr, opinai-je, alors comme ça, vous êtes là ?

– En principe, fit prudemment mon interlocuteur.

– Évidemment, approuvai-je de mon mieux, puis, m'enhardissant, je risquai cette question qui me brûlait la plante des pieds depuis un bon moment : Vous êtes infanterie divisionnaire ou de forteresse ?

– Ça dépend, voulut bien me confier l'officier qui, ayant pris à son tour le sous-officier sur son dos, était devenu subitement sous-sous-officier.

– Ça dépend de quoi ? insistai-je.

– De la formation à laquelle nous appartenons. »

C'était plus que je ne pouvais décemment espérer. Là-dessus, l'officier et le sous-officier, qui, à présent, se portaient mutuellement sur les épaules, me dirent :

« Regardez, la section va se déployer en ventilateur.

– En ventilateur, m'exclamai-je, ébaubi et grandement surpris.

– Ah ! oui, m'expliquèrent-ils ; jusqu'à ces temps derniers, on se déployait en éventail ; on a modernisé cette méthode vétuste et périmée, et maintenant on se déploie en ventilateur. »

N'attendez pas de moi des précisions concernant cette manœuvre. Je crois vous avoir donné des détails circonstanciés sur ce que j'ai été amené à voir de mes propres yeux. Je pense n'avoir pas dépassé les limites permises et avoir observé le minimum de discrétion indispensable.

De toute manière, si j'en ai trop dit, la censure est là, qui fera tout son devoir. Si je n'en ai pas assez dit, je dirai le reste la prochaine fois. Voilà, c'est tout pour aujourd'hui. Silence et mutisme, telle doit être la devise de tout bon reporter, de même que fil à fil et poches plaquées est celle de tout bon ravaudeur de béton.

Courrier OSFICIEL
de notre président

M. Hythe, à Chazeron. – *Vous connaissez peut-être la mine magnétique. Elle vient se coller au bateau et vous connaissez la suite… Pourquoi n'utiliserait-on pas à bord des vaisseaux des marines alliées des équipages composés uniquement d'hommes à mines repoussantes et rébarbatives ? Annulée, l'action magnétique !*

– Suggestion intéressante. Transmise au ministre compétent. La laideur peut mener à tout, à condition de s'en servir.

Pierre Dac

Drol' de s'maine — Redis-le Moelleux

De plus en plus fjord !

Dès le début de la grande bataille navale qui s'est déroulée dans les eaux norvégiennes, les dépêches de Stockholm parvenues à l'Agence Reuter annonçaient déjà :

« Dans le fjord d'Oslo, les Allemands ont perdu 40 000 tonnes. »

40 000 tonnes ?

Et moi qui me faisais des cheveux parce qu'en six mois de temps, j'ai perdu trois kilos !

De quoi ai-je l'air, à présent ?

Les belles expériences

Deux jeunes Suédois, voulant juger des effets du froid, se sont enfermés, tout nus, dans une cage de verre où la température avait été ramenée à trente degrés au-dessous de zéro.

Il fallut une heure et demie pour les

ranimer… On s'amuse, ou plutôt on s'instruit comme on peut.

Les deux Suédois, après cet exploit, devraient bien tenter une nouvelle expérience.

Pourquoi ne se feraient-ils pas enfermer tout nus, histoire de juger des effets de la chaleur, dans le four d'une boulangerie ?

Ou encore, pour vérifier les conséquences de l'humidité, dans un aquarium plein d'eau ?

Transformations

On apprend que les permissions agricoles sont suspendues, mais qu'on les a remplacées par des permissions de semailles…

Nous croyons savoir qu'il serait également question de supprimer définitivement les permissions de détente pour les remplacer par des permissions de repos.

Quant aux permissions exceptionnelles, on les transformerait en permissions particulières et les permissions de minuit en permissions de zéro heure.

Comme quoi, au fond, il y a toujours moyen de s'arranger.

Mesures énergiques

Un décret vient d'abroger la disposition par laquelle les huîtres et les escargots devaient être considérés comme un « plat ». Ils figureront désormais, au menu des restaurants, en tant que « hors d'œuvre ».

D'autre part, le gouvernement préparerait de nouveaux décrets qui obligeront les consommateurs à considérer les bigorneaux comme des omelettes au lard, les endives comme des poissons, le veau vinaigrette comme un dessert, le ragoût de mouton comme un entremets et le beefsteak aux pommes comme un potage.

Le code de la croûte

Un autre décret, paru à la même date au *Journal Officiel*, rend obligatoire le marquage des fromages.

On ne sait pas encore s'il faudra les marquer au fer rouge ou au point de croix, mais il paraît que l'on va également réglementer la circulation desdits fromages.

Les camemberts, en effet, devront être munis de freins et de feux de position.

L'échappement libre des livarots, en outre, ne sera plus toléré dans la traversée des agglomérations.

Déclarez les stocks !

Les détenteurs, à quelque titre que ce soit, d'une quantité de sucre excédant 500 kilos devront déclarer la quantité qu'ils avaient en leur possession à la date du 13 avril.

Seront également tenus de déclarer leurs stocks, les détenteurs de poil à gratter, de hachis parmentier, de céleri rémoulade, de papier gobe-mouches, de crochets de bottine et de gomme à claquer.

Les détenteurs de billets de mille et les détenteurs de pistolets à bouchon ne sont astreints à aucune déclaration, même s'ils sont presbytes, daltoniens, albinos ou culs-de-jatte.

L'eau chaude

Dans un but humanitaire que tout un chacun appréciera comme il convient, la distribution collective d'eau chaude pour l'usage domestique sera supprimée désormais quatre jours consécutifs par semaine, aussi bien en hiver qu'en été.

Les gens qui auraient de l'eau chaude en réserve seront donc obligés de la faire refroidir avant de s'en servir.

N'exagérons pas !

Il est fortement question – un projet de loi a même été déposé dans ce sens – de porter le prêt du soldat à deux francs par jour.

Un prêt de deux francs tous les jours, c'est trop, vraiment, c'est trop !

Jamais nous n'arriverons à rembourser tout ça après la guerre…

Ou alors qu'on ne nous les prête pas, qu'on nous les donne !

OÙ VEUT-ON EN VENIR ?

Il se passe actuellement beaucoup trop de choses bizarres et incompréhensibles.

De passage à Metz, notre rédacteur en chef arpentait récemment une des grandes artères de la ville lorraine ; s'arrêtant soudain devant une chemiserie, il lut la pancarte suivante :

« Si vous ne trouvez pas en vitrine ce que vous désirez, demandez-le à l'intérieur. »

Répondant à cette invite, notre rédacteur en chef pénétra dans le magasin et demanda incontinent un sac de pommes de terre et une lance d'arrosage, articles qu'il n'avait point vus exposés en vitrine.

Ce qui lui fut répondu, bravant l'honnêteté, ne peut paraître décemment dans nos colonnes.

Alors, on se demande vraiment à quoi veulent en venir certains commerçants et à quels mobiles ils obéissent.

AVIS IMPORTANT

En raison de l'extinction des appareils de chauffage dans les immeubles publics et privés, il est rappelé à tout un chacun qu'il lui est rigoureusement interdit d'avoir froid en dehors des moments où il n'aura pas chaud.

À PROPOS DU NICKEL

Nous savons tous que du nickel, ajouté en certaine proportion dans de la ferraille, augmente la résistance de celle-ci, en lui donnant une très grande élasticité. Donc pas de bon fer sans nickel. Un grand savant, Jean-Marie

Plumeau, au cours de récentes recherches, avait constaté qu'en fourrant du nickel dans des pièces de 10 et 20 fr., le fabricant, déjà, réalisait une indiscutable économie. Malheureusement, mal compris, trahi par surcroît, il dut alors consacrer deux années de sa laborieuse existence à la fabrication de chaussons de lisière dans un grand établissement fresnois. Libéré au début de 1940, il reprenait toute son activité et commençait un important travail sur la trempe des métaux, quand de façon inattendue il recueillit enfin le fruit de ses longues et patientes recherches.

Dans un four du modèle qu'utilisent certains théâtres, Jean-Marie Plumeau avait mis à fondre à feu doux douze boîtes à conserves, une cage à serins, deux casseroles, un manche de parapluie et trois livres de tête de pioche. Dans le même temps, il se confectionnait une escalope au saindoux sur le foyer supérieur de sa cuisinière quand, pour une cause inconnue, déplacement du centre de gravité du morceau de viande, sans doute ?, le saindoux tomba sur l'acier en fusion... Désespéré, le malheureux arrêta la cuisson du métal et quelle ne fut pas sa surprise, lorsque celui-ci fut froid, de constater qu'il restait mou et de consistance pâteuse.

Travaillant alors d'arrache-pied dans le plus grand secret, après une mise au point rapide, il réalisait son rêve le plus cher, le canon à tube souple pour tirer dans les encoignures.

Alerté, le ministère de la Guerre mettait à sa disposition un laboratoire spécial aux alentours de Charenton, et bientôt Jean-Marie Plumeau, grâce à l'Acier au Saindoux, mettait au jour l'obus « caoutchouc » récupérable rebondissant après chaque tir dans la gueule du canon, la cuvette souple, les clous de soulier silencieux, le fusil mou se mettant dans la poche, le char d'assaut élastique et passe-partout, et enfin un Axe d'acier d'une souplesse inconnue.

Disons un grand merci à ce chercheur méconnu, vainqueur du nickel par le saindoux, vive le saindoux, vive Plumeau.

Aristide PLUMEAU FILS.

Chronique de médecine militaire

Le bouton de fièvre est-il un cas de réforme ?

Les experts du service de santé auxquels cette question a été posée ont cru, après mûr examen, devoir répondre par l'affirmative, sous réserve, toutefois, des conditions suivantes :

a) Le bouton de fièvre nettement caractérisé est susceptible d'entraîner la réforme.

b) Le cas de réforme ne peut être admis s'il s'agit de bouton de fièvre héréditaire.

c) Il est au contraire plausible si le bouton de fièvre est consécutif à un traumatisme provoqué par une rétention des amygdales ayant pour origine une hypertrophie de l'ombilic gauche contractée en service commandé.

d) L'homme réunissant les conditions et symptômes ci-dessus exposés sera proposé pour la réforme n° 3, avec demi-pension entraînant pour son titulaire la privation de ses droits civiques et spectaculaires.

UNE RÉVÉLATION SENSATIONNELLE
HITLER
ne serait pas
HITLER !

Le professeur Popodalopoulos, l'archéologue-psychopathe bien connu qui s'était déjà illustré par une remarquable étude sur l'âge de la pierre à briquet, vient de nous communiquer le fruit de ses derniers travaux. Ils sont bouleversants : Hitler, le Führer de l'Allemagne, ne serait pas Hitler !

On sait qu'à l'exemple de beaucoup de dictateurs, le Führer avait un sosie, destiné à encaisser en ses lieu et place les pommes cuites et les bouquets en métal chromé. Les deux hommes se ressemblaient étrangement, principalement le sosie qui ressemblait à Hitler plus encore qu'Hitler au sosie. Pour comble de confusion, ce dernier s'appelait également Hitler, comme son maître.

C'est ce qui explique qu'un jour, marchant côte à côte dans une rue déserte, les deux hommes changèrent machinalement de trottoir et ne purent se rappeler dès lors leurs positions primitives ! Lequel des deux était le vrai Hitler ? Ils s'interrogèrent mutuellement sans pouvoir obtenir de réponse.

Un arbitrage eut lieu, arbitrage dont le professeur Popodalopoulos conteste aujourd'hui l'exactitude. Après examen, le savant est en mesure d'affirmer que l'Hitler qui met actuellement le monde en révolution ne serait qu'un vulgaire sosie. L'autre Hitler, le « vrai », se serait retiré dans un petit village du Tyrol où il garde les moutons tout en confectionnant de menus ouvrages de tricot.

Cette nouvelle apporte au monde anxieux un réel soulagement. Finies les craintes chimériques, puisque Hitler, bien qu'il s'appelle Hitler, n'est pas en réalité l'Hitler que l'on prenait pour Hitler.

P.-S. – Nous apprenons en dernière heure que le professeur Popodalopoulos venait de développer la présente thèse devant l'Académie de Médecine de Tombouctou, lorsque quatre infirmiers solides surgirent dans la salle. Le malheureux savant fut aussitôt interné. Est-ce un coup de la Gestapo ? En tout cas, il est à craindre que ce déchirant mystère ne soit jamais éclairci.

À LIRE ATTENTIVEMENT

Les personnes qui désirent n'avoir aucun renseignement sur tel ou tel sujet n'offrant pour elles aucun intérêt, peuvent continuer à ne rien nous demander, soit par lettre, soit par téléphone.

Remise de date

Monsieur Gédéon Fraisembois a le regret d'informer ses amis et connaissances que ses obsèques ne pourront avoir lieu le 20 avril, ainsi qu'ils en avaient été avisés, en raison de son état de santé particulièrement florissant dans la période présente.

N.-B. – *Prière de retourner les invitations.*

Attention !
PRENEZ GARDE !

Nous avons posé des mines de rien dans la partie territoriale de la chaussée entourant les bureaux de notre journal.

Nous avons cru opportun de prendre cette mesure, en vue de collaborer de manière effective au blocus du Reich.

Comme ça, si des S.S. ou des uhlans veulent passer en barque devant le 43 de la rue de Dunkerque, c'est eux qui auront bonne mine.

La science en progrès
La suppression des feuilles de température

Au cours de la dernière séance de l'Académie de Médecine, un de nos plus célèbres praticiens a fait une communication qui a réveillé la majorité des membres de l'auguste assemblée.

Il s'est élevé, avec juste raison, contre l'abus des feuilles de température.

Tous nos lecteurs connaissent ce tableau fixé devant le lit des malades, sur lequel est tracée, matin et soir, une ligne imaginaire, tantôt ascendante, tantôt descendante, qui figure à peu près, au bout de quelques jours, le profil d'une chaîne de montagnes.

Pour les infirmiers qui exécutent ce petit travail de dessin, il s'agit là d'un innocent passe-temps, pas plus critiquable que le jeu de dames ou la belote ; mais il n'est que trop vrai que les malades en sont les malheureuses victimes. Car ce n'est pas en indiquant sur le diagramme 40°, 41° ou 42° que l'on fait baisser leur température. Et tel pauvre diable que le réveil a surpris avec 37,5°, est pris le soir d'une effroyable fièvre dès qu'un point est marqué à 41.

Le docteur La Bannière préconise donc la suppression de ces dangereuses feuilles de température en attendant celle des thermomètres médicaux qui portent eux aussi dans leurs flancs leur grosse part de responsabilité.

Déjà, le Service de Santé militaire avait étudié le problème et fait imprimer sur les feuilles une ligne de température constante au 37ᵉ degré ; puis ordre avait été donné de modifier en conséquence la fabrication des thermomètres. Ce qui ne présente pas une grande difficulté, car il suffit de remplacer l'alcool ou le mercure par une quantité déterminée de roudoudou rouge, lequel a la propriété de ne pas se dilater sous l'influence de la chaleur.

Ainsi, militaires et civils ignoreront désormais la fièvre et ce ne sera pas un mince avantage, dans un moment où chacun doit garder son sang-froid, à l'avant comme derrière !

---

*L'équipement rationnel de l'*ARMÉE FRANÇAISE

Les journaux ont récemment rendu compte des améliorations que l'Intendance vient d'apporter à l'équipement des troupes à pied et montées.

Nous sommes en mesure de donner quelques précisions concernant ces dispositions opportunes. Les voici :

Le nouveau costume des troupes, tant à pied que montées, comportera :

1° Une sorte de culotte longue, à bords relevés, poche-revolver ;

2° Un genre de vareuse, de forme droite ou croisée à trois ou quatre boutons, poche poitrine, revers allongés, légèrement pincée à la taille ;

3° À l'ancienne capote sera substitué un manteau raglan ou croisé avec ou sans martingale, manches à revers, col réversible, 4 ou 6 boutons ;

4° La tenue de parade comportera une vareuse droite ou croisée, bleue ou noire, avec revers de soie, pantalon allongé avec ganse assortie, chemise sans poches, souple ou amidonnée ;

5° La coiffure comportera un casque ou calot en feutre de teinte noire, bleue, grise ou beige, rigide ou souple, suivant le cas.

Ces dispositions seront applicables à la fin des hostilités et immédiatement après la démobilisation.

Ne pas confondre

Le Comité de Surveillance des Prix vient de mettre en vigueur de nouvelles mesures destinées à enrayer la hausse.

Ces mesures ne s'appliquent, en aucun cas, aux armes portatives, dont la hausse doit tout au contraire fonctionner librement dans les conditions déterminées par le Règlement du Service en Campagne.

Après le luth, c'est la lyre

Teintes sonores

Comment
reconnaître
la
couleur des
teintes
par les nuits
sombres
de la
défense
passive ?
. . . .
Comment
savoir,
quand
on ne voit
rien,
si ce qu'on croit
rouge
n'est pas bleu
et si le vert
n'est pas marron ?
. . . .
Alors, pourquoi
ne pas sonoriser
les teintes ?
. . . .
Comment ?
Je l'ignore ;
ce n'est pas mon métier.
Moi, je dis simplement :
voilà ce qu'il faut faire,
voilà ce qu'il faut inventer,
le reste
ne

me
re-
garde pas.
. . . .
À
chacun
sa besogne
car
le jour
où
les gens
ne
s'occuperont
que de
ce qui
ne les
regarde pas,
ce qui les regarde
pourra
les examiner
tout à loisir
sans crainte
d'être
dérangé.
. . . .
Alors,
je ne vois
pas du tout
ce qui pourrait
s'opposer
à la
sonorisation
des teintes.

Pierre Dac.

À la S. T. C. R. P.

On nous communique :

« Violemment émue par les plaintes de nombreux voyageurs se disant victimes des émanations délétères émises par les moteurs d'autobus, l'Administration de la S. T. C. R. P. rappelle aux intéressés que l'accès des voitures en service sur les différentes lignes de transports en commun n'a jamais été interdit aux usagers porteurs de leur masque à gaz. En conséquence, toute réclamation non justifiée exposera le plaignant à une amende de trois tickets supplémentaires par place et par section. »

Après le chauffage, les glacières vont être réglementées

Nous croyons savoir qu'après le chauffage, la réglementation du refroidissement et rafraîchissement est à l'étude, la promulgation des décrets à ce sujet devant avoir lieu incessamment, et peut-être même avant.

On peut prévoir que le fonctionnement des appareils dits : frigidaires, sera interrompu du 15 octobre au 1er avril, c'est-à-dire pendant la période où est autorisé le chauffage central. De plus, les appareils à refroidissement seront interdits les trois jours de la semaine où la distribution d'eau chaude dans les immeubles, et autres collectivités, est permise.

En limitant le frais, non seulement le gouvernement limite les nôtres, mais en même temps il réduit sérieusement nos chances d'attraper un chaud et froid, et ceci, *L'Os à Moelle* se doit de le signaler.

Pendant les jours sans froid, la glace en branche ne pourrait être servie que dans sa forme liquide dans tous les établissements publics.

Aucune mesure n'est envisagée au sujet des armoires à glace non motorisées ; elles pourront continuer à renfermer le linge comme par le passé.

SENSATIONNEL !

On vient de découvrir, dans un ouvrage de la ligne Maginot, un vestige de l'antique civilisation hindoue.

En effectuant des recherches dans des dossiers urgents, un sous-officier comptable d'un important ouvrage fortifié a découvert, sous une pile de circulaires, une flûte hindoue parfaitement conservée et semblant remonter à l'époque lointaine de l'Inde antique.

Cette flûte offre, entre autres particularités, de présenter l'aspect d'un mixed-grill déminéralisé. Elle n'émet aucun son, mais dégage, quand on souffle dedans, une espèce de suie qui adhère au visage de manière quasi définitive.

Il est probable que cette flûte était employée, dans l'Inde mystérieuse, par les bergers de l'époque pour signaler leur présence, dans les endroits déserts et inhabités à tous ceux qui auraient été susceptibles d'être là s'ils n'avaient été ailleurs.

PETITES ANNONCES

OFFRES D'EMPLOIS

On demande jeune gnome présenté par ses parents, connaissant bien nettoyage et travaux d'aiguille pour balayage printanier dans forêt de pins.

Monsieur nerveux ayant perdu le sommeil cherche bon chanteur de charme connaissant jolies berceuses pour séances nocturnes à domicile.

DEMANDES D'EMPLOIS

Cheminée d'usine désaffectée, s'engagerait dans batterie de 420 ou au-dessus. Écrire Zizi.

ANNONCES MILITAIRES

Joli colis bourré explosifs, éclate dès qu'on l'ouvre et fait bien peur, 125 fr. Modèle plus sérieux, laisse en loques et rêveur, 150 fr. Modèle tout à fait sérieux, pouvant procurer jusqu'à deux mois de convalescence, 400 fr.

Soldats ! amusez-vous sainement avec notre blaguophone. Se branche très facilement sur le téléphone du chef de bataillon et annonce sérieusement et automatiquement la visite du général de division. Réussit toujours ; très drôle pour tout le monde. La pièce, 43 fr. 80. Avec vrai général, 14 150 fr. 10.

Qui enverra à gentil soldat 5e char d'assaut, salade fraîche pour sa chenille préférée ?

Amiral Raeder serait acquéreur bon parapluie pour se protéger de la flotte qui ne cesse de couler. Urgent.

Voitures à bras pour traîner le barda complet du militaire. Traction avant ou arrière à volonté. Livrées avec un cheval aux 1 000 premiers acheteurs. Prix spéciaux à MM. les fantassins.

Militaires ! Nos disques invisibles *Os à Moelle*, fonctionnant sans phono et répondant : Présent ! à tous appels. Épatant pour vaquer de jour et de nuit à ses occupations personnelles.

Pour suivre de près les opérations. Chaises-longues en rotin embouti. Vitesses et amortisseurs réglables à la commande. Livrées avec longue-vue permettant de suivre le plus loin...

BIBLIOPHILIE

À solder : *Gulliver chez Lilliput, Lilliput chez Gulliver, Gullimut chez Lilliver, Lainnusut chez Pullover*, etc. Édition rarissime. Chaque volume, 200 fr.

Apprenez rapidement les secrets de la politique en achetant ma brochure : *La Politique étrusque et ro-*

mancée, les 12 volumes, 450 fr. Explications de ces ouvrages, commentaires, etc., en 12 volumes, 49 fr. Explications concrètes sur les explications, commentaires sur les commentaires, les 12 volumes, 595 fr.

DIVERS

Cendrier sérieux, en combine avec clochard distingué, cherche mégots copieux. S'adresser 3ᵉ table, à gauche, en entrant.

L'OS à MOELLE

NUMÉRO 106 – VENDREDI 17 MAI 1940

Le 10 mai, Hitler lance une offensive massive contre la Belgique et les Pays-Bas. Des bombardiers surgissent à l'aube et détruisent des points stratégiques. La surprise est totale. L'armée française est sous le choc. En cette veille de la Pentecôte, de hauts gradés des états-majors étaient en permission et réagissent avec plusieurs heures de retard. Pour certains observateurs, c'est la fin de la drôle de guerre et le début d'heures particulièrement tragiques. Quelques-uns continuent à affirmer que nous n'avons rien à craindre : le Reich n'est pas prêt d'entrer dans Paris...

Edito

Mystère et Mystique du Fumier

par Pierre DAC

Qu'on ne donne surtout pas un sens péjoratif à ce titre ; ses intentions ne sont que saines et louables et n'ont surtout aucun but injurieux ou malveillant.

Qu'on le veuille ou non, il y a un mystère du fumier et je suis en mesure d'affirmer aujourd'hui et en connaissance de cause qu'il en existe également une mystique.

Cela peut paraître bizarre et paradoxal, mais c'est ainsi. Depuis le temps que je promène mes chaussons dans les bleds du front de Lorraine, j'ai pu étudier la question tout à loisir.

En cette région de France, le visiteur non averti s'étonne et se demande pourquoi, dans tous les villages, il y a un tas de fumier devant chaque maison. La tradition, à ce qu'on raconte, veut que, plus le tas est gros, plus la situation de son propriétaire est importante. Cela ne donne-t-il pas à rêver ? Car si cette tradition venait à se généraliser, on se demande comment serait le seuil de la maison des Rothschild, par exemple.

Mais je tiens cette explication pour quelque peu fantaisiste ; il y a certainement une autre raison plus profonde et plus sérieuse ; on ne me fera pas croire que c'est simplement par esprit de gloriole que des gens installent des tas de fumier comme garniture. D'autant plus que je les ai longuement examinés et étudiés : ce sont des tas de fumier strictement de série, du type standard le plus courant et ils ne diffèrent les uns des autres que par le volume ; or, si leurs propriétaires les exhibaient ainsi par esprit de vanité, certains tas de fumier seraient décorés, ornés de motifs plus ou moins artistiques, avec apport de lampions, de guirlandes et de lanternes vénitiennes ; il n'en est rien, le fumier est là, en tas sans aucun souci d'élégance, de symétrie ou d'esthétique.

Alors, que conclure ? Faut-il voir en cette bizarre coutume un symbole caché ? Une survivance surannée d'une très ancienne coutume médiévale ? Je crois que là est la vérité. D'après mes renseignements, le fumier, à une époque que je ne puis préciser pour des raisons faciles à comprendre, le fumier était révéré autant, sinon même plus que le bœuf Apis.

On donnait de grandes fêtes en son honneur et les notables du pays portaient, à l'occasion de ces festivités, des gilets de chasse et des casquettes à pont entièrement tricotés en fumier.

Il y avait aussi de grandes manifestations sportives et, entre autres, les joutes au fumier sont demeurées célèbres : elles se déroulaient devant un immense concours de peuple, et de la manière suivante : deux athlètes, face à face, se jetaient des tas de fumier de plus en plus gros et la victoire demeurait à celui qui renverserait son adversaire avec la plus grand quantité possible.

Le vainqueur, sous les ovations délirantes de la foule, recevait des mains de l'adjoint au grand-prêtre une couronne de fumier qu'il se mettait autour du front ou à la Caisse des Dépôts et Consignations, suivant son idéal et ses aspirations.

Voilà la chose ; la mystique du fumier, tout en s'atténuant et en s'estompant, est cependant demeurée et s'est perpétuée jusqu'à nos jours. C'est pourquoi il faut en respecter, envers et contre toute hygiène, les tas qui s'étalent orgueilleusement devant les demeures des citoyens jaloux de leurs prérogatives. Je n'irai pas jusqu'à demander qu'on tire son chapeau quand on passe devant ; mais on peut, à tout le moins, leur tirer son mouchoir en souvenir des solennités ancestrales ou pour toute autre raison olfactive et culturelle.

Drol de s'maine – Redis-le Moelleux

Livre de cuisine académique

Une certaine activité, toutefois, a régné l'autre jour à la dernière séance de l'Académie française où les Immortels se sont occupés fébrilement du dictionnaire.

Ils ont adopté, entre autres, les deux définitions suivantes :

Aillade : sauce faite avec de l'ail.

Ailloli : mets provençal composé d'ail pilé et d'huile.

De quoi faire hausser de mépris les épaules de notre technicien Fernand Rauzéna, spécialiste du dictionnaire, qui sait parfaitement que l'aillade « est un coup d'œil furtif sentant légèrement la gousse d'ail » et que l'ailloli est « un oignon que l'on consomme lorsqu'on est couché dans un bon lit de milieu ».

Mais les académiciens ont-ils admis dans leur dictionnaire le mot « ail-hitler » ?

À l'eau, à l'eau !

J'ai lu des titres effarants dans le *Petit Parisien*, à propos de la session des Conseils généraux :

« M. de Monzie dans le Lot. »

« M. Albert Sarraut dans l'Aude. »

« M. Caillaux dans la Sarthe. »

« M. Bénazet dans l'Indre. »

« M. Louis Marin dans la Meurthe-et-Moselle. »

Qu'est-ce que ça veut dire ? Le Lot, l'Aude, la Sarthe, l'Indre, la Meurthe, la Moselle sont, si je ne m'abuse, des rivières.

Alors quoi ! on aurait donc fichu à l'eau tous ces hauts personnages ?

Que se passe-t-il ? On nous cache sûrement quelque chose...

Pas trop tôt !

Le ministère des Informations fait savoir que les indiscrétions par correspondance seront désormais sévèrement réprimées.

Nous sommes bien contents... Enfin, on se décide tout de même à sévir contre ces indiscrets qui se permettaient d'ouvrir nos lettres et de les lire, sans daigner s'excuser.

Bravo !

Ben quoi ?

Pourtant, à l'instant où j'écris ces lignes, le vaguemestre m'apporte une lettre de notre ami Georges Merry. Eh bien ! cette missive a été ouverte quand même !

C'est proprement intolérable...

Elle est ornée d'une bande imprimée portant cette mention : « Contrôle postal militaire. »

Alors ça, hein, c'est un comble !

J'adresse, par la voie hiérarchique, une protestation indignée au ministre des Informations.

Et j'attends sa réponse, laquelle – je l'espère bien – ne sera pas ouverte par les indiscrets du Contrôle militaire.

CAUSERIE SCIENTIFIQUE

L'effet du canon sur les huîtres

L'effet du canon sur les huîtres a été l'objet d'une conférence très étudiée à la Salle de l'Ostréiculture et des Limandes Ostrées. Sous l'appellation simplifiée de : Répercussions, réactions et convulsions du mollusque à coquille bivalve irrégulière sous l'influence de la déflagration spontanée d'une pièce fulminante, « le professeur Fouchtra, de l'Aveyron, a précisé bien des points encore obscurs ».

Se basant sur la théorie de L'Os à moelle (non publicus) qui part de la somatologie, le professeur Fouchtra a démontré, tout d'abord, que sans son écaille, l'huître serait encore plus sensitive au son du canon qu'elle l'est et qu'au lieu de rester pétrifiée, on la verrait au contraire osciller, ce qui la rendrait indubitablement cardiaque.

Le bruit des canons de 105 court irrite particulièrement les huîtres sans qu'on sache trop pourquoi. Une hypothèse généralement ad-

mise est que 105 n'est pas un compte rond.

Il a été remarqué, par contre, que les pièces des gros cuirassés, tels le Dunkerque ou le Warspite, produisent moins d'effet néfaste et même, si ces navires tirent de près surtout, elles comblent de joie certaines huîtres, les jeunes notamment. Cela s'explique du fait que l'huître manque de distraction et une bordée, au lieu de produire une commotion, retourne complètement les huîtres qui se croient dans un carrousel à la fête foraine. D'où l'expression : en bordée.

Mais le professeur Fouchtra lance un cri d'alarme : si les huîtres étaient continuellement soumises aux bordées des Dunkerque et autres Warspite, elles deviendraient à la longue rondes – rondes comme une pomme ! – comme des galets à force d'être roulés par la mer et, n'étant plus plates, elles seront par conséquent encore plus difficiles à ouvrir qu'actuellement.

L'huître d'elle-même est plutôt triste ; seules, en principe, celles qui se reproduisent sur les côtes du Portugal sont gaies. Naturellement, celles qui vivent sur les côtes de la Norvège sont particulièrement moroses en ce moment. Il est curieux, à ce propos, de constater la solidarité qui existe entre les huîtres, a conclu le professeur Fouchtra ; ainsi, de la côte bretonne, les marennes envoient, par le Gulf Stream, des bacils (fenouil marin) réconfortants, sous forme de colis – les colis bacils ! – à leurs filleuls éprouvés.

La lutte contre la vie chère
entre dans une phase active

L'ère des discours est close.

Le comité chargé d'étudier les moyens d'enrayer la hausse des prix a décidé d'agir.

Le premier soin de ses membres a été d'ouvrir, personnellement, une enquête minutieuse et attentive aux Halles Centrales.

Afin de ne pas être remarqués, ces messieurs avaient troqué leurs habituels haut-de-forme et leurs redingotes protocolaires contre la veste sans manches et le large chapeau des « forts ».

Ils avaient même poussé le scrupule jusqu'à orner leurs bras nus de tatouages suggestifs et d'inscriptions vengeresses : « M.A.V. », « À Titine p. l. v. », « Vivent les femmes qui fument », etc.

Ils interrogeaient les marchandes avec tact et discrétion.

– Chère madame, auriez-vous l'extrême obligeance de nous révéler combien vous vendez ces aimables z'haricots ?

– Trois cents francs, les p'tits pères !

– Trois cents francs la livre ?... C'est cher !

– Non !... Les cent kilos... Ici, tout se compte par cent kilos.

– C'est cher quand même. Tâchez voir moillien de diminuer vos prix, la mère Angot.

– Diminuer ?... Vous vous êtes pas arregardés !... Mère Angot vous-mêmes ! Raleux ! Débris ! Poussières ! Consommateurs !

Un peu plus loin, les personnages officiels pénètrent dans un établissement luxueux. Un groom les débarrassa de leurs couvre-chefs. Un homme en habit les fit asseoir dans une sorte de salle de café.

Le président du comité se déclara satisfait de la bonne tenue de ce pavillon.

L'homme en habit, habitué à toutes sortes de divagations, sourit supérieurement et demanda :

– Ces messieurs désirent-ils du champagne ?

Deux bouteilles furent servies et bues. Un garçon présenta la note. Elle montait à trois cents francs.

Le président cligna de l'œil en homme averti.

– Trois cents francs les cent kilos, naturellement, murmura-t-il.

Le garçon se récria :

– Monsieur plaisante !… Trois cents francs les deux bouteilles. Cent cinquante francs la bouteille.

Les membres du comité se levèrent indignés, criant au bénéfice illicite, menaçant le patron de lui faire enlever sa charge de mandataire.

Ils sortirent découragés et se laissèrent tomber sur une caisse de camemberts.

Un clochard, déguenillé, sale, fourrageant sa poitrine velue de ses doigts noirs, vint à eux.

– Qui que vous êtes, les nouveaux ? dit-il.

– Nous sommes les membres du comité chargé de lutter contre la vie chère ! rétorqua le président.

– Ah ! reprit l'autre. Y a pas de sots métiers… Moi, je suis coupeur de chats… J'ai été notaire dans le temps. J'ai eu des malheurs… Vous aussi, probable… Des histoires de femmes, hein ? J'ai deviné ça.

Les enquêteurs s'éloignèrent au plus vite, car les bestioles qui habitaient le corps de leur compagnon avaient des goûts par trop nomades.

Comme ils débouchaient boulevard Sébastopol, une femme énorme se précipita sur eux.

– Bonjour mes mignons ! susurra-t-elle. Vous m'emmenez, m'amours ? Je serai gentille.

Elle ajouta après avoir fait un effet de torse :

– Vous aurez tout ça pour une thune.

– Ça ne fait pas cher le kilo ! constata avec satisfaction le président du comité.

Pris soudain d'une inspiration, il s'écria :

– J'y pense !… Ma femme m'a recommandé, si je tombais sur une occasion au cours de ma tournée, de ne pas la rater… Monte avec moi en taxi ! Je t'emmène à la maison… je dirai à la bourgeoise que c'est encore ce que j'ai trouvé de meilleur marché, aujourd'hui, aux Halles Centrales.

Nos petits conseils

Vous qui vous rasez chaque matin, l'Os à Moelle vous fournit enfin le fin du fin des tuyaux.

Prenez votre oreiller, pas celui de votre dame. Garnissez-le de toile émeri et de paille de fer double zéro. Enduisez-vous votre fin visage de purée de pois légèrement savonneuse, couchez-vous et dormez, en ayant soin de prendre, la nuit, chaque fois que vous vous retournerez sur votre couche, un bon verre de rhum. Et le matin, vous serez frais et dispos et par surcroît bien rasé.

Le Ministère des Finances communique

À partir du 22 mai et pour prendre date vers le 1er juin, le public est avisé de ce qui suit :

Tous les comptes en banque excédant 35 francs ne pourront et ne devront en aucun cas être inférieurs à 18 sous.

MM. les directeurs de Sociétés de crédit devront, en ce qui les concerne, veiller à la stricte application de ces dispositions dans le secteur périphérique de leur circonscription.

MINISTÈRE DE L'ÉDUCATION NATIONALE

Direction des Beaux-Arts
Instructions relatives au théâtre, à l'usine et aux champs

Comme suite au décret instituant la création du théâtre à l'usine et aux champs, Mesdames et Messieurs les artistes susceptibles de prêter leur concours aux prochaines séances récréatives sont priés de se conformer au règlement suivant :

Les chanteuses et chanteurs seront accompagnés :

a) Dans les usines, à la fraiseuse-perforeuse en la mineur ;

b) Aux champs, à la batteuse-lieuse en mi naturel.

En outre, les cultivateurs et fermiers sont priés d'adresser au plus tôt à l'Administration des Beaux-Arts la liste complète et détaillée des meules pouvant tenir lieu de salles de spectacle, ainsi que le nombre de bottes de paille et de foin simples ou à dossier susceptibles de servir de fauteuils ou de strapontins.

RÉCUPÉRONS

C'est le refrain à la mode, même pour ceux qui ne savent pas chanter. Mais nous voulons justement parler des musiciens, et cela ne saurait, par conséquent, mieux tomber.

Venons en donc au fait : on récupère tout, la vieille ferraille, les vieux papiers, les vieux chiffons, les os sans moelle et bien d'autres choses sans parler du reste. Pourquoi ne récupérerait-on pas également la force perdue, les forces perdues ? Avez-vous vu jouer un violoniste, un contrebassiste, un violoncelliste ? Ou, encore mieux, un tromboniste à coulissiste ? (Je ne suis pas sûr qu'il faille dire coulissiste, mais j'en prends la responsabilité devant la postérité). Bref, pour actionner tous ces instruments, le musicien fait un tas de mouvements des bras. Mouvements dont le nombre et l'ampleur sont incontestablement disproportionnés avec le résultat obtenu. Pourquoi ne pas utiliser à autre chose qu'à produire des sons (pas toujours harmonieux) la force ainsi dépensée ? Pas commode, direz-vous. Très simple, au contraire. Il suffirait de relier par un système approprié le bas de l'archet ou l'extrémité de la coulisse du trombone à un engrenage qui, par une chaîne à cardan, un volant, un tourniquet ou n'importe quoi, irait actionner un autre engrenage et de là une machine quelconque. Ne serait-ce pas merveilleux ? Surtout que le deuxième résultat obtenu n'empêcherait pas le premier. En jouant une valse on baratterait deux kilos de beurre, en serinant une berceuse on pourrait piquer à la machine ou actionner une tricoteuse mécanique qui relaierait les marraines fatiguées. Quant au trombone à coulisse, on le réserverait pour les travaux de force : décolletage et perforage des plaques de blindage, tournage d'obus, etc.

On voit les immenses possibilités qu'ouvrirait l'application de cette simple idée. Le brevet de cette invention n'est pas à vendre, et son auteur non plus. Mais si des âmes généreuses voulaient s'intéresser financièrement à ce projet, notre numéro de compte de chèques est affiché dans tous les tunnels de banlieue, au dos des affiches de spectacles et dans toutes les crèmeries vendant de la chaussure pour enfants.

POUR ÊTRE DANS LE MOUVEMENT

Faites-vous tatouer les dents ?

Le tatouage dentaire fera fureur dans les mois qui viennent.

Nous avons engagé à prix de plomb un spécialiste qui, d'après lui, est absolument compétent dans ce genre de travail.

Nous ne saurions donc trop encourager nos lecteurs à s'adresser à lui pour se faire reproduire sur les mâchoires les œuvres des grands maîtres ou toutes devises et slogans qui leur semblent le plus en rapport avec leur personnalité.

──────────── Le coin du docteur ────────────

Méfaits printaniers

Les perturbations que provoque dans tout notre organisme le retour du printemps sont suffisamment importantes pour mériter toute notre attention, et, comme le disait si justement en grec le grand Galien : « Medice cura te ipsum ». Certes, nous possédons en nous assez de forces cachées pour venir à bout de ce remue-ménage printanier qui nous pénètre « intra corpus », mais tout de même, il est bon de les y aider.

Quels sont les indices de malaise qui nous permettront un sûr diagnostic ? Lourdeurs de tête, douleurs dans les gencives, picotements dans les narines, démangeaisons des rotules et poussée éruptive de boutons. Longtemps d'ailleurs on a cru que ces boutons s'attrapaient dans un canton du département de l'Ain, ce qui avait donné naissance à ce méchant diction :

Pour vaincre la furonculose,
Mes amis, nous fuirons Culoz.

Mais la Faculté fit bientôt table rase de ces stupides préjugés.

Des tas de remèdes ont été préconisés pour le traitement des boutons printaniers : lotions, pommades et onguents. Voici un moyen très simple de les faire disparaître : Faites dans un morceau de tissu quelconque une boutonnière. Présentez-la devant chaque bouton. Aussitôt, instinctivement, le bouton pénètre dans la boutonnière, vous n'avez plus qu'à serrer vigoureusement et la tête du bouton tombe d'elle-même.

Quant aux picotements dans les narines, ils proviennent d'une envie d'éternuer intra-musculaire, il faut donc forcer l'éternuement. Dans les vieilles méthodes on employait la plume d'oie ou de canard, mais on se rend compte de nos jours de tout ce qu'il y a de puéril et de désuet dans une telle pratique. Le titillement nasal se fait maintenant d'une façon plus moderne et plus hygiénique avec un porte-plume réservoir à pompe. On introduit la plume dans chaque narine et on appuie vigoureusement sur la commande de pompe du stylo… l'encre pénètre violemment dans les sinus et provoque alors un éternuement artificiel et coloré du plus bel effet. Enfin, si vous avez la tête lourde, c'est qu'il y a quelque chose dedans, ce qui n'est pas donné à tout le monde. Secouez alors la tête de gauche à droite et vice-versa. Si ça fait glou-glou, c'est que c'est du liquide, du liquide nuisible. N'hésitez donc pas à mettre votre tête dans le four de votre cuisinière et à l'y laisser jusqu'à ce qu'elle soit parfaitement sèche et complètement vide.

Docteur ROSENOUILLE

En marge du calendrier des restrictions

Le Syndicat des Limonadiers communique :

Certains inspecteurs du contrôle, chargés de vérifier la scrupuleuse exécution des ordonnances de police concernant les restrictions, ont remarqué que, les jours sans alcool, de nombreux consommateurs buvaient, dans des tasses, un liquide d'un goût et d'une saveur fortement aromatisés.

Le syndicat signale à qui de droit qu'il s'agit d'un liquide qui, quoiqu'ayant l'aspect, le goût, la force, l'odeur et les mêmes propriétés que la fine ou le marc, n'est cependant qu'un inoffensif breuvage à base de camomille et de fleur d'oranger.

Avis

Les personnes susceptibles d'être atteintes de zona ou d'anaphylaxie locomobile dans le courant du mois de juin sont priées de se faire connaître et d'envoyer leur état civil à M. l'Administrateur des fourgons et bennes basculantes, Préfecture de Police, Service de la voie publique, avant le 8 août 1940.

Deux jours
sans corde à nœuds ?

Il en est actuellement fortement question au sein de la commission des restrictions.

Toutefois, pour atténuer les rigueurs de cette nouvelle mesure, la vente des nœuds sans corde continuerait à être autorisée les jours où la corde à nœuds serait interdite.

LA RÉDACTION DE L'OS
n'a pas peur des attaques ennemies
pour sept raisons aussi primordiales que majeures

Le journal « El Tevere » – calembour intraduisible en français, en chinois et en espéranto – écrit que l'Italie est invulnérable pour les sept raisons suivantes :

1° La mer Adriatique est fermée à toute flotte attendu que l'Italie la contrôle des deux côtés, zone italienne et albanaise.

2° Une chaîne de 121 sous-marins monte la garde de la frontière française au détroit d'Otrante.

3° La mer Tyrrhénienne est protégée par l'aviation.

4° Des forces navales considérables sont rassemblées depuis la mer Ionienne jusqu'à la mer Tyrrhénienne.

5° L'île fortifiée de Pantellaria peut disperser toutes forces navales ennemies.

6° Les défenses côtières sont très efficaces.

7° L'Italie peut compter immédiatement sur une force de huit millions de baïonnettes.

Évidemment, c'est impressionnant… Mais la rédaction de l'*Os à Moelle* est fière de déclarer à son tour qu'elle est également invulnérable pour sept raisons aussi majeures que primordiales, aussi nonobstantes que superfétatoires.

Les voici :

1° Le bureau de *l'Os* est fermé à clef de deux côtés : une clef à l'intérieur, une clef à l'extérieur ; plus un cadenas, un verrou de sûreté, une targette et une godillette.

2° 121 sous-marins, 54 tampons-buvards, 10 perforateurs et une règle à calculer forment une chaîne ne pouvant être rompue, même avec une paire de ciseaux bien aiguisée.

3° La fenêtre est protégée par un store, des doubles-rideaux et un pot de moutarde à 99 degrés.

4° Le concierge est armé d'un lance-pierre et de trois hallebardes à répétition.

5° L'escalier de service est gardé par deux hommes à nous munis de poil à gratter et de six boîtes d'amorces ; l'ascenseur est blindé et l'escalier principal n'a plus une seule marche dans le sens de la montée et n'en a que quinze et demie dans le sens de la descente.

6° La rédaction de *l'Os* possède des défenses d'éléphant très efficaces.

7° *L'Os* peut compter immédiatement sur une force de huit millions d'épingles à linge et de 50 000 feuilles de papier pelure.

Alors, hein, on aime autant vous dire tout de suite qu'on n'a pas peur et qu'on attend l'ennemi d'une main ferme et d'un pied sûr !

Cornet-surprise de la semaine…
Honoré

Déjà, avant naguère,
on lui disait :
– Honoré, tu chantes comme
un sabot…
Il a fini par le croire, et,
plein de foi,
il s'est établi :
« Cordonnier-Musette »
au pied de la Butte.

***

Or, hier, pour la Saint-Honoré,
nanti d'un pot de crème éclipse
et d'une gerbe de lacets
multicolores.
Je suis allé discuter le coup
du seize mai
avec mon ami…

Mes cadeaux l'ont beaucoup ému.
– Saperdouille ! m'a-t-il dit,
en mêlant les lacets
à une douzaine d'œillets.
Tu m'apportes là une belle preuve
d'attachement !…

***

Ensuite,
Nous nous sommes mis à causer
de choses de naguère.
Puis, d'affaires…

***

J'ai dit :
– Tu es toujours content, Honoré ?
– Oui, oui, m'a-t-il répondu.
Les réparations vont bien.
Aujourd'hui, seize mai,
je vais faire seize fois
ce qui me plaît :
Réparer huit chaussures
et consolider
huit chansons…

***

– En même temps ! m'étonnai-je.
Honoré hocha la tête.
Et il m'expliqua, en faisant monter
son index noir
le long de son nez.

– Chansons et chaussures,
C'est pareil. Les deux font la paire.
On les maltraite. On les éraille.
On les écule.
Et ces abus donnent une allure
boiteuse
à un refrain comme à une godasse
de bal.

***

– Alors, toi, tu ?….
– Eh ! oui… On m'apporte la chose :
lambeaux de romance
ou escarpin craquelé.
Et, là, sur mon établi, en sifflotant,
Je colle une nouvelle rime,
J'enfonce quelques chevilles.
Je pose une pièce invisible.
J'ajoute quelques cuirs…
vernis au stylo.
Je répare, quoi !

***

– Et… tu as tout ce qu'il te faut ?
– Certes !… des clous !
Et un bon stock de « Lon-lon-laire »
et de « Tra-déri-dera »…
Le « Déridera » m'est beaucoup
demandé
depuis quelque temps…
Ça plaît…

***

… En sortant de chez Honoré,
j'ai constaté
un minuscule miracle :
« Mes deux souliers faisaient
de la Musique ! »…

LE REPORTER 21.

Après le luth, c'est la lyre

Si les points de suspension pouvaient parler !

ils pourraient
en dire
des choses
et des choses
et encore des choses !
....
Ils nous
diraient
(ces braves trois points
qui quoique allant
par trois
comme des frères
ne sont peut-être
pas
pour ça
forcément
frères
trois points)
la suite
des phrases
laissées
en
suspens.
Ils nous diraient
ce que veulent
dire
les silences,
les suppositions,
les possibilités,
les précisions des pensées
restées
en panne
et qu'en serviables trois
points qu'ils sont,
ils remarquent
jusqu'où l'imagination
veut bien les mener !
....
car ils sont,
les points de suspension,
comme une sorte
de pont suspendu
et jeté
entre l'arrêt facultatif
d'une phrase
et son point terminus.
....
Ah ! si les points
suspendus
pouvaient parler.
Que ne nous diraient-ils
pas !

Pierre DAC.

RECETTES DU CUISTOT

La viande hippophagique

En cette époque de restrictions, bien des gens ne pouvant consommer à leur gré bœuf et mouton, ont recours à la boucherie hippophagique. Malheureusement, le bifteack de cheval est assez difficilement digéré par certains et plusieurs de nos lectrices nous supplient de leur indiquer une recette culinaire susceptible de supprimer cet inconvénient. Voici, Mesdames et chères ménagères, un conseil qui vous donnera certainement complète satisfaction.

Vous savez toutes, n'est-ce pas, comment on fait les pommes vapeur ? Eh bien, préparez votre entrecôte, votre bifteack chevalin exactement de la même façon. Il sera, dès lors, parfaitement digestible ; le cheval-vapeur étant extrêmement léger.

PETITES ANNONCES

OFFRES D'EMPLOIS

On demande bon secrétaire présentant bien, ne sachant ni lire ni écrire, dur d'oreille et myope. Appointements selon aptitudes. Et. Lacombyne et Cie.

On demande jeune cycliste avec voiture à bras pour porter lettres, plis et paquets chargés.

Fabrique de conserves demande ouvrier fraiseur pour la confection des confitures de fraises.

Marchand de gibier cherche secrétaire susceptible de s'occuper à l'occasion de la vente et sachant dépouiller également courrier et lapin.

Travail à domicile. La raffinerie C… demande H. et F. ayant l'habitude de casser du sucre sur le dos de leurs voisins.

On demande hommes de poids, de préférence ayant du plomb dans la tête pour emploi de scaphandriers.

DEMANDES D'EMPLOIS

Mine magnétique lasse d'une vie flottante et agitée cherche place stable auprès de ménagères, pour faire sauter les pommes.

Tailleur de pierres, en chambre, cherche travaux à exécuter pour sociétés ou particuliers.

AVIS ET CORRESPONDANCES

Femme à barbe portant le bouc entrerait en relations pour promenades et causeries avec dame portant du chevreau et ayant voix chevrotante.

Amoureux vivant joue contre joue cherchent fabricant d'allumettes soufrées des deux bouts pour allumer leurs cigarettes sans se déranger.

À louer dans banlieue, jolis pavillons toutes couleurs pour décorations, défilés ou fêtes militaires.

ANNONCES MILITAIRES

Cavaliers ! Portez les éperons réglementaires, mais soyez bons pour votre monture. Nos capuchons pour éperons annihilent complètement l'effet de la molette à pointes. Pièce : 0,75. La paire : 37,50.

Camembert, système à chenilles pour suivre ravitaillement : la boîte 4 fr. 10. Camembert, genre mille pattes : 3 fr. 30. Modèle, genre reptile, depuis 4 fr. 90.

Femme soupçonneuse s'engagerait dans l'armée pour la durée des hostilités, afin de pouvoir surveiller son mari.

Bouchon de bidon « le rusé » fait un tintamarre terrible chaque fois que l'on veut boucher le récipient, alors que celui-ci contient encore du pinard. Très amusant. La pièce 2 fr. 70.

OCCASIONS

À céder lot de chevaux de bois. Conviendrait tout à fait au chauffage de locomotives pour la production de chevaux vapeur.

Mille pattes ayant eu accident de la circulation, solderait à prix minime 300 paires de bonnes petites chaussures.

Vendrai pour une bouchée de pain vieux globe terrestre en folie, avec tout son habitat, et son système planétaire. Faire offres, même pas sérieuses, à Jupiter qui transmettra. Téléph. : Ciel 19-40 suburbain.

Œufs d'occasion datés 31.3.37, conviendraient bien pour petits galopins ou spectateurs de théâtre. La caisse de 3 000 : 12 fr.

DIVERS

Automobilistes ! Adoptez notre passage à niveau portatif. Très sensible, se place automatiquement devant les roues avant au moindre sifflement. La pièce : 43 fr. 80. Avec train individuel : 6 294 325 fr. 40.

Sauveteur en chômage, très sérieux, hautes références, 43 médailles, cherche associé courageux pour jouer les désespérés. Condition intéressante pouvant aller jusqu'à 5 % de la prime, si travailleur.

Julot-beaux-châsses à Fifine-la-hargneuse. Arrive en quatrième et amène-moi les becs du chalumeau que j'ai oubliés dans le tiroir de la table de nuit. Fais vite avant la prochaine ronde. B. N. C., boulevard Hauss.

Ne jetez plus vos vieilles touches de vieux pianos ! Avec notre pochette contenant : une scie, un petit pot de vernis noir et un pinceau adéquat, vous en ferez rapidement des dominos neufs. De la joie pour vos grands-parents.

Bel arbre centenaire, frontalier par surcroît, cherche petit jardin douillet.

Échangerai passe-montagne usagé contre modèle plus récent, avec chenilles automobiles.

Tabac spécial, radical pour empêcher de fumer. Un seul paquet suffit, 1 fr. 70. Mélange identique au précédent, mais contenant deux fois plus de chiffons gras, 15 grammes de rat-de-cave, 12 lacets de souliers, etc., etc., 3 fr. 30. Modèle spécial pour militaire désirant une prolongation de permission, 7 fr. 90.

Tabac ignifugé pour fumeurs économes. Le gros paquet de 100 grammes, 3 fr. 95. Article spécial, tabac paille de fer, absolument garanti inusable. Le polochon, 6 fr. 10.

Faites votre matériel de fumeur vous-même. Pipes simples, doubles, à haut fourneau, à triple tirage, avec le nécessaire P'tit Jules, comprenant : une scie rotative, un défonçoir, une hache, un rabot, une perceuse, une scie à ruban, etc., 2 590 fr.

La Société des Fausses Barbes Réunies communique : Grands soldes annuels : moustaches, genre arbalétrier du roy, 0 fr. 35 ; moustaches de chevalier du guet, 0 fr. 30 ; bouc de connétable, à partir de 0 fr. 45 ; barbe de ménétrier, une pièce, 1 fr. Tous ces ensembles se montent à la gomme laque ou à la bande crantée au miel surfin, ou au cambouis premier choix.

Nous n'irons plus au bois les lauriers sont coupés », chanson, 1 fr. 90. « Nous n'irons plus au fer la route est coupée, la belle que voici l'a tout ramassé ». Chanson à boire... la goutte, 32 fr. 90.

L'OS à MOELLE

NUMÉRO 109 – VENDREDI 7 JUIN 1940

Les forces françaises, épuisées, sont incapables de résister à la poussée allemande. La capitulation du roi Léopold III de Belgique, sans avoir consulté ses alliés, sonne le glas des derniers espoirs. La défaite est inéluctable. À Paris, on manque de tout, les salaires sont bloqués. Restrictions obligent, L'Os à Moelle, *comme tous les autres journaux, paraît pour la première fois sur deux pages au lieu de quatre. Aucun signe, dans les éditoriaux et chroniques, n'indique qu'il s'agit de l'ultime numéro. Les Loufoques n'imaginent pas qu'une semaine plus tard, Paris sera occupée par les nazis.*

Edito
Les lentilles sont à l'origine de la 5ème Colonne

par Pierre DAC

Depuis le temps qu'on parle de la cinquième colonne, il serait tout de même nécessaire de savoir d'où elle sort. Un de nos grands confrères donnait récemment à son sujet de savantes explications et affirmait que le premier chef de la cinquième colonne était un nommé Arminius, espèce de chef germain qui attira à l'aide d'un aimant le général romain Publius Quintilius Varus dans les défilés du Teutborg (9 après J.-C.)

Je ne sais pas où notre confrère a été pêcher ces renseignements, dont, d'ailleurs, je ne conteste pas l'authenticité, mais personnellement, ils ne me satisfont que médiocrement.

Je me suis donc piqué au vif et à la machine, et n'ai eu de cesse que je ne découvre les véritables origines de cette sacrée cinquième colonne. Voici donc les résultats de mes laborieuses recherches : la cinquième colonne a comme base de départ les lentilles. Évidemment, comme ça, ça a l'air complètement idiot ; mais voici d'irréfutables

273

arguments à l'appui de ma thèse : la première cinquième colonne remonte à pas mal de temps et se situe en Chine, entre 3000 et 770 avant J.-C., à une quinzaine de jours près. À cette époque, régnaient, à tour de rôle et quelquefois ensemble, les dynasties Hia et Chang, dont la devise était : « Hia, Chang et Cie, société dynastique chinoise à responsabilité limitée ». Ces Hia étaient incontestablement des Chinois allemands du fait même de leur nom d'où est tiré le ya germanique de nos jours.

Or, en ce temps-là, les lentilles étaient révérées par les princes et le peuple, et sur la grand-place située derrière l'extrémité de la gauche du palais royal, les grands prêtres en avaient élevé quatre colonnes ; remarquez la beauté du travail et la patience de l'amateur, ces colonnes étant constituées par des lentilles placées les unes sur les autres et maintenues en équilibre par la seule adresse des architectes en légumes secs.

Ces quatre colonnes de lentilles faisaient l'orgueil du pays et provoquaient naturellement la jalousie des envieux d'alentour.

Un beau jour, à la suite de je ne sais quelle combine, on vit, à côté de la quatrième colonne, une cinquième s'élever et, de cet instant, les quatre autres s'étioler, se désagréger et menacer ruine. Les autorités prirent immédiatement les mesures nécessaires et deux mandarins, l'un curaçao, l'autre citron, se placèrent, armés de casse-tête chinois, chacun à l'une des extrémités des quatre colonnes, à la confusion des lentilles de la cinquième qui, du coup, se décortiquèrent et se retirèrent deux par deux, donnant ainsi naissance aux boutons-pression si légitimement appréciés de nos jours par les entrepreneurs de cash and carry.

Voilà donc la lumière faite sur l'origine de la cinquième colonne. Ne vous en laissez donc pas trop conter et chaque fois que quelque chose vous paraîtra obscur, adressez-vous à moi, et vous pourrez toujours compter sur ma scrupuleuse diligence pour tirer au clair le sabre des vérités historiques.

Drol' de s'maine — Redis-le Moelleux

Les uniformes

La vente des uniformes vient d'être réglementée. Tout colonel achetant un uniforme de colonel devra prouver désormais qu'il est bien colonel.

Tout chasseur d'hôtel désirant faire l'emplette d'un uniforme de chasseur d'hôtel sera tenu de fournir la preuve qu'il est bien chasseur d'hôtel.

Même obligation pour les capitaines de pompiers, les kroumirs, les parachutistes, les espions, les hommes-orchestres, les dompteurs de puces, les gardiens de square, les maréchaux de France, les rois nègres, les porteuses de pain et les allumeurs de réverbères.

Pareillement, les civils, lorsqu'ils commanderont un complet-veston à leur tailleur, devront prouver par A plus B multiplié par C moins D divisé par E qu'ils sont réellement civils.

Un tuyau sûr

Les événements qui se déroulent en ce moment incitent à la discrétion la plus élémentaire et les révélations imprudentes sont rigoureusement interdites.

Néanmoins, nous sommes en mesure de faire savoir à nos lecteurs – sous le sceau du secret et en les priant de ne le répéter à personne – qu'il se pourrait bien que ce qui est probable devienne moins certain pour ce qui est de ce qui concerne ce qui a rapport à la chose, mais que, en conséquence, il n'est pas impossible qu'il soit possible que, tout compte fait, ce qui doit arriver arrivera, à condition qu'aucun changement ne vienne modifier l'état de ladite chose.

Mais chut, pas un mot de plus et bouche cousue. Que cela ne sorte pas d'entre nous.

Réveil

On annonce dans les journaux que l'Etna s'est brusquement réveillé.

Quoi de surprenant ?

Avouez que, pour ne pas se réveiller avec tout le bruit qui se fait dans le monde présentement, il faudrait, en vérité, qu'il ait le sommeil bien lourd.

OBJETS PERDUS

On nous signale qu'une couronne a été perdue ces jours derniers, pas loin de quelque part, en Europe.

Cet instrument de travail était, en même temps qu'un couvre-chef, une pièce de grande valeur entièrement en or et enrichie de pierres précieuses.

Notons que si la personne qui a trouvé ledit couvre-chef avait la fâcheuse idée de s'en coiffer pour aller en promenade, elle ne tarderait pas à attirer l'attention et serait fort probablement lynchée, surtout si elle a le type un peu germanique.

Il est donc de son intérêt de rapporter sans tarder l'objet à nos bureaux pour que nous puissions le vendre au bénéfice des réfugiés belges.

Le vrai propriétaire aura toujours la ressource d'acheter un melon pour continuer à travailler du chapeau !

AVIS

Le ministère de l'Information a l'avantage d'aviser le public qu'il procédera dans le courant des prochaines semaines à la publication de différents avis se rapportant à des dispositions dont les intéressés seront avisés en temps utile par voie d'avis de réception.

De moi za-vous

L'Os EN ABRÉGÉ

En rais. De la cr. du pap., et afin d'économ. dans tte la mes. du poss. ce préc. prod., les rédact. de *L'O.* ont pris la résol. solenn. d'écr. désorm. ts leurs art. en abrégé.

NOTRE SUPPLÉMENT EXPLICATIF

Comme on a pu s'en rendre compte par un examen attentif du chapitre précédent, *L'Os à Moelle* sera dorénavant rédigé en abrégé.

Afin toutefois d'en faciliter la lecture aux personnes peu familiarisées avec ce mode de notation, nous publierons chaque semaine, en plus de notre numéro habituel à deux pages, un supplément de quatre pages contenant la liste des abréviations les plus fréquemment usitées.

APPRENEZ L'ABRÉGÉ

Nous croyons d'ailleurs savoir que, mis à la mode par *L'Os à M.*, l'abrégé va bientôt devenir obligatoire pour toutes les œuvres écrites, dactylograph. ou imprimées.

Si nos renseign. sont exacts, le min. de l'Éduc. Nation. envisagera même la créat. de cours d'abrégé dans ttes les écoles. Nous aurions aussi un cert. nombre de nouv. grades universit. : bachelier ès abrégé, licencié en abrég., doct. en abr… Enfin, des agrégés d'abrégé seraient prochainement mis en circulation.

Après le luth, c'est la lyre

La preuve par 1

Lorsque
d'aventure
et derechef
vous additionnez
648
et
789
et qu'en en multipliant
le total par 8
vous obtenez
6 445

il ne vous reste plus
qu'à faire la preuve
par 1
....
Vous la faites donc
et elle confirme
la justesse de vos opérations
....
Et alors,
me direz-vous,

| qu'est-ce qu'elle prouve votre preuve par 1 ? | pas grand-chose, sinon que vous ne savez pas calculer. |

....
Mon Dieu,

Pierre Dac

PETITES ANNONCES

AVIS – CORRESPONDANCES

Plante rampante ayant fleuri plusieurs saisons mais encore verte guiderait premiers pas jeune serpent et lui donnerait leçons de maintien.

Mesdames, faites contrôler votre traitement amaigrissant par vérificateur des poids et mesures en disponibilité. Prix selon grosseur.

Julie ! envoie-moi au plus vite la bouteille d'huile de ricin du petit. Y a un sous-off qui m'a vexé. Tatave, serveur au mess.

Séduite par uniforme aperçu aux abords de la rue Saint-Dominique (képi avec sept étoiles), jeune fille 49 ans désire correspondre en vue mariage avec soldat ou officier même grade. Pas sérieux s'abstenir.

OCCASIONS

Boutons de col creux avec dispositif permettant de s'arroser derrière la cravate. Livrés avec caoutchouc et poire s'actionnant au pied : La pièce, 8 fr. Les deux pièces, 4fr. La douzaine de pièces, gratuit.

Chapeaux bingoulaires, coiffe à bascule, bords rentrants, ruban changeant de couleur suivant la pression barométrique. Prix : 56 fr. le demi-chapeau.

Un lot de cravates à différents systèmes. À système ordinaire, la cravate, 12 fr. À système métrique, la cravate, 11 fr. À système impraticable, la cravate, 3 fr. À système en V avec réservoir, chaufferette et signal d'alarme, la cravate, 1 200 fr.

Montres en plomb véritable donnant l'impression du zinc et l'heure une fois pour toutes. La montre, sans mécanisme, 4 sous ; avec mécanisme et poche gousset, 18 fr. La même, s'attachant sur le dos, 125 fr. ; avec sac de couchage, 1 248 fr.

OFFRES D'EMPLOIS

Bœuf sportif cherche petit tailleur à façon qui lui transformerait sa culotte en pantalon de golf.

DEMANDES D'EMPLOIS

Garniture de freins bien fatiguée d'aller par les chemins cherche place comme garniture de cheminée.

ANNONCES MILITAIRES

Ne jetez plus le rab de haricots. Avec notre trousse d'ajuster, vous pouvez si vous êtes adroit en faire des petits pois frais. La trousse de poche, 41 fr. 15 ; avec enclume pour porter en bandoulière, 283 fr. 20.

AUTOS

Leçons particulières : 20 fr. sur voitures modernes ; 15 fr. sur voitures anciennes ; 10 fr. sur voitures en panne ; 2 fr. à pied ; 0 fr. 50 sur machines-outils. 25 fr. forfait, permis conduire les enfants au cirque.

À vendre : Citroën 11 chevaux légère ; moteur diesel à mouvement d'horlogerie ; direction à crémaillère ; pont suspendu arrière ; traction de côté ; carrosserie genre benne basculante ; douze portes dont six fenêtres. Grand coffre sur le toit.

FARCES ET ATTRAPES

Brosse à habit creuse contenant plâtre pilé et beurre fondu. Transforme les vêtements brossés en abominables défroques de truands. Relativement drôle. La brosse garnie, 1 kopeck.

Yeux factices se posant à l'extrémité des narines ; donne à celui qui s'en sert un aspect horrifique et terrifiant ; de quoi semer la panique dans tout un groupe de gauleiters. La paire d'yeux, avec sourcils assortis, 15 fr.

ÉCHANGES

Collectionneur, actuellement gêné, échangerait toile de maître contre mètres de toile.

DIVERS

Si vous avez les cheveux mal plantés, confiez-les-moi. Arrachage et repiquage : 0,05 le cheveu, 19,95 la grosse touffe. Florestan, coiffeur (ex-jardinier).

RÉALISATION : NORD COMPO MULTIMÉDIA À VILLENEUVE-D'ASCQ
IMPRESSION : CORLET IMPRIMEUR S.A. À CONDÉ-SUR-NOIREAU
DÉPÔT LÉGAL : MAI 2010. N° 102788 (127941)
IMPRIMÉ EN FRANCE

Collection Points